羽田圭介、家を買う。

羽田圭介

集英社

目次

羽田圭介居住記録⑪

装丁・デザイン　國吉 卓
写真　藤木裕之

羽田圭介、家を買う。

第一部

どうしても五億円が必要な理由

五億円は、高すぎる。

しかしどうやら、五億円が、必要なのだ。

家に一七四万円のソファがある。カッシーナで買ったものだ。分譲高層マンションに賃貸で越してきてから青山界隈《かいわい》の家具店を見て回り、それに惚《ほ》れた。アイアンのスクエア型の脚が美しかった。艶のないグレーの革色を選べるのも魅力的だった。ハンス・ウェグナーのＧＥ２９０やベアチェアのように、肘掛けが便利で軽めのソファを買うつもりだったのに、当初の予定と異なるソファに決めてしまった。理想のソファを選ぶまでの思考の流れは、完全に、ＢＭＷの車を買ったときと同じだった。高い買い物をする際の比較検討に以前より慣れていたからか、選ぶのに無駄がなくなっていた。表面素材にはなめし革を選び、同じ革で作るオプションのクッションが一つ六万六〇〇〇円、ペアで約一三万円もした。ホームセンターで売られているソファなら、それでお釣りが出る。さすがに高いと思いはしたが、ソファと同じロットの革で一緒に作らないと統一感がなくなると思い、買ってしまった。家に届くまでに、四ヶ月かかった。イタリア本国の工場にオーダーを出し、指定した革で作ってもらい、コンテナに積み、船で日本に輸送するからだ。ソファが届くまでの間は、スチールフレームに黒革クッションの寝椅子、ル・コルビュジエＬＣ４に座っていた。

完成してほどない高層マンションへは、内装が気に入ったから引っ越してきた。賃貸で家賃は二四万円、駐車場代が三万三〇〇〇円だ。便座やインターフォン等、所々に透明のフィルムが貼られたままで、まるで自分が新築の分譲マンションを買ったような心地さえした。

窓の外には、上半分に開けた空が、下半分に東京の街並みが、たとえば新宿の高層ビル群も見える。本当は家賃二〇万円の六階の部屋を借りるつもりだったが、来たついでに内覧してみた高層階からの眺めに、心を奪われた。今しかできない独身の都市生活を謳歌《おうか》するなら、いかにも東京という感じのする住まいに、高い家賃を払ってでも住んでみるべきではないか。

入居を申し込み、誕生日を迎えた数日後に引っ越してきた日の夕方、カーテンもかけられていない部屋から見える夕暮れの景色に感動した。無数の建物の窓から漏れる明かりや、高いビルの赤い航空障害灯が沢山見えるのも良い。なんといっても、新宿のパークタワーが見えるのが良い。『成功者K』（河出文庫）という小説に同じような景色が見えるシーンを書いたが、それを実際に自分も追いかけようとしたのかもしれない。

しかし引っ越してから一ヶ月ほどが経過するうちに、感動は冷めていった。感動が薄らぐに至るまでが早すぎるのは、なぜなのか。

遮るもののない高層階の部屋には、冬でも日光が強く差し込む。執筆といった日常生活を行うには、まぶしすぎるのも問題だ。オーダーした横型のアルミブラインドを全部屋に取り付けたのだが、日中ほとんど、ブラインドを閉めた状態で過ごすようになった。書斎での仕事には、人工光が適しているためでもある。すると、高層マンション特有の眺めは、日中には楽しめなくなった。

夜も、ふとしたときに窓の外を眺めればその夜景を綺麗だと思うが、家にいるとほとんど仕事しかしないから、窓の外を眺める時間などごくわずかしかない。すると段々、外の景色がどうなっていようが、あまり関係ないんじゃないかと思うようになった。

五三㎡の広さがあった前住居より、高層マンションの部屋は五〇㎡ほどと、少し狭い。空間効率が良いから狭いとも感じないが、それでも、たとえばインテリア雑誌に載っているような、大きなL字型ソファにダイニングテーブル、というようなゆとりある家具配置はできない。なぜ自分は満足していないのだろうとインテリア雑誌や建築雑誌を読みまくるうちに、コンクリートや配管がむき出しの家や、床を無垢《むく》材でリフォームした都心のヴィンテージマンションなんかに、憧れるようになった。

屋内で過ごす時間が長い自分にとって、ほとんど見ない窓の外の眺めよりも、室内空間自体の質の高さのほうが重要ではないか。そういった観点から部屋を見ると、色々気になってくる。白い壁紙に、いつつけたのかわからない傷がある。自分は集合住宅では率先してラグを敷き、階下に気遣い自然とつま先歩きをするような人間である。そんな自分が暮らしていて簡単に傷がついてしまう壁紙とは、なんなのだろう。壁紙の傷が不快なのは、それがただ紙を貼っただけの、偽りの綺麗さであることをこちらにつきつけてくるからだ。ドアや床は薄いグレーの木目調なのだが、あくまで木目調だ。ドアは木目調シートを張っただけで、床もおそらく合板の表面にものすごく薄い木を張り、クリア塗装したものだ。

すると、自分が目にしている家の中すべてが、偽物で構成されているような気がした。人間の知覚はそういった嘘を敏感に察知する。それが僕には、うっすらとしたストレスを感じさせた。

Cassina　202 8（OTTO）システムソファ

偽物じゃない家に住みたい。コンクリートむき出しや、ペンキで塗った壁、無垢材のフローリングとか、あるいは床から壁まで目に見えるところのほとんどが木材で造られた家。

そうして僕はやがて、東京都心に希望の家を建てるには、五億円が必要だと思い至ったのだ。

実現させたい〝本物〟の家

理想の家について考えてみる。昔からインテリア雑誌等を読み続けてきた自分がそれを追い求めようとしたら、土地の安い場所で建築士に頼み家を造ってもらうしかない。しかし、自分は田舎暮らしに憧れてはいない。昔は東京郊外の府中市に中古マンションを買い五年半住んでいたが、現在の都心寄りの生活のほうが快適だと感じている。とはいえ、土地の高い都心に理想の家をもつなど、今の経済状況では不可能だ。

週に数度は外で人と会う仕事をしている。友だちの多くも、東京あたりに住んでいる。つまり、仕事とプライベートのことを考えると、なんとなく五〇歳くらいまでは東京都心寄りで生活するのが便利なように感じる。生活の変化で住む場所も数年おきに変えてゆくだろうが、それもすべて東京都内での引っ越しになるはずだ。そんなふうに東京都内で賃貸物件を転々とし続けても、理想の家を実現できる可能性は低い。

東京から離れた場所に、別荘をもったとしたらどうか。

その場所が長野だろうが山梨、千葉でも、東京との間を往復する所要時間はあまり変わらない。そこに一度理想の家を建ててしまえば、東京での住まいは転々とし続けても、別荘の場所は変わらず数十年、そこに在り続けるだろう。つまり、年齢を重ね、生活が変化する自分にとっての定点を、東京ではなく、地方の別荘につくってしまえば良いのではないか。

早速近所の書店で、別荘についての本を買ってくる。インターネット通販でもまとめて注文した。一〇冊ほどの本を数日間かけ読みながら、色々なアイディアをまとめていった。

場所は、海より山が良い。海のほうが交通アクセスは便利だが、そのぶん渋滞にはまったり、塩害も軽視できない。海の景色は飽きやすいそうで、変化のある山の景色のほうが楽しめそうだし、非日常感もありそうだ。創作活動と相性が良い。山で選ぶ別荘地となると、長野から山梨にまたがる八ヶ岳周辺や軽井沢が有名とのこと。ＢＭＷ ３２０ｄに乗りそれらの場所へ行き来するのは、楽しそうだ。冬でもスタッドレスタイヤを履いた程度のＦＲ車で行くとしたら、標高一〇〇〇メートル未満が理想か。あるいは、雪が積もっても大丈夫なように、車を４ＷＤに買い替えるか。

標高が高めの場所にある、湖のほとりが理想だ。僕は湖の景色が好きだ。釣りやボートで遊ぶのも楽しいだろう。山と湖の両方が楽しめれば最高だが、そんな場所が今、売りに出されているだろうか。場所はあとで考えるとして、理想の建物について考えてみることにする。

はじめは、ログハウスに憧れた。ログハウスは堅牢な造りで、暖房もすぐ効くという。ただ、経年による木材の反りや伸縮で隙間ができるため、後々苦労するらしい。木を組んでゆく構法からも、設計の自由度は低い。だから、極力無垢の木材を用いながらも、現代の構法で組んでゆくのが最善の選択だ。無理にログハウスにしなくてもいいのだ。明るい色のパイン材が安上がりだが、もう少し暗く濃い色のほうが好みだ。そのぶん金がかかるらしいが。自由に釘《くぎ》を打ったりできるラフさと、木目がうるさくなりすぎないバランスが大事だ。

ガレージは広くとり、車二台に、バイク一台は置きたい。別荘地周辺は、車やバイクで走るのも気持ち良いだろう。どうせ広いガレージの上にあとから部屋を増築するのであれば、最初からガレージの上に部屋を造ればいい。

農業をやっていない人が大半であるにもかかわらず、日本には住居の南向き信仰の人が多い。家の中で文化的な暮らしをしたいのであれば、非・南向きのほうが良い。南から日光が差し込んでしまうとまぶしく、カーテンやブラインドで遮ってしまうので、景色が見えない。日の差さない位置から日向の景色を見るほうが、贅沢《ぜいたく》だ。高所の別荘地だと日中に採光しておかないと冬の夜は寒そうだから、リビングは南向きでも良いか。そのかわり、書斎の窓は北、あるいは東向きが良い。あるいは、大屋根を設け窓から日が差してこないようにするのであれば、書斎を南向きに造るのもありだ。

アメリカ映画に出てくるような、吹き抜けになっているリビング空間にはこだわりたい。今も持っていないテレビは置けなくていいから、目立つ場所に暖炉を設置する。揺れ動く火を見ながらロッキングチェアにでも座れば、いかにも文豪ではないか。今まで僕は、自分の職業を〝小説家〟としてきたが、暖炉の火を見ながら思考を発酵させでもしたら、それはもうたちまち〝文豪〟だ。

僕が学生時代から読んだりしている、現在六〇代以上の小説家の先輩たちがよく、別荘にこもって書いた、というようなことをエッセイに書いてきているから、書斎にこだわった別荘にしたい。書斎に必要な物は、机にOAチェア、プリンター、電源だ。机は現在、電動昇降式のものを使っている。最もよく使う高さが、八六センチだ。もし机を、壁や床と同じ木材で作り付けとするなら、八六センチがベストか。

ゲストスペースはどうしようか。部屋数は少なく、間仕切りはなるべく造らないほうが暖房の効きも良いらしいが、客が来たら、ドアで仕切った空間があったほうが良いだろう。あるいは別棟を造り、客のための寝床はそこに隔離してしまったほうが、互いに快適か。

キッチンはステンレスを多用したい。日本の住宅の水回りは背の低いお婆さんでも使いやすいように造られているから、そのぶん、現代的な体格の男には使いづらい。僕が包丁を使おうとすると、へっぴり腰みたいな姿勢になる。キッチンの作業台の高さは欧米基準がいい。簡単な大工作業もできる、土間スペースも欲しい。運動不足になってもいけないから、さりげないデザインの懸垂バーも設置したい。暖炉の近くに設ければ、洗濯物を干す際にも使えそうだ。

ただ、いくら土地代の安い地方に建てたとしても、理想を追い求めれば五〇〇〇万円など簡単にオーバーすることもわかってきた。

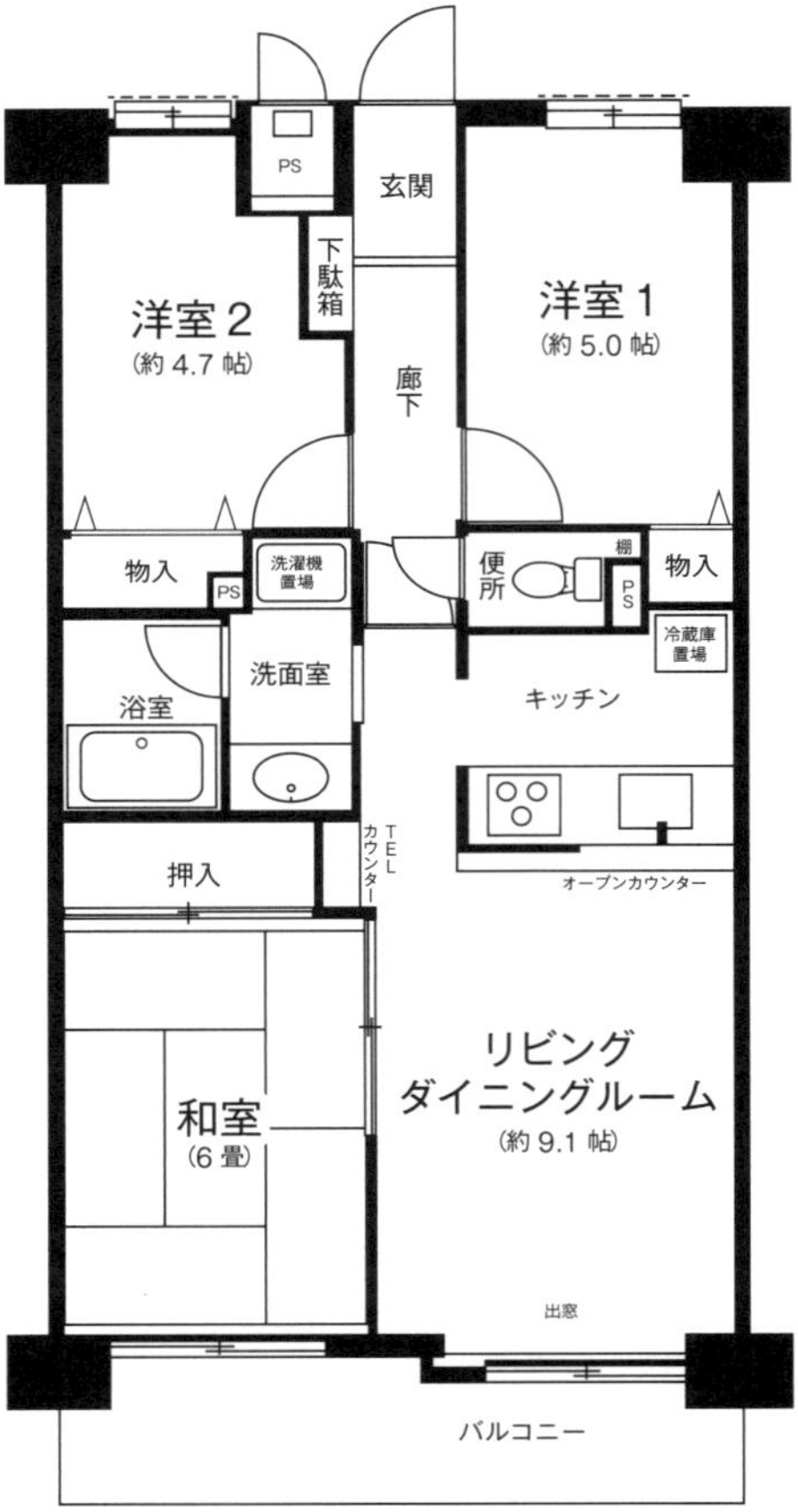

羽田圭介居住記録①

居住期間／２～７歳頃　東京都多摩市　分譲マンション

生まれた頃、同じ多摩市内の別の場所に住んでいたが、僕の記憶はこの家から始まっているので１軒目とする。和室で家族４人、川の字で寝ていた。マンション内に年の近い遊び相手が沢山おり、共用廊下の排水溝でミニ四駆を走らせたり、すぐ近くの公園で遊んだりした。朝の登校前、一つしかないトイレに家族が入っていてどうしても大便がしたい時、上階の友人宅のトイレを使わせてもらい一緒に登校したことが何度もある。小学校２年の一学期をもって引っ越すこととなり、それまでの交友関係がほとんど途切れることを意味したので、引っ越し人生で唯一、離れたくないという悲しみをごく短期間感じた。

上段：マンションの共用廊下にて。幼稚園年少時。
下段：リビング。メッキ加工された金属フレームのソファがあり、ここから引っ越す際マンションの正面玄関に置かれたそれに座った驚きを覚えている。屋外にソファを置くことがあるなんて、と。

別荘の理想の拠点？　長野へ行く

約一〇冊の本を読んだ結果、八ヶ岳について二冊、軽井沢について一冊、有益なことが書かれていた。しかし、地理感や高所にある別荘の空気感などは、自分で行ってたしかめるしかない。ただ、どこから行ってみるべきか。

悩んでいる時、大学時代の友人から、長野に住む後輩の家に遊びに行かないかと提案された。場所は安曇《あづみ》野《の》市だ。ちょうど同じ長野県内、八ヶ岳の南西方面が予算と立地の点で理想なのではないかと思っていたところだった。東京から安曇野市は八ヶ岳を通り過ぎもう少し北西にある。車で二時間以上走る感覚をつかんでおいたほうがいい。

行く数日前から、雪が降らないかどうかの心配はしていた。車を買った際にBMWのディーラーまでついてきてくれた日産勤務の友人Mは以前セイコーエプソンに勤めており、長野県内を異動で転々としていた。彼に訊《き》いたところ、山に入らなければ大丈夫だろうとのことだった。念のためチェーンは積んでおいたほうが安心だとアドバイスされたが、そんなものは持っていなかった。

一緒に行く別の友人には高層マンションまで来てもらい、午前九時台に出発。やがて日本アルプスが見えてきた。雪化粧のほどこされた山々は、美しい、というより、格好いい。少しだけ雪の降る区間を通り、安曇野ICから下道へ出た。標高が高めの場所だからか、スイスとかの北欧の雰囲気に寄せた建物や看板が時折見える。やがて、後輩の家に着いた。車を空いているスペースへ駐める。

「お久しぶりです」

二児の母になった後輩と会うのは、僕が会社員一年目で、彼女が大学二年生の時以来だ。以前『羽田圭介、クルマを買う。』（集英社）にも書いたが、職場の先輩からもらった軽自動車ホンダ トゥデイを乗り回していた時期、東京から大学の後輩三人を乗せて茨城の筑波山を攻めたのだが、その時の最年少にして唯一の女性が、彼女だった。あの時は青い軽自動車で、九年後の今、青いＢＭＷで会いに来た。大学時代の三学年下はものすごい年下という感じだが、今や二九歳で息子が二人もいる。

お邪魔した一軒家は彼女のかつての実家で、親は新潟近くに安く買ったリゾートマンションに住んでいるという。二歳の子と八ヶ月の子、それに五歳のミックス犬がいる。子供たちが生まれる前までは飼い主から最も愛されていたのに、その座を今や人間の子供二人に奪われてしまったがために、雌犬の人間へのアピールがすごい。

僕が子供の頃にはなかったが世間ではそれが主流になっているのか、リビングと台所の間には、子供が入れないよう簡易的な柵がある。リビングは、赤青黄色といったどぎつい原色から成るおもちゃや赤ちゃん用の家具であふれていた。カラフルなプラスチックの物が沢山あると、どんなインテリアもオシャレではなくなる。子供が生まれたらそういったこだわりも捨てざるをえなくなるのだろうなと思った。たまに子供のいる家へ行くたび、インテリアにこだわる自分は、ひどく幼い感性の持ち主なのではないかと気持ちが揺らぐ。

長男は人見知りもせず、お気に入りの車のおもちゃをどんどん持ってきた。僕もそれに反応する。

「この車、僕のと同じだ。黄色いＢＭＷ、３シリーズだ」

他にも、青いアウディのセダン、赤いジャガーなんかを持ってくる。それとは別に、レクサスのミニカーも。レクサスは、パパが欲しい車、とのこと。

今後輩が四人家族で住んでいるかつての実家も、ゆくゆくは兄家族に渡すらしく、戸建てを買うため動いているという。

「でも、新築で建てようと設計事務所にまで行ったのに、銀行から融資を断られて。夫が昔クレジットカードの支払いを延滞しまくってたせいか、信販会社の信用がないみたいで。それで、頓挫してます」

一件目の融資を断られて以降、金利の高いところから借りる等の再挑戦はしていないらしい。ただ、設計事務所に行ったということに、僕は興味をひかれた。

「ログハウス風の内装なんか、良さそうだよね」

「あ、わりと木のインテリアというか、ログハウスふうです」

「本当!?　じゃあ、吹き抜けなんかもいいんじゃない」

「吹き抜けにしようと思ってました。どうせだったら、自分たちが好きな家にしたいですし」

「いいね！　吹き抜け造るんだったら、暖炉なんかもいいよね」

「夫も暖炉を欲しがってたんですけど、それに関しては、わたしは、うーん……」

後輩の夫も僕と同じく暖炉に憧れを抱いていることが、印象に残った。男は、暖炉に憧れるのか。

マンションやビル一棟買いというアイディア

長野県安曇野市の後輩の家にまで車で行ってみて、感じたことがある。東京から車で二時間半ほどの距離にある八ヶ岳は、思っていたほど近くもないな、ということだ。

安曇野は八ヶ岳の南西側より遠くにあるから、安曇野が遠かったのかもしれない。しかし途中通り過ぎた茅野のあたりから東京までだって、それなりの距離があった。別荘生活を勧める本を読み、東京から二時間～二時間半で行ける別荘地はものすごく近くて便利だというように思っていたが、実際には、遠くもないが、近くもない。軽井沢や富士五湖、千葉の房総エリアも同じような所要時間だ。

よく、社長が地方に別荘を買ったものの、年に数回しか行かず後悔するという体験談を見聞きする。土日祝日に関係なく自分の好きなように仕事をする小説家であれば、世間大半の別荘オーナーとは異なり、創作や遊びのため頻繁に別荘を訪れるだろうという自信があった。しかし別荘地を車で通過してみて、長い人生の中で、せっかく地方に理想の別荘を造っても、行き来を面倒くさく感じる時期だってあるだろうな、とも感じた。

そもそも別荘を欲しいと思ったのは、無垢材やコンクリート、ステンレスといった本物の建材で囲まれた空間に住みたいからだ。そこにたちかえって建築関係の本を読むうち、『東京R不動産2』（太田出版）という本に心をつかまれた。

東京R不動産は、中古のマンションや戸建て、ビルなどをリノベーションし、賃貸、売買するのを主とした会社だ。同社が他と異なるのは、リノベーションの方向性だ。壁をペンキで塗ったり、天井をぶちぬいて柱や配管をむき出しにし開放感を演出したり、無垢材やそれに近い床材を用いたりする。専有面積が狭くとも部屋数が多ければ良しとされた古い団地の壁を取り、広いワンルームにしたり。東京郊外の北向きマンションに住んでいた貧乏作家時代から、本やホームページで同社の手がけた物件を知っては、憧れを抱いていた。

東京R不動産のホームページからいざ探してみると、標準的な物件より家賃が少し高かったり、自分が住みたい場所からはズレていたりする。よって、憧れはありつつも同社のホームページから検索する機会も減っていったのだが、この度書籍『東京R不動産2』を買ってみた。すると、古いビルを一棟買いしリノベーションした物件なんかがあり、その自由さと室内空間の開放感に、心惹《ひ》かれた。雑誌『BRUTUS』の〝居住空間学〟という特集号でも最近、似たようなテイストの物件が紹介されており憧れた。鉄骨鉄筋コンクリートで造られたビルの頑丈さと、開放的な空間を作れる特性は、魅力的だ。

ビルを一棟買いした場合、上層階を自分の住居や仕事場として使い、下階を貸しに出し、賃料収入を得ることも可能だ。むき出しのコンクリートや配管、リノリウムの床に、白いペンキで綺麗に塗った壁……傷をつけてもその奥に嘘のない、本物の建材でできた住居に住みながら、建物自体が生活のためのお金も生んで生活を回してくれるなんて、都会で経済的に自給自足をしているようで最高に愉快ではないか。

早速、ブラウザのサーチバーで「ビル　一棟買い」と検索する。実需物件の検索サイトとは異なる、投資用物件のサイトがいくつか表示された。あまり馴染《なじ》みのないそれらのサイトでざっと見てみるも、都内にある安くて良いビルなど、適当な探し方では見つけられなかった。どんなにボロくて狭いビルでも、二億円くらいはした。しかもそれらはよく見ると、一階に店舗スペースのある小さめの一棟売りマンションだったりした。安めの物件はほぼすべて、ビルというより投資用の一棟売りマンションだ。

魅力的な家を所有するために必要な金額

今度は、一棟売りマンションを検索してみる。すると、各部屋が狭く古いマンションに、平気で数億円の値段がついていた。それなら同じ数億円で、都内に区分マンションや戸建てを買ったらどうか。東京二三区内で、自分が暮らしたいいくつかの区を指定し、住宅ローンを組むという前提で上限額を三億円に設定し、検索する。すると、都内一等地にある築古でリノベーション済みの区分マンションや、渋谷区なんかのものすごく狭い戸建て等が表示された。

区分マンションに関しては、土地所有権としてはごくわずかなのに専有面積一〇〇平米未満の部屋が三億円弱かよ、高いな、と思った。それでも立地は良いし、マンションの中ではかなりのグレードで、憧れはする。

一方、三億円未満の戸建てはどうか。

写真で見る限り、狭い敷地のガレージスペースに車をなんとか一、二台駐《と》められ、三階建ての各フロアは広くもない、という家が多い。たとえば、渋谷にあるＮＨＫからのタクシーでの帰りに、渋谷区内でそれらの家の前を通っても振り向きもしないような、なにも感じない家なのだ。言い換えるならば東京都心だと、記憶に残らないような家でも、二～三億円はするのだ。

数億円のうちほとんどが、土地の値段なのだろう。よく、週刊誌の白黒ページの記事で、芸能人の「三億円豪邸！」というような見出しを目にしたりして、大物の芸能人はものすごく稼いでるんだな、と別世界のこととして憧れたりするが、実際にはそれほどの豪邸でもないのだと理解できた。都内一等地に、普通の家屋があるだけだ。

二～三億の金などそもそも持っていないが、そんな金を払っても、憧れを感じられる家を買えないだなんて、希望がなさすぎるじゃないか。試しにと、上限金額を一〇億円に設定し再検索する。

金額が高い順に見てゆくと、最初に、外観が中東ふうのど派手な屋敷が出てきた。広い室内空間には、アクセント的に金色の装飾がなされていて、豪華だ。たしかにこれは本当の豪邸だが、広すぎる気もするし、センスが自分とはかけ離れている。前オーナーは外国人の実業家だったのだろうか。

もう少し安い価格帯の物件を見てゆくと、四、五億円台の物件は、魅力的なものも多かった。そこまで金を出すと立地が良いのは当然で、建物自体も素晴らしいデザインのものが多い。空間の自由さを得るために必要なのか、鉄筋コンクリート造であったりする。

都心の有名な公園内に敷地があり、二階のガラス張りのリビングから緑を借景する物件など、本当に毎日心が晴れるだろうなと思った。

僕がエリア指定した数区の中で、四～五億円の魅力的な物件はだいたい、青山や神宮前、千駄ヶ谷《せんだがや》近辺にあった。そんな中でも、千駄ヶ谷の一軒家が気に入った。地下一階、地上三階建ての鉄筋コンクリート造で、ワンフロアが広い。内装は基本的に、コンクリートむき出しだ。コンクリートはある意味天然素材でもあるので、素材としての本物感というか、あたたかみを感じる。一階から地下にかけての階段など、木造では不可能な開放感を演出している。低層住居専用地域に立地しているため、最上階のテラスからは、東京都心の空を見上げられる。都心の空を見るには、必ずしも高層マンションに住む必要はないのだ。視界を遮る建物がなければ、眺望は得られる。

ワンフロアそれぞれが広くて、部屋数もあり、駐車スペースは二台分、立地も良いとなれば、歳《とし》を重ね生活に色々な変化がおとずれても、ずっと暮らせる。地方に別荘などかまえなくとも、別荘のようなゆとりある生活ができる。いきなり絵画にはまったとしても、絵画専用のアトリエだって造れるだろう。植栽スペースに木を植えられるのも良い。人間の脳は、なにかが揺らぐのを見て安らぎを感じるのだという。高く伸びた木の葉が風に揺れるのを三階の書斎から眺めていれば、ずっと心地よい状態で仕事もできるだろう。高層マンションの上階から、ほとんどなんの揺らぎもない下界を見下ろすのとは、違うはずだ。

いくら自由な身分である小説家とはいえ、田舎の別荘には足が遠のくかもしれないが、都内に理想の広い家を持てたら、そもそも移動する必要がなく一年中そこにいられる。都心で実現できそうもないからと、車で二時間半かかる田舎の別荘地に数千万円を費やすのは、己の本当の目的からしたら回り道でしかないのではないかと、段々思えてくるのだった。

しかし。
五億円は、高すぎる。

夢のマイホーム実現には不動産投資が必要？

千駄ヶ谷や神宮前、青山辺りの都心に鉄筋コンクリート造の地下一階、地上三階くらいの家屋を所有すれば、それが自分の理想の住まいとなる。しかし、中古で買っても土地から新築で建てても、五億円前後はする。

二〇一五年の夏に芥川賞を受賞して以降の自分は、収入の多い状態が、奇跡的に数年間続いている。そんな自分でも買うのが不可能に思えてしまう物件なんて、いったいどこの誰が買えるというのだ？　宝くじの一等に何回も当たらないと買えない額だ。この先毎年一割減くらいの収入をもらえていったとして、五億円が貯《た》まる頃には、とっくに五〇代を迎えているだろう。歳をとって、人生の折り返し地点をとうに過ぎてからようやく欲望を叶《かな》えたって、仕方ないじゃないか。たいして気を遣わなくとも健康な身体《からだ》と体力を保持できき、人生を謳歌できる若いうちから欲望を叶えるには、実労働のスピードだけでは限界がある。

たぶん、自分の身一つで稼いでいる人には、到達不可能な領域なのだ。人を使ったりしてそこから搾取したりという、経営者側にまわらないと、五億なんて若いうちには捻出できない。

人を何人も雇い稼いでもらうような事業が、自分にできるか。たまにそんなことを考えてみるが、なにも思いつかない。でたらめに飲食店を開いたって、ダメだろう。テレビ番組の収録で出会った文化人枠のとある人から以前、Webニュースサイトの運営をすすめられたことがある。一記事あたり千数百円くらいの安い報酬で若い連中に沢山書かせ、総取りの立場として年五〇〇〇万円くらいの利益を得ているという。

「儲けたければ、人に働いてもらったほうがいいですよ」

とテレビ収録の休憩時間に言われたのだが、小説家の自分としては、誤字脱字だらけの文章を垂れ流しにしまくる表現媒体で稼ぎたくはない。

事業のアイディアはないが、どうすればいいか。実労働ではない、不労所得といえば、株式投資か。株式投資なら、貧乏だった頃からやっている。貧乏人ほど、お金のことを考えるのだ。だから、元手が少ない頃に始めた。けれどもデイトレード等で粗利を稼いだり、数年後に大化けするバリュー株を発掘する才能などまるでない自分はずっと、配当銘柄やＥＴＦ（上場投資信託）に分散し所有してきた。日本株、米国株すべての年間配当額の利回りを計算してみると、税引き後で三％だった。つまり、一〇〇〇万円分持っていても、年に三〇万円しか増えない。値上がり益もそれほど期待できはしない。お金に働いてもらう、とはよく聞くが、自分が保有するお金に働いてもらっても、たいして稼げない。

数冊だけ持っている金融・投資関係の本の背表紙を眺めていると、そのうちの一冊が目にとまった。マンション一棟買いについての本だ。最近買ったのだが、途中で挫折したのだ。

買った理由はそもそも、中古のメゾネットマンションを、僕の法人で買ったことに由来する。両親は九三年に五〇〇〇万円弱で買った埼玉の戸建てを最近約一五〇〇万円で売り、それに少し上乗せした額で、東京郊外のマンションを買おうとしていたのだ。そこで、僕の法人で買うと申し入れた。一部の部屋を会社の書庫や出張所としても使えるし。両親が余所《よそ》に引っ越したら、投資用物件として貸しに出す。息子からの提案を母は喜んだが、父は、別の提案をしてきた。

自分たちは埼玉の家を売ったお金をそのまま、新居の購入資金に充てようとしていた。手元に残った一五〇〇万円を、六〇代の自分たちにはうまく運用のしようがない。提案はありがたいが、それだけの余裕資金があるのなら、中古のワンルームにでも投資してみたらどうか、と。

僕は株について勉強したことはあるが、実物不動産などリスクが大きすぎて、まるで眼中になかった。ワンルームマンション投資も全然魅力的には感じられないが、そもそも知識をもちあわせていない投資ジャンルに関し、頭ごなしに否定していいものか。少なくとも実物不動産への知識不足を認めた僕は、なんとなく、マンション一棟買い投資についての本を買ったのだ。

けれども半分ほど読んだ段階で、これは、元手の少ない人が銀行から融資を受けレバレッジを効かせ儲けることに旨みがあるのだと思った。ある程度元手のある人間にとっては、手間ばかりかかって仕方ないのではないか。そんな面倒なことをするなら、断っている仕事を引き受けるほうがよほど早く儲けられそうだ。だから途中で読むのを止めていた。

なにか他にいい方法がないか。そう思い書店へ行く。株やＦＸ（外国為替証拠金取引）、仮想通貨の本があるコーナーで、目についた本があった。

『金持ち父さんのこうして金持ちはもっと金持ちになる』（ロバート・キヨサキ、トム・ホイールライト著

／岩下慶一訳、筑摩書房）だ。

『金持ち父さん　貧乏父さん』は、二〇〇〇年、僕が中学三年生だった頃に、世の大人たちの間で大流行した。政治経済の先生がエッセンスを口頭で教えてくれたのを覚えているし、たしか父も家に置いていたように思う。ネット証券等のインフラ整備のこともあるからタイミングとしてはたまたまなのかもしれないが、僕が認識している限りその頃から父は、株や為替をやりだした。何十冊も本を買い、家にいる間は、書斎で黙々と研究していたように思う。儲けているのかどうかはわからなかったが、マクドナルドや松屋などの優待銘柄を買っていて、分け与えてもらった株主優待券を使い、学校帰りにそれらのファストフード店で食べていた。僕が二〇代中頃になってようやく券をもらわなくなったから、その頃には売り払ったのだと思う。

だから僕の中で、ロバート・キヨサキという人の書いた『金持ち父さん～』シリーズは、投資の概念に馴染みのなかった世の日本人、具体的には自分の父親世代の人たちを二〇〇〇年前後に資産運用へと目覚めさせた本であり、その功績で過剰に評価されているのだと思っていた。その後自分で読んだ投資本の中で、『金持ち父さん～』についての記述があっても、要はお金に働いてもらって不労所得を得る話でしょ、と一人で納得し、読む必要はないと決めかかっていた。

とはいっても、一冊も読まないで判断するのはどうか。最新刊を手に取りページをめくってみると、結構な文字数で、情報量が多い。そして目次にあった、〈第四部第一四章　ポルシェが金持ちにしてくれる〉という記載に、心をつかまれた。

ポルシェは、僕が未《いま》だに買おうか迷っている車だ。そのポルシェを買うことによって、自分が金持ちになれるなどという、都合の良い手段があるのか。本を買った。

「ポルシェが金持ちにしてくれる」

ドルの金本位制脱却から始まる本の内容は、日本で量産される経済や投資の本とはかなり異なっている。しつこいまでにバランスシートを重視した考え方が呈示され、要点を述べると、資産性の高いものに投資を行い、課税の繰り延べをして稼ぐスピードをアップしてゆこう、というものだった。課税の繰り延べを行うだけであればいずれ税金を払わなくてはならないからあまり意味がないが、その間に、払わずにすんだ税金分を軍資金にし投資すれば、資産を生み出すシステムの速さが上がる。いちいち巨額の税金を引かれたあとの所得でなにかをしようとすれば時間の無駄となるから、銀行から借金をして、課税されないお金でさっさと投資する。それをかなえるのに最適な手段が、不動産だという話だ。不動産投資であれば、減価償却によっても、課税の繰り延べが可能となる。

初めて読んだロバート・キヨサキ氏の本は、毎年払う税金の高さに悩んでいたここ数年の自分にとって、ぴったりの内容といえた。この本を読んでも、確定申告をしないであろう多くの会社員たちなんかは、課税の繰り延べ効果について体感的にわからず、行動を起こさない人も多いだろうが、自分は違う。長年、青色申告の際自分で記帳してきたから、課税を繰り延べして投資することのメリットが、体感的によくわかる。

とはいっても、アメリカと日本の税法は違うし、具体的にそのメソッドが日本で実現可能なのか。手元に一冊あり読みかけだったマンション一棟買いの本を最初から短時間で通読してみるが、校閲に出していないのだろう、聞いたことのない出版社から刊行された誤字脱字だらけの本では、情報量が足らなかった。

また書店へ行き、不動産投資についての本を一〇冊ほどまとめ買いする。インターネット通販でも、気になったものを数冊注文した。

短編小説を書き終えたばかりで、しばらく外での仕事がない週に突入したこともあり、それからの一週間、僕はずっと不動産投資についての本を読み続けた。

日本人により書かれた不動産投資本を読みあさった結果、なんとなく良しとされている方向性が見いだせた。ワンルームより、マンションやアパートの一棟買いが良い。利回りの良い割安の物件を探すのが肝心だが、業者にだまされずそれを見抜くにはいくつものコツがある。そして、なるべく低金利で、できるなら金利の低い都市銀行で多額かつ長期間の融資を受けるのが、大きな課題である。

そして二十数冊読んだうち、本当に有益な不動産投資本は、たった四冊しかなかった。有益だった本に共通するのは、損をしないための様々な計算式が載っており、なんといっても、誤字脱字がほとんどない。

いっぽう、「資産一〇億円!!　〇〇賃貸経営」「〇〇大家さんの、年収二〇〇〇万円不動産経営術！」みたいな体験談系の本は、読み物としては面白かったりするのだが、とにかく誤字脱字がひどく、今の市況でそれらのノウハウを実際の行動としてどうおとしこめばいいか、わかりづらかった。

誤字脱字の多さと有益な情報が載っていることについての相関関係はおそらく、人から頼まれて書かれた本であるかどうか、の違いに起因している。出版社から執筆を要請され書かれた本は、頼まれた時点で、その高い情報量やノウハウの的確さを、ある程度認められている。まともな出版社は質の高い本を出したがるから、本の信頼性を高めるため、誤字脱字が極力少なくなるよう、プロの校正・校閲にかける。つまりコストがかかっている。

いっぽう、ほとんど自費出版に等しい誤字脱字だらけの本は、校閲にかけるコストをケチるどころか、書き終えて一回も読み直さないのか、「キャッシュ風呂オは」みたいなひどい書き間違いがそのまま印字されているし、たいして有益な情報がなかったりもする。誰にも頼まれていないのに書かれた本だからだ。著者の略歴を見ると、不動産投資コンサルタントだったりする。

ことわっておくと、そういった本の中にも、読んでいて楽しい本はある。誤字脱字だらけで情報がなくとも、情熱だけはあるのだろう。数年前までの、全体的に不動産価格が低迷していた頃に、あまり計算もせず勘で不動産売買を繰り返し、たまたま成功した人なんかは、それを多くの人に教えたいという親切心も抱いたりするのかもしれない。

ただ、ぶっ通しで読んでみて、有益だと思えた四冊の本はどれも、読んだ後に少し暗い気分になるものばかりだった。というのも、地合が良かった頃ならいざ知らず、全体的に不動産価格が上がってしまった今、割安な物件を探すのは難しいということを、理論的に示してくるからである。

せっかく一週間ぶっ続けで勉強したのに、これではなにも買えないじゃないか。読書のしすぎで体調が悪くなった僕は、これだったら地道に小説を書いていた方が精神的にはるかにマシだったと、不動産投資の本をまとめて処分したくもなってくる。

しかし、数多くの数式を載せ理論的に教えてくれる不動産投資本は、なにも買えないと思ってしまう者を救ってもくれる。多くの人が投資用不動産の検索等でスクリーニングにかけ外してしまうような、一見すると割高な物件を、計算式を用いた冷静な不動産価値の算出により、買えるようになるかもしれないからだ。

ともかく少し冷静になるためにも、ぶっ続けの読書で疲弊した心身を休めようと、ベッドへ横になった。

初めての投資物件視察

書斎の棚に置いたままの不動産投資本を、段ボールに詰めどこかにしまっておく気にもなれないまま、数日が経《た》った。

やはり自分は、不動産投資というものを、気にしているのだ。不動産投資というか、もはやお金の話だ。自分はどうして、こんなにお金について考えているのだろうか。キャバクラで豪遊したり、飲み歩きもしない。三日に一度くらい、オージービーフの切り落としやイタリア産の豚肉を買ったり、サーモンや寒ブリの刺身用サクを買って家で玄米・麦ご飯と一緒に食べるという質素な食事だ。二四万円の家賃に三万円の駐車場代は、たしかに高いとは思う。ただ収入と比べれば、それでも全然使っていない。全ての金策は、もちろん理想の家を買う資金を得るためではあるのだが。

不動産投資をやろうにも、本によってすすめる順番が異なる。物件を見つけるのが先、良い不動産会社を見つけるのが先、最適な融資を受けられる銀行を探すのが先……色々あるが、感触をつかむためにも、まずは今の住居の近くで物件を探してみよう。

同じ区内、最寄り駅から徒歩一五分以内、上限価格五億円、マンション一棟の条件で検索すると、いくつか出てきた。RC（鉄筋コンクリート造）だと二億円台の物件が多めで、どれも古い。満室時の賃料収入を物件購入価格で割った表面利回りも、五％以下と低めだ。その中で一棟、気になる物件を見つけた。

築三十数年の、タイル張りの四階建て一棟マンションだ。一階に店舗があり、その上にワンルームが十数室ある。価格は約二億三〇〇〇万円。大まかな住所を見ると、住んでいるマンションからかなり近い。不動産仲介会社に電話で問いあわせると、現地はご覧になりましたかと訊かれたので、まだだと伝えると、詳細住所を教えてくれた。通話終了後Ｇｏｏｇｌｅマップで調べると、自宅からの距離は徒歩六分だ。

散歩感覚で、視察してみるか。昼に一件、最寄り駅近くの喫茶店でインタビュー取材を済ませた僕は、そのままの足で歩いて物件へ向かった。いつもならすぐ自転車に乗ってしまうが、駅から一〇分以上歩く感覚をわかっていたほうがいいからだ。

不動産投資の観点で注意深く歩いていると、小さな商店街のちょっとした寂れ具合とか、通行人の数なんかも、気になった。やがて、目的のマンションに着いた。

検索サイトの写真で見ると小さく感じられたが、四階建てのマンションは、実際にはけっこう大きかった。接道から撮った写真だとわかりづらいが、当然、奥行きがあるのだ。さすが二億三〇〇〇万円ぶんの体積だ、と感じた。スマートフォンで、外観の写真を何枚か撮る。俯瞰《ふかん》すると、隣のビルとの境が気になった。隣のビルの一階が居酒屋で、発泡スチロールや段ボールやらのゴミが、ビルとビルの狭い隙間にうずたかく積み上がっている。決められた時間や曜日に、ちゃんと回収なり廃棄がなされているのだろうか。

玄関の近くにまで寄る。上のほうに、錆《さ》びた配管が見えた。間近で見るとタイルも薄汚れている。僕は玄関から中に入った。まず郵便受けを見る。錠前を用いる古いタイプの郵便受けで、一つ、扉が破損していた。ガムテープで塞《ふさ》がれたものに関しては、郵便物を受け取りたくないのか、空室なのか、どちらなのかわからない。

タイル張りの階段を上ってゆくと、角部分の欠けも多い。戦争映画で見る、ドイツ軍に侵攻されたヨーロッパの街並みを連想した。各フロアには、古い鉄のドアと、それぞれ新しさの異なる給湯器が並んでいる。府中のマンションに住んでいた頃、給湯器を二十数万円で交換した経験があるので、いかにも知ったような顔で、給湯器を見て回った。

階を上ってゆくごとに、これはけっこう難しいのではないかと思えてきた。賃貸物件検索サイトでこのマンションの過去の賃貸募集案内を見たところ、賃料は六万円だった。駅から十数分かかり、二〇平米もない狭い面積の、六万円という安い賃料の部屋に住む人は、こういってはなんだが、どういう人たちなんだろう。一階のゴミ置き場も、すさんだ雰囲気だった。それに関しては、管理会社や、改善できていない現オーナーが悪いのかもしれないが。

勝手にそんなネガティブなことを考えつつ四階に上がったところ、とある部屋のドアに飾られているものに目がいった。竹かなにかの糸を編んで作られた、正月飾りだった。

すると急に、心があらわれた気がした。正月から一〇日ほど経つ。あまり訪問客もなさそうな賃貸マンションのドアに、律儀にそういった飾りをほどこす人が、いるのか。僕はそんなことをしない。部屋の中に飾るのならまだしも、ドアの外に飾るということは、外を通る人たちに対して、挨拶をしているということだ。なんとなく、その部屋の住人は女性、それも自分の母親と同世代くらいの六〇代の人だという気がした。狭い部屋からして、一人暮らしだろう。人には、人生のその時々で、古く狭い住処《すみか》に住まなければならない様々な理由があるのだ。そんな状況においても、外にいる見ず知らずの人たちへの気遣いも忘れない。勝手にネガティブなことを考えていた自分は失礼な人間だったなと、反省した。

マンションから出ると、隣や向かい合わせの賃貸物件もざっと見る。RCなのか鉄骨造なのかは判別がつかないが、どれも築浅で綺麗な集合住宅だ。自分が部屋を探す立場、特に女性だったら、それらのライバル物件を選ぶだろうなと思った。賃料相場がいかほどかはわからないが、賃料の差が数千円だった場合、古いマンションに勝ち目はない。

初めて見た一棟RCマンションは、二億三〇〇〇万円するにもかかわらず、あまりときめかない物件だった。不動産投資は、かなり難しいのかもしれない。

それでも帰路につきながら、ロープで仕切られた空き地を見つけ、これは買える土地なのかと疑問に思い、写真を撮ったりした。そして、そういった行為自体を、面白く感じた。普段の執筆の仕事と異なり、実際に土地や建物を見てなにかを判断するという行為に、身体性があるからだろう。

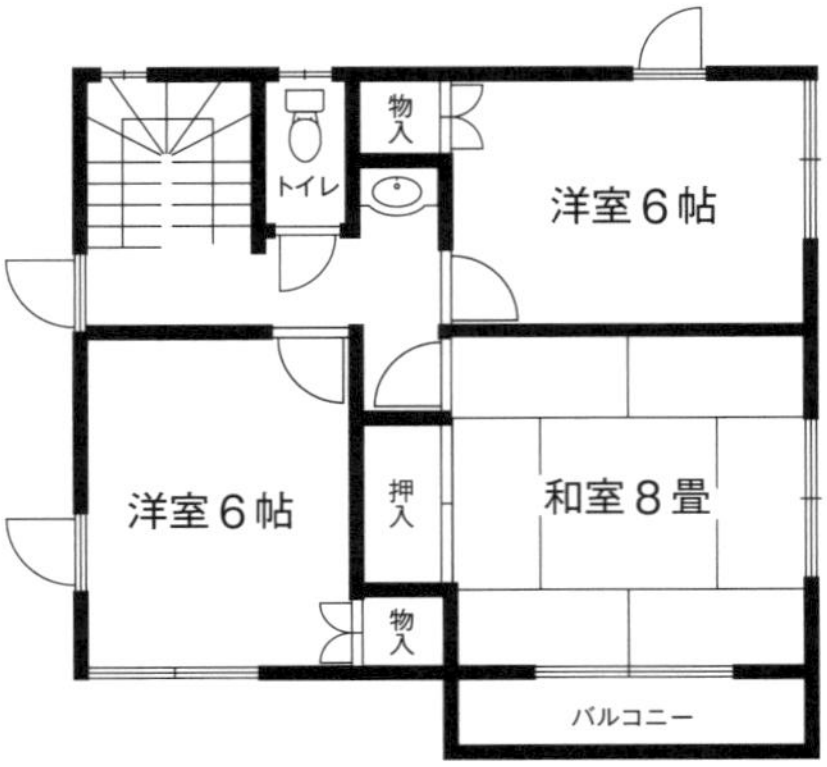

2F

1F

羽田圭介居住記録②

居住期間／小学校２年生〜大学生　埼玉県松伏町　木造戸建て

90年代初頭に開発された新興住宅街の建売住宅。使える駅が3つあったが、どの駅からも5kmくらい離れていた。二学期頭の転校初日、なぜか何人もの男子たちと延々と腕相撲をさせられた。校庭がだだっ広く、埼玉の空気を感じた。小学校は同学年が百数十人いて、中学受験をしたのは僕を含め5〜6人という感じだった。最も多感な時期を過ごしたが、中学進学以降東京へ通うようになると、寝に帰るためだけの場所になり、帰属意識は薄れていった。

上段:小学校2年生の冬。 庭の植樹を任せていた植木職人夫妻に、母が昼食をふるまったりも。
翌年夏休み、 昼間に隣家の姉妹と互いの庭にホースで放水し合い、 芝生を破壊し怒られる。
下段:小学校4年生の夏。 リビング。 窓の向こうでゴーヤを育てており、よくカマキリと会った。

一億一〇〇〇万円の不動産投資のため、メガバンクへ

すっかり不動産投資のモチベーションも下がりきったまま数ヶ月が経過した。とある日、銀行に勤めている中学時代からの友人より連絡があった。

「うちのお客さんから、良さそうな物件を紹介してもらったんだけど」

少し前に男四人で熱川の温泉施設へドライブしに行った際、投資用物件を探している旨を話したところ、盛り上がった。三〇代でそれなりに出世した友人Ｓは、配属先である神奈川の支店で様々な業者から、良い物件の情報を得られる立場にいるのだろう。

不動産物件価格は一億一〇〇〇万円ほどだという。そんな資金はなかったため銀行から借りるしかないわけだが、仮に手元にあったとしても、銀行から借りることには変わりない。不動産投資の利点は、他人から借りた金を運用するところにある。自己資金でやってしまうのであれば、株式等のほうが面倒もリスクも少ない。

というわけで個人や法人の税務書類や印鑑登録証明書等を送りしばらくしてから、友人が勤めるメガバンクの神奈川の支店へ電車で向かった。銀行は二階建てで、ＡＴＭや個人客相手の窓口がある一階を素通りし二階へ上がる。客が少ない代わりに、沢山の行員たちが働いているオフィスが見渡せた。主に法人相手に商談するフロアなのか、ブースがいくつかある。

「いらっしゃいませ」

あちこちから挨拶され、ザ・ノース・フェイスの軽量パーカ姿の僕も会釈する。すると友人が立ち上がり、ニヤニヤしながら近寄ってきた。

「じゃあ、こっちで書類書いてもらうから」

ブースに通され、紙コップのコーヒーを出してもらう。一三歳の頃からの友人に銀行でコーヒーを出してもらうとは、変な感じだった。

「このあと、国債の件で証券の人間も来ることになってます」

〈証券〉とは、系列の証券会社のことだ。○○銀行と○○証券は一応別会社となっているらしく、すぐ近くの建物から〈証券〉の人がやって来る。その理由は、友人から事前に頼まれていたことではあるのだが、〈証券〉にて日本国債を五〇〇万円分、それとは別に〈銀行〉でほぼ定期預金のような金融商品を一〇〇万円分買うためだ。それらの商品を僕が買うことによって、融資の稟議《りんぎ》を通すにあたり僕にとって銀行側への信頼になるし、支店にとっての成績にもなるのだろう。

「それと、うちの副支店長との面談もあるから。連絡してもう呼んじゃうね」

友人が内線で呼んでいる間、ひょっとしたらこれから行うのは、何冊もの不動産投資本で散々書かれていた、融資を許可してもらうための大事な面談なのかもしれないと、思い至った。

本には大体、このようなことが書かれている。低金利のメガバンクから融資を受けるのは実に難しく、普通の人は地銀や信用金庫、もっと小さな銀行等から融資を受けなければならない。下へいくほど、金利も高くなる。不動産投資においては借入金利をいかに低く抑えるかが重要で、メガバンクから金を借りるには個人や法人の確定申告書、バランスシート、事業計画書に関し完璧なものを作製する必要がある。加えて、面談時に担当者へ与える印象も良くするのが大事であり、スーツで行くのは絶対条件。約束時刻に遅れないのは当然として、五分以上前に行くのも駄目。そこまで完璧に準備しても融資を受けるのは難しい中、私のスキルを見習えばメガバンクから融資を受けられる可能性もあり……。

というように、体験談、コンサルタント系の不動産投資本には、東証一部上場企業勤めの限られた高給取りや医者、弁護士くらいしか相手にしないメガバンクから金を借りられる人間は、不動産投資の世界におけるエリート中のエリートであるというような記述がなされがちだ。メガバンクから融資を受けたことを滅茶苦茶自慢し、まるで貴族かのような立場から文章を書いている人もいたし、メガバンクから融資を受けるのは現実味のないこととして、地銀以下の銀行から借りる前提で書いている人もいた。

「はあ、メガバンクから金を借りるのは難しいんだな」

そんな感想を抱き、いつかやってくるかもしれない融資面談の日には僕もちゃんとした格好で行こうとあの時は思っていたが。どうやら今日が、その日のようだ。

ナイキのエアフォースワンに、シアサッカー生地のパンツ、Tシャツにパーカという、スポーツテイストの僕がそのことに気づいた頃、副支店長がやって来た。名刺をいただいたが、僕は自分の名刺すら持っていない。

「いつも『バス旅Z』、見てます」

「あ、ありがとうございます」

「S君とは、昔からのご友人だそうで？」

「はい、中学の時からですね。この前もドライブに行って」

他には、別荘地にはどこがいい等の世間話なんかも、というよりほぼ世間話しかしないまま一〇分ほどが経過し、副支店長がブースから去った。〝面談〟は終了したようだ。

「あれでいいの？」

「うん。いい感じだったね」

不動産物件のことについてや、僕個人や法人の事業計画、今後の収益の見通し等についても、ほとんど具体的なことは話していない。薄っぺらな世間話しかしなかった。面談というより、僕が社会的にまともな人間であるかどうかを見極めるための〝診断〟のような意味あいが強いのかもしれなかった。その後、〈証券〉の担当者も紹介され、各金融商品の購入申込書や融資の申込書等、いくつもの書類に記入し、帰宅した。

後日、無事に本店稟議も通過したという連絡が入った。まだ物件を買ったわけではないが、金利一％未満で一億一〇〇〇万円ほど融資してもらう約束をとりつけたわけだ。メガバンクから融資を受けることに関し、各書籍で散々謳《うた》われていたことはなんだったのか。実際に借りられる立場にいさえすればスーツなど不要で、パーカにスニーカーで行き世間話で稟議が通ってしまう。これは僕が自慢しているのではなく、不動産投資本に書かれていることを疑えと、述べたいのだ。

友人たちとの遊び。釣り下手と運用手法

中学からの友人二人と、釣りをしに行くこととなった。

以前にも温泉施設へ僕の車で一緒に行ったメンツのうちの二人で、Sは銀行員として物件の紹介と融資の窓口にもなってくれた。Nは僕より前にSの顧客から物件を一つ紹介してもらい、成約済みだ。

釣りといっても、山梨県のキャンプ場の管理釣り場へ行くだけだ。道具も現地で借りる。神奈川県に住む二人がSの車で来て拾ってくれるらしく、僕は朝早くから合流地点へ電車で向かう。神奈川県内の相模湖近くの藤野駅で待つ。人気《ひとけ》はあまりなく、登山でもするような格好をした人たちとすれ違うくらいだ。

やがて、ロータリーへ白いシエンタがやって来た。乗ると、三列シートの真ん中と後ろに、Sの息子二人も乗っていた。

「車の中、散らかってるけど」

運転するSの横に座る。真ん中の席にはNも座っていて、いくつものおもちゃを手に持ったりしている子供二人に対し、フレンドリーに相手をしている。既婚者だが子供はいないNが、どうしてこんなに子供に接するのが上手なのか、不思議だ。

前日夜遅くまで仕事していたらしく、やがてNが寝て、子供二人も静かになった。Sのご妻君は三人目を妊娠中で、用あって出かけているらしい。Sは休日に子供二人の面倒を見がてら、僕らと釣りに出かけたわ

けだ。

「ごめん、物件の件、頓挫してて」

運転するSから謝られる。

数ヶ月前に一億一〇〇〇万円ほどの融資可能枠をメガバンクからとりつけたわけだが、肝心の物件に関しとある懸念点が浮上し、話が頓挫してしまっていた。

「多分、あの物件の話は流れると思う」

「そうか。まあ、仕方ないでしょう」

「羽田への融資に関しては上司も乗り気で、支店でも力を入れて代わりの物件を紹介してもらう流れにはなってるから、もう少し待ってて」

「わかった。頼むよ」

融資の本店稟議が通ってから先が進まず数ヶ月経過していたから、不動産投資熱もけっこう冷めてはいた。

管理釣り場へ着くと、事務所で道具を借り、再びシエンタに乗り短い距離を移動する。

「ヒャッハーッ！」

私有地内で、窓の外に出した手に長い竿を持ったまま徐行速度で移動していると、気分はマッドマックスだ。イクラをエサとした釣りでは、ニジマスやヤマメがたまに釣れた。中学、高校時代にもSとNの二人とは、それぞれ別々の機会に海釣りへ行ったことがあった。

特に高校卒業間近の時期にNや他の友人たちと熱海で行った、テント泊をしながらの釣りは印象的だ。四人中、僕が最も釣れなかった。一泊二日で初日は釣れず、二日目の午後、ようやく根魚が一匹釣れたのだ。

バルサ材でルアーを手作りしていたくらい、子供の頃から多少釣りのたしなみがあるわりに、僕は釣りが下手だ。それを自覚してはいる。

釣りの上手《うま》い、下手は、具体的になにをさしているのか。釣るポイント選びや、仕掛けの作り方等色々あるが、他人と比べて自分の明確な弱点だと思っているところがある。それは、途中でやり方を変えてしまうところだ。

釣れない時間がしばらく続くと、場所を移動したり、エサを変えたり、簡単にしてしまう。近くの釣れている人の真似をして似たような場所に針を落としてみると、その頃には潮目が変わっており自分が元いた場所で別の誰かが釣り上げている、ということがよくある。

最近は釣りをする機会も少ないが、釣りをしなくとも自分のその弱点を実感することがある。株式市場においてだ。

たとえば投資を覚えたての頃、なにがなんでも高配当の米国株を複数買い配当再投資をすればよいと思っていた。しかし高配当になるには株価自体が低迷する理由があり、ある程度のキャピタルゲインも狙ったほうがいいと、東証一部上場銘柄の高配当株を買い、値上がりしたら売却するというやり方に変更した。日本の株式市場でキャピタルゲイン目的の取引が難しくなってくると、米国株の無配当グロース株を買う路線に変更。しかし買ったグロース株がのきなみ買値より安くなり、売るに売れない塩漬け期間中、株価自体もあまり変わらず増配までしたりする米国高配当株を横目で見て悔しい思いをしたり……。

どの戦略が最も正しいかという話ではなく、変化する市場に過剰に反応せず、一度決めた戦略をそれなりに長くやり続ければ、下手に動くより確実に今より資産を増やせていた。

釣りだったら魚が釣れないくらいの話で済むが、お金が絡むとなると別だ。そのことを思いだした僕は、特定分野に関しての自分の弱点を反省しながら、釣りに挑む。それでも気づけば、頻繁に場所を移動してしまっていたりする。ただ高校時代まではよりは、マシになっている。

我ながら、自分には忍耐力があるのかどうかわからない。小説の執筆という、一人で長時間かけとりくむ仕事を十数年間やれているから根幹的には、忍耐力や自制心が強い気もする。一方、株式市場や釣りでの迂《う》闊《かつ》なふるまいや、食べ物を食べ過ぎてしまうところに関しては、かなり弱い人間だ。

「この橋渡るの?」

Sの次男が、川を渡す高さ二メートルほどの吊り橋を渡ろうとしていて、僕はそれを後ろから見守りながらついて行く。勇気があるというか、怖さを知らないのだろう。いっぽう、数歳年上の長男のほうは、経験で怖さを知ってしまったのか、あるいは性格によるものか、決して橋を渡ろうとはしない。

やがて、釣り上げた魚や持ってきた食材でバーベキューを始めた。二児の父であるSが網の上からトングで取った食べ物を紙皿にのせ、子供二人に渡す。こういう画を、どこかで見たような気がする。誰かの家族を交えつつ、アウトドアで遊びながらビジネスの話もする。そう、映画に出てくるマフィアのファミリーだ。

この段階で、僕は気づいてもいた。友人たちと金儲けがしたいのではない。大人の男が集まろうとしたら、酒やゴルフの二択になりがちだが、ゴルフに興味がなく、酒を飲み昔話をするだけというのも虚《むな》しく感じられる僕としては、それ以外の集まる理由がほしい。

遊びながら一緒になにかをやるための口実として、ビジネスめいたものを介しているのだ。つまりは、金より遊びのほうが、大事ということ。そもそも、釣りの場で投資の話が具体的に進んでいるわけでもない。遊ぶ口実になれば、酒でもゴルフでも投資でもなんでもいいのだ。

雑居ビルの一棟買いを検討

住環境に関し相変わらず考え続けていた。僕の場合は創作をする場所が重要だ。ここのところ、住まいとは別に、雑居ビルに仕事場を設けたいという欲求にかられていた。雑居ビルは、住宅用より堅牢なRC造である場合が多い。余計な仕切りがない広めのワンフロアであれば、自分で好きなようにスペースを区切って使える。

小説の執筆だけであればたいして場所も要さない。しかし僕は、小説以外の仕事や創作もする。放送メディアや広告等の仕事の打ち合わせ、取材をすべて事務所で行えば楽だろう。全然金にはならないものの、YouTubeにアップするための映像製作も始めたし、作曲教室にも通いだした。だからスピーカー等の音響機器を頻繁に使う。

声楽中心のヴォイストレーニングに通いだした大学時代から〇・七帖分の大きさのヤマハの組み立て式防音室を使っている。発声練習や声楽曲だけならその中で歌っていればいいが、ポップス音楽を作るのであればマイクを使った音声をモニタリングしながらでないとその感覚を身につけられないだろうと思い直し、防音室内にもモニタースピーカーやマイクを導入した。しかし狭い空間内でハウリングを起こし、数日間耳にわずかな痛みをおぼえたことがあった。耳に良くない。なにより、その密閉空間はすぐサウナと化し、一年のうち半分は入っていられない。それだけでなく、やめてしまった電子ピアノもまた始めたくなった。RC造の事務所用物件でなら、気兼ねなく音出しもできるだろう。

もちろん、今住んでいる築浅の高層マンションでも、それらをやること自体は可能だ。上下左右からの騒音は聞こえてこないから、住民たちが穏やかというだけでなく、そもそも防音性の高い住居なのだろう。組み立て式防音室など用いず日中に音出しをして、苦情が入った時点ではじめて他の方法を検討すればいい気もする。よく考えれば、テレビもない静かな自宅でデスクワークをしている僕のほうが少数派で、日中働きに出たりして夜は家でテレビをつけるような世間の多くの人たちは、耳をすませばわずかに聞こえてくるくらいの音などいちいち気にもとめないだろう。

しかし、あまり人様に迷惑をかけたくないという性格に生まれてしまった以上、自分のやることに対し気分的にわずかでも遠慮が生まれると、駄目なのだ。たとえば、「ひょっとしたら外の人に聞かれてるかもな」と思いながら声楽曲の練習をすれば、変な癖がついてしまう。楽器の練習だってそうだ。アメリカの映画でよくある、広いガレージに憧れる。あんなふうに家と家との間があいていて、ドラムでもなんでも大音量で気軽に楽器を鳴らせる環境にいたら、そりゃ気軽にセッションとかして曲だって作っちゃうよな……。

ＹｏｕＴｕｂｅ事情だってそうで、仕切りのない雑居ビルのワンフロアでも借りてしまえば、常設のスタジオだって設けられる。照明やカメラといった機材を一々しまったりする必要もないから、気軽に映像が撮れるはずだ。それに理想をいえば、執筆用と、映像・音楽製作用のスペースは、分けたい。

建物自体に関しても、無駄なベランダのない雑居ビルという形式が好きである。日本の住宅にはとにかく物干しにしか使えない狭く中途半端なベランダがついているが、乾燥機が普及した今、それらは不要だ。あんな無駄なスペースを確保するのであれば、そのぶん建物のスペースを広くしたほうがマシで、掃き出し窓ではなく腰上の高さの窓にしたほうが家具配置の自由度や遮熱性、気密性も高い。雑居ビルであれば無駄なベランダはないから、僕の理想に近い。

ワンフロアで充分だから賃貸で借りてもいい。しかし安めの雑居ビルを一棟買いでもしてみたらどうだろうか。以前も考えたことだが、最上階を自分で使い、他のフロアを貸しに出し賃料収入を得られる。銀行から融資してもらったとして、賃料収入でローン返済ができたら理想だ。僕はなにかと、経済的自給自足システムのようなものに憧れてしまう。

投資用物件検索サイトで、一棟売りのビルを再び探してみる。都内でもアクセスが悪く古かったり、小規模だったりのものは、二、三億円くらいでもあった。赤坂等のテナント募集にも困らなさそうなものは、一〇億円前後であったりした。高い物件は他にもある。しかし一棟売りのビルとなると、一棟売りマンションほどには、出ている物件も多くない。

銀行からギリギリ融資してもらえそうな額かつ、買ってもいいと思える物件を探すのは、難しそうだ。自分一人では無理だろう。ここはひとつ、詳しそうな識者に頼るしかない。

物件探しを優位に進めるための出版業界での模索

キノブックスという出版社から献本があった。何冊かの小説に、男性編集者からの丁寧なお手紙が添えられていた。

キノブックスは、木下工務店や木下不動産といった企業のグループ会社らしい。グループ内のキノフィルムズとは、映画コメントの仕事も何度かしたことがある。木下工務店を調べてみると、RC造の地下室をしつらえた地上木造家屋の建築例も見ることができた。

キノブックスとしては僕に小説の執筆を頼みたいようであるが、僕としても、頼みたいことが頭に浮かんでくる。

メールでのやりとりを経て、会うことに。西麻布の鉄板焼き屋に招いてもらい、手紙をくださった男性編集者と、キノブックスの女性社長のお二人と食事する。聞くと、キノブックス文芸部門ができたのは最近のことで、僕がデビュー時よりお世話になっている河出書房新社の男性編集者と飲んだ際、文芸部門を充実させるためのアドバイス等も聞いたらしい。自分のデビュー版元にいるあの人と話をしたのか。当然、話題はやがて執筆依頼の話となった。

「でも今、待たせてしまっている出版社が各社あるんですよね」

基本的に、純文学文芸誌向けに小説を書くことが多い。『文藝』の河出書房新社、『文學界』の文藝春秋、

『新潮』の新潮社、『群像』の講談社、『すばる』の集英社。他にも幻冬舎と実業之日本社で本を出したことがある。

デビューして数年以上のキャリアがある純文学作家なら誰でも、執筆依頼がたまっているものだ。これは、売れている、売れていないに関係はない。その人の書いた本が売れそうかどうかより、定期的に文芸誌を出している出版社は、常に原稿を求めているからだ。だから各社から何巡目もの執筆依頼はきているし、執筆を依頼され、いいテーマを見つけたら書くとなんとなくの約束をしてから数年が経ってしまっている出版社もある。さらにいうと、自分に声をかけてくれたその編集者が結婚と出産を経て別の出版社に転職してしまいそこから執筆依頼があったりもして、そうすると転職先である出版社向けにも書かなければならないような義務感も生まれ、執筆依頼が増殖する。

これまではなんとなく依頼をもらった順番に執筆してきた。純文学の書き手である自分としては、プロに批評してもらうには純文学文芸誌向けに書いたほうがいいと思いながら。

それじゃあ文芸誌以外で書く場合はどういうときなのかというと、エンターテインメント小説が書きたいときや、その出版社や編集者とのつきあいの中でしか生まれないような作品が書けそうなときだ。

キノブックスで書くことを了承したとしても、まともに順番待ちをしてもらったら、本を書くのも五年以上は後になる。

「最近、地下室付きの住宅や、雑居ビルの一棟買いにものすごく興味をもっているんですよ」

ここで僕は、自分が住んだり投資するための建物についての話をした。キノブックスのお二人は建物や不動産事情に詳しいわけではないようだが、当然のことながら、グループである木下工務店や不動産の話となった。

「いい感じの家を、割安で建てられたりしないですかね？　あるいは、良い物件を探してもらったり。そういう小説を、書けるかもしれないですし」

「そうですね。今度訊きいておきます」

お開きとなり、タクシーで自宅最寄り駅へ送ってもらう。降りる際に社長から、パティスリーのマカロンをいただいた。

後日、また連絡をもらった。木下不動産の詳しく話を聞ける人と会わないかというものであった。ある日の夜、僕が指定した喫茶店へお越しいただいた。

前回と同じく男性編集者と女性社長の他に、僕より数歳上くらいの女性が座っていた。木下不動産の方だった。僕が雑居ビルやＲＣ造の地下室付き物件を探している旨は伝えてもらっていたらしく、売りに出されている比較的目ぼしい雑居ビル数軒やマンションについての資料を見せてもらった。

「今は全体的に売りに出される価格が高いため、我々のような業者が率先して買おうとする時点で、既に高いです」

「素人がサイトやアプリでスクリーニングして、条件にあった物件が出たら通知がくるようにしても、そこに出回っているものは割高なものしかないということですか？」

「そうですね」

質問の仕方を変えたり他の色々なことを聞いても、同じであった。不動産バブルにある今は、プロでも物件を探すのに苦労しているらしく、投資用として優れているどころか、割高でない物件を買うのが困難な時期らしい。木下不動産の女性は、正直に現状を教えてくれた。つまりは、木下工務店や木下不動産とつながりをもっても、不動産の話においては特に恩恵にあずかれそうもなさそうということだ。

「せっかくですので、これからお食事に行かれませんか？」

礼を述べ喫茶店を出たところで、男性編集者から誘われた。場所を指定したのは僕だが、夜の時間帯を指定したのは先方だ。当然、酒の席へと流れ、そこで再度執筆依頼の話をしなければキノブックスのお二人にとっては意味がない。

しかし僕はここ最近ずっと、仕事の話を飲みの席ではしたくないと思っている。食事をおごられ酒もまわると、誘ってきた側にとっての有利な取引が進みやすいからだ。だから僕は夜の時間帯にもかかわらず、打ち合わせの場所として喫茶店を指定した。最近はもうずっとこんな感じだ。なるべく借りを作らず、冷静な頭で商談はしたい。

「飲みは結構です。余計な経費をおかけしてしまうのも勿体《もったい》ないので」

挨拶し、僕はそそくさと帰った。

どちらが失礼なのかは、わからない。すぐに書く気がなくとも、飲みの席で話だけでも聞くほうが失礼がないのかもしれない。しかし本質的には、他社からの依頼が渋滞している中それに割り入ってまでキノブックスですぐ書く可能性がほとんどないにもかかわらず、まるで可能性が大いにあるかのようにふるまうほうが、先方に無駄な労力を要させてしまうようで、失礼に感じられる。ともかく、先方にとってもそうであろうが、僕にとっての目論見《もくろみ》も、崩れた。（※その後ほどなくしてキノブックスは閉業）

メガバンク友人との交流で考えた

友人の勧めるメガバンクから融資してもらえることとなったものの、肝心の物件の話が頓挫したまま、時間だけ過ぎてゆく。そのうち、〈証券〉の口座へ他社証券口座から株式をある程度移管したうえで、〈銀行〉で販売するとある金融商品を買ってくれという話となった。株式移管に関してはネット証券に書類を申請し、自分で進めた。

後日電車に乗り、神奈川県の支店へ向かう。今回は、一〇〇万円分の商品だという。

窓口に通されると、商品について説明された。なんでもほとんど定期預金のような金融商品で、売買手数料や維持手数料がかかるような商品ではない。約束されている一億一〇〇〇万円という融資額からすれば、一〇〇万円は決して多額ではない。なぜ、それを買わされるのか？

理由は、銀行の決算月にあたるとのことで、支店に課せられた目標を達成するためらしかった。

「一年間は持っててほしい。それより早く解約すると、わずかに元本割れしちゃうし」

友人Sから言われる。一〇〇万円を、できるなら米国株の購入にでもあてたいところだが、融資してくれる銀行の支店から喜ばれるのであれば、それくらいの額を一年間その金融商品に形を変えるのも苦ではない。

ただ、疑問もある。

「買うのはいいけど、俺がこの商品買っても、銀行側の利益なんて全然ないよね？」

「うん、そう。でも、うちの銀行の評価体系だと、これで評価されるんだよね」

署名したり判子を押したりしながら聞くところによると、銀行によって銀行員への評価の仕方は違うのだという。同じメガバンクでも、わりと強気の利益追求タイプの銀行は、銀行にどれくらいの額の利益をもたらすかで評価するらしい。だから、ほぼ定期預金みたいな金融商品を三〇〇〇万円分くらい客に売ったとしても、そんな金融商品は銀行にろくな利益をもたらさないからたいして評価されない。いっぽう、友人の勤める銀行では、売った額で評価される。銀行に利益を全然もたらさなくても評価が上がるとは、なんとも日本的な組織であると感じた。

ただ、だからこそ僕に一％未満の超低金利で多額を融資してくれるのであるし、少なくとも僕はその日本的な社風に、客の立場として助けられているのだろう。

「このあと、飲みに行かない？」

「わかった。それまで時間つぶしてるわ」

友人から提案されたため、手続きを終えた僕は駅近くの家電量販店で時間をつぶす。やがて退勤した友人と合流し、イタリアンの店へ向かった。

「ここ、前に来たとき、けっこう良かったんだよね」

男子校時代はデフレ下で共に六五円のハンバーガーを食べたりしていたもので、イタリアンをすすめられるとは、エグゼクティブごっこでもしているかのような違和感もある。

すると、近くの席にいた七〇代くらいの男性が、友人Sに話しかけ、Sも挨拶を返した。面識があるらしい。老人の向かいの席には、僕らと同じ三〇代らしき女性が座っている。

「ああ、この人は僕の友人」

老人が女性をさしてそう言い、女性もなんとなく僕らのほうを向き会釈した。ちょうど帰り際だったようで、勘定を済ませた老人が店員と親しげに話し出て行くと、空いた席に入れ替わるようにして僕らが座った。

「さっきの人、俺が担当してる顧客で」

「へえ」

この店も、さきほどの老人に教えてもらったようだった。

「僕の友人、って」

僕が口にすると、友人は苦笑いした。七〇代男性と三〇代女性の友人関係なんて本当だろうか。対等に仕事の話をする関係であるとも思えない。仕事関係だったとして、数人ではなく一対一でイタリアンに行くとは、どういう関係なのだろう。僕はあの七〇代経営者男性の人となりを全然知らない。仮にさっきの三〇代女性が資産家だったらどうなのだろうかと、考えてしまう。女性自身が金をもっていても、わざわざ七〇代男性との食事に時間を割くだろうか。勿論、金と関係のないつながりや魅力でもあるのかもしれないが。

頓挫していた一億一〇〇〇万円の不動産投資が動きだす

銀行融資の稟議が通ってから、一年が経った。

——待たせてごめん、どうにか羽田に紹介できそうな物件、見つけられた。

ある日友人Sから着信があり、そう言われた。融資をとりつけた一年前は熱っぽかった僕も、すっかり投資熱が冷めていた。投資に対する考え方は時期によって変わるもので、やはり無借金で現物株式を買うほうが柔軟に動かせるし良いのではないかと思っていた。そもそも、数年ぶりの新しいバイク選びに没頭し、投資について考えている余裕もあまりなかった。

ただ検討した結果、物件を買うという結論はすんなり出た。僕の普段の生活圏からは外れた場所にある物件だったが、需要はそれなりに見込め、良さそうだった。数百万円の車選び、百数十万円のバイク選びでは散々、試乗やレンタルを繰り返してきた。そんな自分が、一億円以上の不動産物件に関しては、買うことをあっさり決めた。そんな簡単に決められるのには、いくつか理由がある。

一つは、メガバンクがフルローンかつ低金利で金を貸してくれるという裏付けだ。メガバンクは地銀等に比べ、融資の条件が厳しい。もし貸した相手の資金繰りがショートしローン返済が滞った場合でも、売るなりして資金の大半を回収できるような物件にしか、融資してくれない。言い換えれば、その物件が安全であるかどうか、銀行の側で厳しく審査してくれるということだ。メガバンクが好条件で融資してくれるのであれば、かなり手堅い投資物件であるという証にもなる。勿論、八〇年代末の不動産バブル期にはそれで銀行から担がされ、地獄を見た人も多いのだろうが。

なによりも強い二つ目の理由は、銀行員の友人Sとは中学一年生の頃からのつきあいであるという点だ。学生時代の友人にも色々いるが、やはり中学時代からの友人というのは、互いに何者かになる前の姿も熟知しているから、さらけ出せる部分がある。そんな相手からの信頼を失うのは人間ならざる者へ近づいてしまうのと同等で、向こうも僕を裏切ることはないと思える。それに、僕が彼の勤める支店から融資を受けても、銀行側にたいして利益はもたらさない。営業成績の評価につながりはしても、それが直接的に彼の給料やボーナスに反映されるわけではない。つまりS個人にとってはたいして得もしない案件であり、たいして得しない案件のためにわざわざ旧友に変な物件を掴《つか》ませる理由もないわけだ。

——でさ、あれから時間経っちゃって、うちの人事も色々変わっちゃったんだよね。また新たに稟議を通す必要があるんで、手間だけどまた各書類送って、面談もお願いしていいかな?

「了解!」

そして迎えた再稟議の日、神奈川の支店へ向かうため湘南新宿ラインのグリーン車に乗る。五〇分程度電車に乗るために一〇〇〇円近く追加料金を払うわけで、その額はなにかしらのサブスクリプションサービスの月額料金一つか二つ分だな、となんとなく思った。ただ、忙しくて読書をする時間があまり捻出できていなかったので、一四〇〇円で買った小説を五〇分間集中して読むために約一〇〇〇円を払った。結果として、体勢に窮屈さを感じさせないグリーン車内での読書は、とても満たされたものとなった。

駅から銀行へ向かう最中、金で得られる豊かさとはさっきみたいなものなのではないかと感じた。若いうちに都心に豪邸を得たいという欲望もあるが、豪邸ですら環境の一つに過ぎない。自分が本当に求めているのは、老人になってもゆとりのある空間で創作活動ができたり、席の取り合いとは無縁の、パーソナルスペースに余裕のある乗り物で移動したりすることなのかもしれなかった。

ゆとりある空間で創作したり読書するために、自分は銀行から一億一〇〇〇万円ほどを借り、不動産物件に投資しようとしているのか。自分が求めるもののために、本当にその投資が必要なのかどうかは、度々わからなくなった。

一億一〇〇〇万円の融資手続き完了。後《のち》、メダルゲーム

いらっしゃいませ。メガバンクの神奈川県内支店の二階に上がると行員の方々より挨拶され、僕も会釈を返す。

「じゃあこっちで、面談受けてもらうんで」

友人Sからブースに通されしばらくするとSの上司が現れ、一年前の前任者と同じくほぼ世間話しかしなかった。勝手がわかっている僕は、今回もスーツなど着ていない。形ばかりの面談を終えた後、不動産物件を扱っている業者の社屋へ行くこととなった。

銀行の前で待っていると、Sが支店所有の軽自動車でやって来た。助手席に乗りこみ、出発する。ボルト

がむき出しの鉄チンホイールに、サイドウィンドウは手動でレバーを回すタイプだった。不動産仲介業者の車などにも今まで乗ったことはあるが、ここまで徹底的にコストカットをした車には乗ったことがないかもしれない。さすが銀行とも唸《うな》らされるが、いっぽうではコストカットの仕方が間違っているような気がしないでもない。維持費を安く済ませるには軽自動車も良いだろうが、このように客を乗せる機会だってあるのだし、事故でも起こした際の安全性を考えたら、もう少し頑丈な車、せめて普通車のコンパクトカーくらいにはしておいたほうがいいのではないか。小手先の節約という感じがした。

会社に到着し、三階建てくらいの小規模ビルの一階に車を駐める。中に通され打ち合わせをしたあと、Sの運転で再び銀行へ戻った。その時点で四時半過ぎだった。

「この後、時間あったら飯でも行かない？」

車を駐車し終えたSから提案され、僕は了承した。彼が業務を終えるまで、二時間弱ある。

腹が減っていたので、とりあえずラーメン屋へ入った。カウンター席の近くに座る二人組のうち、四〇代くらいの男のほうが、二〇代くらいの女に「おまえ」という呼称を用い会話していた。女のほうも男に敬語は使っていない。時折聞こえる「お客さん」とか「病気」という語からするに、風俗店の嬢とオーナーではないかと察した。妙に、支え合っているような空気感が漂っていた。

ラーメンを食べ終えても、まだ時間がある。暇つぶしのためゲームセンターへ足を運び、前々から気になっていたメダルゲームに興じてみた。一〇〇〇円分をメダルへ換え、メダル落としゲームにひたすら没頭する。やがて、法定通貨をメダルへ換えてしまえば最後、得するか損するかという価値判断基準からすると、このゲームに勝ちも負けもないことに気づいた。いくら多くメダルを獲得しても、それを現金へ換金することはできない。可能なのは、勝ち続けてゲームを終えるまでの時間を延命させることだけだ。ただ、それで充分だという気もした。現実世界での法定通貨だって同じだ。金は、生活のための足がかりにしたり、楽しさを得るための道具でしかない。

「何やってんの？」

場所を伝えてあったため、友人Sがいつの間にか僕のもとへとやって来ていた。手持ちのメダルが尽き自分の手を見ると、五指の先が銀色に汚れていた。トイレで洗い、飲み屋へ向かう。

後日、再稟議が通ったとの連絡がきた。そして本契約のため再び支店へ。書類や会社実印等、指定された物は全部持ってきたつもりであったが、社判を持ってくるのを忘れた。契約に際し、判子を押さなくてはならない書類が膨大にあり、社判があれば早く終わるものの、それらの一枚一枚に会社の住所等をボールペンで手書きしていったため、ものすごく手間がかかった。

四五分くらいひたすら指を動かし続け、疲弊した。しかしこれでようやく、物件購入に際し銀行から金を融資してもらう正式な契約を結べたわけだ。あとは時々要求される事務手続きを手違いなく済ませれば、近いうちに物件が完全に自分のものとなる。

一件目の物件購入までこぎつけるにあたり、学んだことがある。優良な物件を探すより、信頼できる人間を探すほうが大事だし簡単だということだ。今回は中学からの友人に先導してもらうという幸運に恵まれた。

帰りの電車の中で、特に興奮や感慨深いものがあるわけでもなかった。それよりも、バイク遊びのことばかり考えていた。将来自分に豪邸を買う資金を与えてくれそうな投資よりも、今の楽しみのほうが大事だ。将来のことが大事過ぎたら、バイクなどという危ない乗り物になんか乗らない。自分でも、将来のことを考えながら手堅く生きようとしているのか、刹那的に生きられればそれでいいと思っているのか、よくわからない。ただ、それが人間なのだと思う。

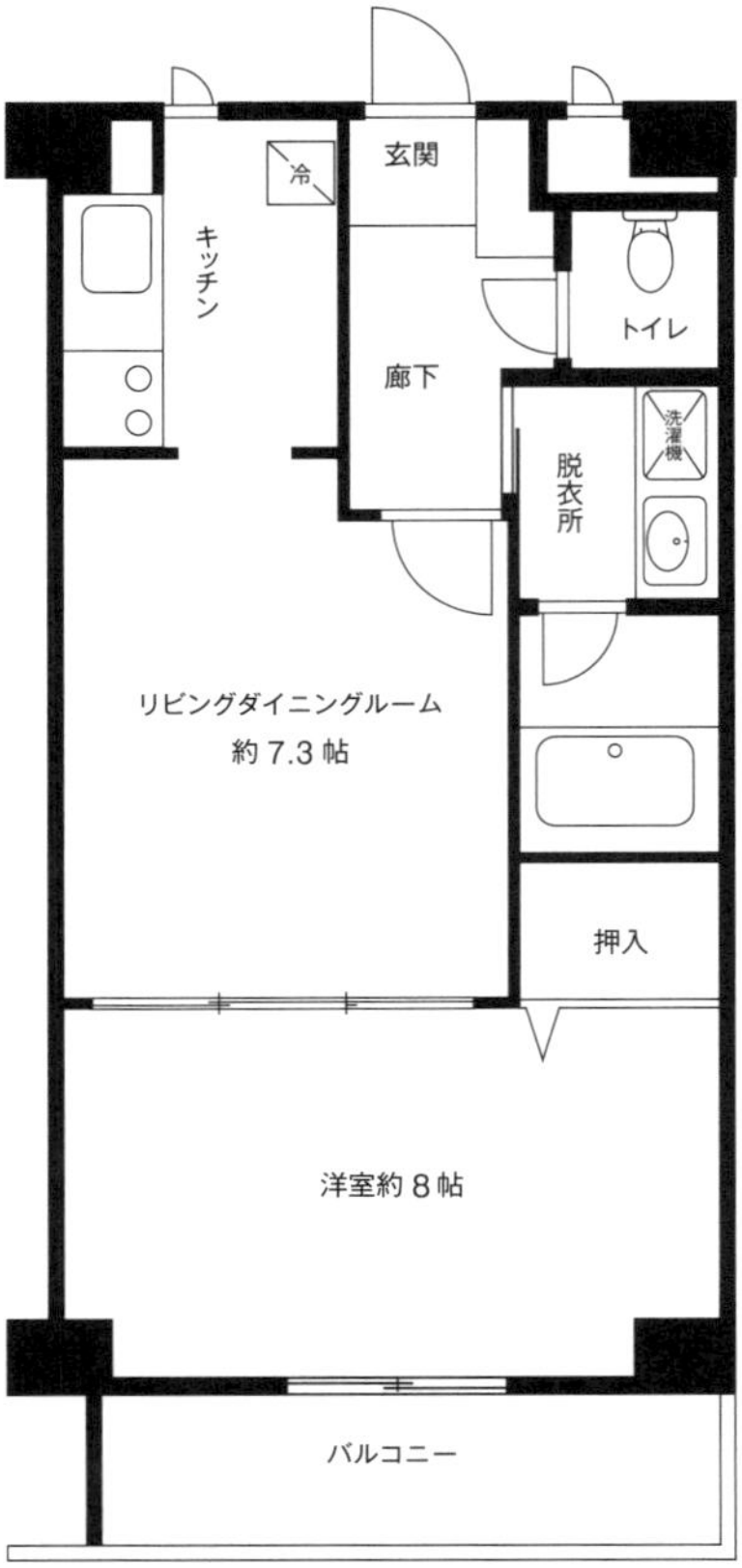

羽田圭介居住記録③

居住期間／大学3年生1月〜大学4年生8月　家賃／9万1000円
東京都江戸川区　賃貸専用マンション

インテリアを好き勝手にしたいという理由で、就活中の時期に引っ越した。組み立て式防音室を入れるため広さが必要だった。実家から赤帽で引っ越す日の朝、母が怒るような顔で寂しさをあらわしていたのが印象的。IKEAで好きな家具を揃える。白インテリアにハマり、買ってきた木の板を白ペンキとニスで塗り、掃き出し窓のあるベッドと書斎の部屋に敷き詰めた。友人たちを呼び鍋パーティーをしたり、バンドの練習をしたり。通学時間を削減し、執筆時間も増えるかと思ったが、そんなことはなかった。家事も自分でやるし。さすがに金の無駄だと思い、就活も終わって余裕のあった晩夏に埼玉の実家へ戻り、そこで半年ほど過ごす。

上段：就活期間中、間近に迫ったライブに向けてギター猛特訓中。
下段：大学の友人たちを招いて。明大生たちが多く住んでいた東京西側の京王線沿線とは真逆の東側のため、集まりやすい家というわけではなかった。

羽田圭介、資産運用の歴史①　確定拠出年金を始めたきっかけ

銀行融資ありきの不動産投資の話ばかり連続で書いてきたが、そもそも自分の投資歴はどのように始まったのか、振り返ってみたい。

一七歳で小説家デビューした僕だったが、一応はということで大卒後に企業へ就職した。そこを一年半で辞め専業小説家になり数年経った頃、自営業者のための積立型の年金のようなものがあると聞いた。調べてみると、それが確定拠出年金だった。二〇〇〇年頃、中学校の授業で習った際は「日本版４０１ｋ」と呼ばれていたからそちらのほうが馴染みがあり、金融の用語っぽくて好きだ。最近の「ｉＤｅＣｏ《イデコ》」という呼び方は、響きが好きではない。

自営業者の場合は毎月の掛金上限六万八〇〇〇円、年額にして八一万六〇〇〇円分が所得控除となり、投資信託を買い付けていっても運用益が非課税になるとのこと。難点として、掛金は全額、六〇歳になるまで引き出せない。

当時の僕の年収は、三〇〇万円から五〇〇万円程度の間を行き来していた。会社を辞める直前に北向きの狭い中古マンションを買っていたから、ローン返済と管理費、修繕積立金の合計で毎月六万円ちょっとの支払いがあった。賃貸マンションと比べ、一人暮らしのコストとしては低く抑えられていたから、アルバイトもせず小説だけで食べることはできていた。

ただそれでも、贅沢《ぜいたく》はできないという、うっすらとした経済的不安はあった。小説を出してもデビュー作ほどは売れないし、全国の書店でハードカバーの文芸書コーナーの売り場はどんどん狭くなってゆく。やがて本を出しても、都心の大型書店に自分の新刊本が一冊あればいいというくらいに、そもそも本を置いてもらえなくなった。

限られた売り場には、売れているベストセラー作家の本、話題になっている本ばかりが置かれている。これではいくら良い作品を書いても、既に自分の作品を読み評価してくれている固定ファンの方がインターネット書店等で注文してくれることはあっても、一見《いちげん》の新規読者がつくことはないだろうと思った。そもそも僕の本を誰も書店で目にしないのだから、当然だ。つまりは、読者が減ることはあっても、増えることはない――。

その恐ろしさに気づいてからは、書評やエッセイなどの様々な原稿仕事を引き受け、原稿料でも稼ぐようになった。そんな矢先に知った確定拠出年金に加入したのは、自分の稼ぎを、自分の努力以外のものにも頼りたいという思いからだった。

自分で確定申告をやっていたので、加入している最寄りの青色申告会に行き、確定拠出年金への加入手続きをとる。掛金は最少額が五〇〇〇円からで上限が六万八〇〇〇円。僕は迷わず六万八〇〇〇円に設定し、日本株と外国株、ＲＥＩＴ（不動産投資信託）の投資信託を買うよう配分を決めた。

毎月の引き落としと買いつけがスタートすると、ネット口座にログインしては、運用成績をチェックした。資産を預金以外の形にし、それが変化するのが新鮮だった。そしてすぐに、掛金の少なさに物足りなさを感じた。もっと多額を運用したい。当時の収入では毎月六万八〇〇〇円の掛金もかなり無理しているほうなのだが、もっと大きく増やしたいという欲が出た。

確定拠出年金で運用しているのとほとんど同じ投資信託が、各証券会社の口座で買えるらしい。ネット証券数社の口座開設手続きを進める間、基礎的な知識を勉強しようと、山崎元《はじめ》さんの『全面改訂　超簡単　お金の運用術』（朝日新書）や橘玲《たちばなあきら》さんの『臆病者のための株入門』（文春新書）を読んだ。

結論からいうと、全世界の市場に連動したパッシブ型の投資信託やＥＴＦを買うことを主にすすめるそれらの本の内容が、万人にすすめられる投資の最適解に間違いない。いずれ詳しく書くこととなるが、投資を始めて七年ほどが経つ今の時点で、自分で工夫し色々と失敗もしてきた売買より、最初から今に至るまで市場連動型の商品をひたすら買い増していたほうが、運用成績は良かった。

再現性の高い、誰にでも真似できる最適な答えは、すぐ目の前にある。

しかし、どうしてそれを避けてしまうのか？

理由は、自分だけは市場にいる平均的な大衆を出し抜けるという、おごりを抱いてしまうからだ。

投資信託も買いつけるようになってすぐ、売買の指示を出してから実際に約定されるまでのタイムラグが気になるようになった。売買手数料こそかかるものの、自分の指し値で売買しコントロールしたいと、ＥＴＦへと移行した。

それでも飽き足らず、ＥＴＦより大きく儲ける方法はないかと考えるようになった。

羽田圭介、資産運用の歴史② 初めての個別株での洗礼と、ETF

確定拠出年金に満額、他にETFまで買いつけるようになった、二〇一三年末頃の僕。

おまけに小規模企業共済という、掛金が所得から控除される共済にも入った。確定拠出年金と性質は似ていて、こちらは投資信託等の商品は買えずほぼ利子などつかないものの、多少の損金を払えば自分のタイミングで解約できる。こちらの毎月掛金も上限、七万円で加入した。確定拠出年金の掛金六万八〇〇〇円と足せば一三万八〇〇〇円とかなりの金額だ。そのぶん、税金の還付に大きくかかわってくる。

しかし、もっと大きく資産を増やしたいと思うようになった。ETFも買っているとはいえ、株といえば、やはり個別株なのではないか。

トヨタやソニーだとか、具体的な企業の銘柄を売買するのが、王道な気がする。たまにメディアとかに出てくる株取引で財を成した人たちは、パソコンに張りつき個別株を売買しているようだし。ETFで億万長者なんて、聞いたことがない。まあ現実的に億万長者にはなれないとしても、個別株でうまくやれば、ETFでの運用成績には勝てるだろう。株の雑誌を読み、とあるバイオ関連企業の株が値上がりしそうだという記述に目をつけた。

やがてとある日、その銘柄の最低単元、およそ四五万円分の株を指し値注文で買った。その時、ついに自分も足を踏み入れたという実感が、いっぱしの金融の人間になったという気がした。

午後になると、雲行きが怪しくなった。ずっと板に張りついていたわけではないが、そのバイオ銘柄の株価が、買った額よりわずかに値下がりし、約五〇〇〇円ほどの損失が発生している――。

心拍数が上がり、愕然《がくぜん》とした。そしてなにもできないうちに赤字のまま、その日の取引を終えた。

自分は、個別株などという、とんでもないものに手を出してしまったのではないか。おとなしくＥＴＦだけ、買い続けていればよかったのではないか。

後悔しながら迎えた翌日の前場で、バイオ銘柄は値上がりし、わずかに利益が乗った。損失が解消されたことに感激し、迷わず利益確定した。約五〇〇〇円の利益。心をすり減らした対価としては安すぎる。

「個別株なんか、もうやめよう」

そう決めたはずが、気づけば個別株の取引に関する情報を収集し、東証一部上場企業の株を少額ずつ買っては売り、市場に慣れようとしている自分がいた。同時に、各書籍を読みこんでゆくなかで、米国株こそ安全に儲けられるのではないかと思うようになっていった。

どうやらアメリカの企業は日本やヨーロッパの企業よりも、株主を大事にする傾向にあるらしい。だから、配当金を出している企業はそう簡単に無配や減配にはならないし、それどころか連続増配している企業も多いという。配当を出していない企業の株でも、値上がり益が狙えたりするようだ。

そんな米国株の中でも、それなりの配当金を出す銘柄で分散されたポートフォリオを作成し、配当金再投資で雪だるま式に資産を大きくしてゆく戦略が、最も確実かつ大きく儲けられるのではないかと思うようになった。

『ウォール街のランダム・ウォーカー』（バートン・マルキール著／井手正介訳、日本経済新聞出版社）を読み、米国市場だけに連動したＥＴＦを買おうかとも思ったが、それよりも、米国の個別株でより大きい儲けを狙いたい。良書と名高いジェレミー・シーゲル著『株式投資の未来』（日経ＢＰ）が絶版にされていたため、図書館で借りて読んだ（後日、復刻版が出たので新品を買った）。

シーゲル教授がすすめているのは、ベースとしては指数に連動したＥＴＦを運用しつつ、安定した配当銘柄をいくつかアクセントとして加えることで、市場平均を上まわるポートフォリオの作成を目指すというものだった。なんでも、最先端技術を開発し未来を有望視されている銘柄は、期待され株価が高くついてしまう傾向にあるため、それが必ずしもトレードにおいて利益をもたらすわけではないと説いている。むしろ、飲料や食品等のメーカーや鉄道、銀行等、昔からある枯れた事業モデルの配当銘柄こそ、買うべきだとしていた。なるほど、あまり期待されていないから株価が割高になりづらく、利回りが良い。

アメリカ企業の配当銘柄を買う戦略、かなり良さそうだぞ……。

羽田圭介、資産運用の歴史③　米国株

ただ、『株式投資の未来』をちゃんと読むと、あくまでも資産の大半は株式市場全体の指数に連動するＥＴＦや投資信託でポートフォリオを組めと、書いてある。

「よし、とにかく高配当の株を買いまくろう！」

読み終えた僕はそう決め、ネット証券口座からスクリーニング機能を駆使し、米国株を配当利回りの高い順に並べ替える。配当利回りが一〇％以上あるような銘柄はさすがに安値で置かれる理由があるから除外するとして、六％未満くらいの中から、日本人の僕でも知っている企業の株を検討リストに追加してゆく。ETFを買う気は一切なかった。

つまり、本の内容を誤読していた。『株式投資の未来』は二年おきくらいに読み返しているが、読む度にそこから得られる知識が変わる。印刷された紙の本の中身が変わるわけはないから、つまり、読んでいる時点での自分の成長具合によって、どこに目がいき、どこを重要と感じるかが変化するのだ。これはある程度中身のある分厚い本を読むとき全般にいえることだが、人は結局、その時の自分が理解できる範囲内で、都合良く解釈しようとしてしまう。

『株式投資の未来』でも、配当が五％前後もある高配当株一〇銘柄くらいでポートフォリオを組むべしとは推奨していない。しかし僕は目先の高配当につられ、AT&T（T）やエクソンモービル（XOM）等の、その時期高配当だった銘柄を徐々に買ってゆき、ETFには目もくれなかった。

ただ、米国企業の高配当銘柄を買い増してゆく戦略は、時期が良かったのでしばらくうまくいった。それから六年以上経つ今も、手法を変えずそれを頑《かたく》なに続けていたら、あれこれ手法を変えてきた今までの僕のパフォーマンスや、指数さえ上まわっていたと思う。

ただ、今は高配当銘柄を買う戦略はとっていない。短期的な話であればまだしも、数十年単位でみた場合、あまり値上がり益が期待できず、課税されたあとの配当で再投資するのは、ロスが大きい。特に日本人が米国株を買う場合、配当金の一定額を超えたぶんに関しては米国で課税され日本でも課税されるからだ。現在は、ゆっくりと株価自体が上がりつつ、微々たる額であっても配当がもらえる米国の個別株、ならびにETFを買っている。

二〇一四年当時の自分は、寝る前におかしな暗算をよくしていた。手元に数千万円の資産があったとして、それを五％で運用した場合の利益、利益を再投資した場合の複利は？　よく計算したのは、六〇〇〇万円を運用した場合だった。一年で三〇〇万円の配当があり六三〇〇万円、二年で六六一五万円……。なぜ六〇〇〇万円×五％の計算を好んだかというと、その金額が、少ないときの自分の年収と同額程度だったからだ。つまり手元に六〇〇〇万円さえあれば、それを五％で運用し、執筆に行き詰まっても働かずして自分の年収と同じお金を手にすることができる――。

文字通りのその夢想には、夢があった。「羊が一匹、羊が二匹……」と数えるように、ありもしない六〇〇〇万円を複利で増やしてゆく計算が、自分にとっての眠り歌になっていた。そうすると不思議と、よく眠れた。専業小説家としてアルバイトもせずやれていたが、それだけ、不安を抱えていたのだと思う。

あと、ベストセラー本を書いた年齢の近い小説家が手にした印税収入を勝手に計算しては、「あの人はきっとあの本だけで六〇〇〇万円ほど手にしたはずだ。それだけあれば高配当株でポートフォリオを組んで、あの人も自分のペースで好きな作品をじっくり書く悠々自適な生活が送れるだろう。しかし、あの人が株を買っているとはとても思えない……。なんなら自分が、高配当株でポートフォリオを組むアドバイスをしてあげたいな」と、勝手に思っていた。

断じて、金を貸してほしいなどとは思っていない。純粋なお節介として、高配当株のポートフォリオを組むことを、啓蒙《けいもう》したい気持ちでいたのだ。あなたは、それができるとても素晴らしい立場にいるのですよ、と。

現実の自分は株を買い始めたことで、本末転倒だが、経済的に余裕がなくなっていった。新刊本を出しても書店に置いてもらえない自分が、満たされない生活から抜け出すには、三つのパターンしかない。

一つ目は、書いた作品が映像化でもされ、有名な芸能人たちにテレビなんかで推薦してもらい、それが売れること。

二つ目は、印税に頼らずとも文芸誌に小説を掲載しまくり、エッセイや書評等の執筆で原稿料自体を稼ぎ、それを高配当株の再投資で雪だるま式になんとか六〇〇〇万円まで増やし続けること。

三つ目は、芥川賞のような大きな文学賞をもらい、自分自身が小説家として今より名を売り本も売ること。

その年の夏、『メタモルフォシス』という作品で四年半ぶりに、芥川賞の候補となった。落選したものの、作品は良かったと言ってくれた人は結構いて、自分の人生が前進している手応えはあった。秋から、『スクラップ・アンド・ビルド』の執筆を始めた。

羽田圭介、資産運用の歴史④　経済的苦境。分譲マンションを賃貸し？　売却？

二〇一四年の一〇月、治験モニターに応募した。一週間の入院が二回と、その後通院二回で、約二四万円がもらえる案件であった。二十数名の志望者の中、厳しい検査を潜り抜け、最終選抜メンバー七人のうちの一人に選ばれた。

まるで、映画『ライトスタッフ』で描かれた宇宙飛行士たちの如《ごと》く、正しい資質をもった精鋭であるかのように自分のことを感じた。治験モニターはもらえる額が高額なだけでなく、入院中、自由な時間がもてるのも良かった。だから資格かなにかの勉強をしている人もいたし、ずっとベッドでノートPCにかじりついている人もいた。

僕は、人気の少ない食堂兼ラウンジで、仕事をしていた。書評を書いたり、文芸誌に掲載する前の『スクラップ・アンド・ビルド』の直しをしていた。それまでにも何度か、出版社の管理下で宿泊施設に泊まり執筆する、いわゆるカンヅメというものを経験したことはあったが、まさしくその状態だった。無料で健康診断が受けられて、カンヅメ状態で筆が進み、協力費までもらえるなんて、一挙三得だ。

退院して間もなく、引っ越しを考えた。二三歳のとき東京郊外の府中市に一四八八万円で買った2DKの中古マンションに住み続けてきたわけだが、そもそもなんで独身でいながら郊外に住んでいるのだろうと、疑問に思った。独身のうちは、狭くてももっと都心で暮らしたほうが楽しさを享受できるだろう。それにいつか結婚し家庭を築いた場合でも、家で仕事をするため、四五平米の2DKは共同生活には狭すぎる。

考え至ったのは、買ったマンションを貸しに出し、その賃料でもって自分は都心に賃貸物件を借りるというプランだった。賃貸管理業者数社に見積もりをとってもらい、同時に自分が借りる物件を探す。持っている家具の大きさまで図面に書き表し、それを配置できる物件を、内覧時にメジャーで計測しながら探した。

僕が時間をかけすぎたせいで、同行していた仲介の担当者は会社から様子伺いの電話を受けており、迷惑をかけてしまった。

二〇一五年の一月末に、渋谷区内の家賃七万八〇〇〇円、二四平米の、自分と同じ一九八五年築のマンションに引っ越した。並行して、府中のマンションでは賃貸管理業者に提案された最低限のリフォームを進めてもらい、一〇万円以上の賃料設定で入居者募集の広告を出してもらった。

引っ越した先である渋谷区の賃貸マンションに関し、二四平米などという狭い家は自分の人生で初めてで、引っ越し初日は本当に足の踏み場がなかった。荷物を減らしたつもりだったが、半分の狭さになるのを甘く見ていた。絶望感の中、すぐさま大きな家具をネットオークションで売りに出したり、粗大ゴミの収集を頼んだりした。一〇〇〇円で売ったフローリング材を車で引き取りに来てくれたおじさんからは、一〇〇〇円だと安すぎるからと台湾茶をもらった。

天井もかなり低く、おまけに上の階の住人の足音が荒く、フローリングにカーペットも敷いていないのか物を落とした音もほぼダイレクトに聞こえてくるのが息苦しかった。同じSRC(鉄骨鉄筋コンクリート造)でも、賃貸専用マンションは壁が薄く天井も低く、全体的にレベルが低いのだと知った。いっぽう、自分が五年半住んでいた分譲マンションは、脚立にのってもシーリングライトの取り外しが難しいほど天井が高く、騒音ともほぼ無縁な、しっかりとした造りだったのだとわかった。

そんなレベルの高い府中のマンションだが、なかなか借り手がつかない。賃料を九万円台に下げても、駄目だった。仕方なく、高値での売却を試してみようと、不動産販売会社の五年半前に自分がマンションを買ったのと同じ支店に連絡し、簡易リフォーム済みである現地のマンション内で落ち合った。一六五〇万円という少し強気の価格で売りの募集もかけることで、話がまとまった。

ちょくちょく預金残高が一〇〇万円を割る状況が苦しくなり、上限までかけていた確定拠出年金（個人型）と小規模企業共済の掛金を、それぞれ最少の数千円単位にまで減額する手続きをとった。それにしても、すんなり大家としての収入が入らないなんて、想定外だった。貸す立場になった場合の大家業の難しさを、この二ヶ月ほどの間に学んだ。

やがて販売のほうでいくつか内覧が入り、独身男性による一四五〇万円での指し値買い注文を断って間もなく、不動産会社が一六〇〇万円で買い取ってくれることとなった。

――買い手さんは中古物件を仕入れリフォーム後に販売する法人でして、会社の決算が近いため、なにかしら物件を仕入れなければならなかったようです。

担当者に電話で説明され、納得する。だからこそ、一六〇〇万円という、五年半前の買値であった一四八八万円より約一一〇万円も高い金額で、買い取ってくれるわけだ。リフォーム後に販売したとしても、北向きのあの物件でそれほど上乗せできるとも思えないのだが。プロならうまく売り抜けるのだろうか。

ともかく売買契約を進め、四月末、赤坂にある買い手の法人へおもむき、最終的な契約を完了させた。帰りに、赤坂見附駅に直結のビックカメラで、タニタの最新式体組成計を物色したのを、なぜかものすごく鮮明に、昨日のことのように今も覚えている。

羽田圭介、資産運用の歴史⑤　芥川賞受賞前夜

五年半住んだ中古マンションを、二〇一五年の四月末に無事売ることができた。通帳のその日の記録を見ると、かなりの変動がある。月末で色々な支払いがまとまったからか、いったんは三三万五九三七円まで落ちこむものの、その日にうちにマンションの買い手から内金を除いた残額の振り込みが入り、残高は一五〇九万一一四一円にまで跳ね上がる。直後に住宅ローン返済の残額が引かれ、四八五万二九六六円に落ち着いた。

その時僕は記帳された数字を見て、今まで見たことがない景色を見られたというふうに感動した。一時的にとはいえ、自分の通帳に、約一五〇〇万円という八桁もの数字が刻まれただなんて。八桁の預金額など、今までの自分にはちゃんとイメージができないくらい現実感がなかったが、今後頑張れば、それを実現させられる可能性はあるのだと。

それに現に、五〇〇万円弱の貯金が残されている。

他の微々たる資産は証券口座に入れていたとはいえ、直前まで預金額が数十万円程度にまで落ちこんでいた自分としては、かなり安心感を得られた。そしてその日から数日間かけて、およそ三〇〇万円を証券口座へと移していた。これでようやく、まともに資産運用が始められると思った。いくら投資手法が良くても、種銭が少なければ、かけた手間のわりにろくに儲けられない。

自分の心持ちが上向いてきた理由は他にもあり、四月からフジテレビが運営を始めたインターネット放送

局の深夜番組『真夜中のニャーゴ』に、毎週水曜にレギュラー出演するようになったからだ。刊行されたばかりだった又吉直樹さんの『火花』も、紹介本としてとりあげたりした。水曜の日中のうちに紹介する本のレジュメを作成し、深夜に出演するというサイクルで、午後一〇時過ぎに電車でお台場のフジテレビまで行き、深夜に局から出してもらうタクシーで家に帰るというのが、楽しかった。東京ではずっと電車移動しかしてこなかったから、車の後部座席から見る夜景、特に首都高速に乗ってレインボーブリッジや東京タワーのあたりを通る際なんか、自分は東京の綺麗な景色を全然知らないでいたのだと感じた。二〇代の終盤で、なんとかこういう経験ができてよかったと。

六月に入ると、一年ぶり四度目の芥川賞候補となった。七月一六日に行われる選考会当日、小説家や編集者たち数人でメタル限定カラオケをしながら待つことと、そこに例のインターネット番組のカメラが入ることとなった。

異様に暑い日の夕方、五ヶ月前に『文學界』に掲載された『スクラップ・アンド・ビルド』単行本化に際しての、表紙をどうするかについての打ち合わせが、遅すぎるタイミングで行われた。その足で、銀座のカラオケ店へ。舞台メーク用具専門店で買った道具でデーモン閣下のメークをした僕は、選考会が始まる午後五時から、他の仲間たちとともにメタルを歌いだした。

通常なら六時半頃までには選考結果が出るとされていたが、全然電話連絡がない。周りの皆がそわそわしだし、あまり曲を入れていなかったので、僕と長嶋有さんで結構歌いまくっていた。そして、誰も曲を入れていなかった無音の時間に、僕のスマートフォンが鳴った。

――私、日本文学振興会の○○と申しますが……。

初老男性の声で、ものすごく申し訳なさそうに喋《しゃべ》られた。落選の連絡をするのは辛《つら》い役目だろうに、こちらのほうが申し訳ないくらいだ、と思いながら「はい」と相槌《あいづち》をうっていたら、受賞の連絡だった。

メークを落とし二時間ぶりにトイレへ行き、記者会見場の帝国ホテルへタクシーで向かった。又吉さんが同時受賞されたことにより、異様に多いカメラからフラッシュをたかれ、選考委員の方々と挨拶し、会場に来ていたフジテレビの人にうながされ、お台場へ向かう。

インターネット番組の深夜の生放送に出演し、すべてが終わりタクシーで帰り着いた先の二四平米のマンションで、昔の交際相手であった女性からの電話に出た。帰り着いてジャストのタイミングすぎて、驚いた。未読のメッセージも数十件たまっていた。翌日も朝から文藝春秋にて連続で取材対応し、忙しすぎると人の記憶は飛んだり白くなったりするのだと、初めて知った。

羽田圭介、資産運用の歴史⑥　芥川賞受賞！　早速、銀行の窓口に案内され……

二〇一五年の七月に芥川賞を受賞したが、既に単行本が発売されていた又吉さんの『火花』と異なり、僕の作品は単行本化されていなかった。どちらも、文藝春秋の『文學界』に掲載された作品である。雑誌『文藝春秋』には、芥川賞受賞作の全文が掲載される。単行本『スクラップ・アンド・ビルド』が発売される前に『文藝春秋』が発売されれば、多くの人はそちらで読んでしまうだろう。だって、『文藝春秋』さえ買えば、受賞作二つとも読めてしまうのだから。文藝春秋社内でも、雑誌『文藝春秋』を作る部署と文芸書を作る部署は、互いに自分たちの部署の利益を優先させて動いているようだった。結果として、雑誌『文藝春秋』の刊行から遅れて、単行本『スクラップ・アンド・ビルド』が八月頭に刊行されることが確定した。

惜しいことをしたと思いつつも、いつもの芥川賞はここまでのお祭り騒ぎにならないから、まだ恵まれていると思うことにした。次々と舞い込む取材や打ち合わせを連日文藝春秋で行っていたのだが、あるとき編集者から、「このテレビの依頼、本と関係なさそうなので断りますよね？」と訊かれ、なぜか直感的に「やります」と答えて出演したトークバラエティ番組が、『アウト×デラックス』（フジテレビ）だった。

湾岸スタジオで七月下旬に収録が行われたのだが、僕はたいしてなにもやっていないのに、山里亮太さんをはじめとした芸能人の方々が面白おかしいような反応をしてくれるので、素人の僕でもなにかやった感が演出された。その熱気は、一人静かに行う執筆業に従事してきた自分には無縁だったもので、興奮した。

芥川賞受賞後二週間くらいは、新聞のエッセイや雑誌取材等で忙しくはしていたものの、それ以外の日常はあまり変わらないなと感じてもいた。しかし八月頭に『アウト×デラックス』が放送された翌日以降、僕の人生は決定的に変わってしまった。

その日も文藝春秋へ向かうため駅まで歩いていたのだが、向かいからやって来た自転車のおばさんがいきなり止まり、僕を振り返り「芥川賞とった人ですよね？　おめでとうございます」と言ってくれた。その後も、電車に乗っていたら男性から握手を求められたり、デパートの地下総菜売り場へ行ったらパートの女性たちにまるで犯罪者のように一斉に指をさされたり。中年女性に頼まれ手帳にサインをしたら、変な宗教の勧誘を受けた。やがて、素顔で出歩くと面倒だと感じ、帽子をかぶるようになった。

芥川賞の賞金自体は一〇〇万円だが、単行本『スクラップ・アンド・ビルド』の発行部数はすぐ一〇万部以上となり、そうすると印税収入が千数百万円にはなる。節税を考えなくてはと、年始に掛金をそれぞれ月数千円単位にまで減額させていた確定拠出年金と小規模企業共済の掛金を、上限額にまで戻す手続きをとることに。加えて、毎月二〇万円分の掛金が所得控除となり、年額二四〇万円の前納もできる経営セーフティ共済へも加入することにした。

手続きをすすめるため近所の銀行の窓口へ。必要な手続きを行い、数日後に再来店した。こういう事務手続きの際は番号で呼ばれ窓口のカウンターに立ちやりとりをするのが常だが、この日はなぜか、パーテーションで仕切られたブースへ通された。

「羽田様、芥川賞のご受賞、おめでとうございます！」

二〇代くらいの女性行員に言われ、「ありがとうございます」と返した。

「あの、こちらの本に、サインをお願いしていいですか？」

手にされた『スクラップ・アンド・ビルド』に、僕のほうも礼を述べながらサインする。

すると女性行員がどこかへ行ってしまい、入れ代わりに三〇代とおぼしき男性がやって来た。ひとしきりの挨拶の後、

「羽田様は、なにか資産運用をされていますか？」

そう切りだされようやく、わざわざブースへ通された理由がわかった。ＰＣで、僕の口座情報も参照して

いる様子だ。

「はい」

「そうですか。具体的にどういったものを？」

「米国株の高配当銘柄をいくつか分散して買っていますね。エクソンモービルとか、AT&T……」

　僕は自分のポートフォリオを口頭で伝えた。

「あ、そうですか……。原油価格の動きをみるかぎり、エクソンモービルなんか、これからしばらく値上がりしそうですもんね……」

　男性行員は、僕に金融商品を特にすすめてくることもなかった。信託報酬の高いどこかの投資信託や、ほとんど儲けのない国債なんかを持っていたなら、カモの客として仕組債等銀行の金融商品を売りようもあっただろうが。二〇一五年の時点で米国株を買っている人間は、自分の判断で投資をしていることが明白だ。商談ともいえない会話は、ものの五分くらいで終了した。

　この経験があるからこそ、僕は資産がないうちからでも、資産運用について学ぶことは無駄でないと思っている。当然、手持ちの資金が少ないのに投資手法の研究ばかりするのは、手間に利益がともなわないから無駄が多い。しかし誰しも、いつ多額の金を手にするかはわからない。身近なところでいうと、退職金や相続だ。そういった局面においても魑《ち》魅《み》魍魎《もうりょう》の餌食にされないためにも、金を得た場合の自分の運用の仕方を考えておくのは、少なくとも損しないための備えとしては重要だ。大きく儲けられなくてもいい。損しないよう心がければ、自然と利益ものる。

羽田圭介、資産運用の歴史⑦　メディア出演の実労働で荒稼ぎ

　初めて出たバラエティ番組が八月頭に放送されて以降、一気に忙しくなった。芥川賞受賞後の忙しさは半年くらい続くと、先輩作家たちから聞いていた。言い換えるなら、稼ぎ時はその半年しかないと思い、チャンスを最大限活《い》かそうとした。『アウト×デラックス』（フジテレビ）での評判が良く、他のバラエティ番組への出演依頼が続々とやってきた。フジテレビ系列のインターネット放送番組のために、受賞の電話を受けた際の映像をカメラで撮影してもらっていたのが、こうして後々本当に役に立っていた。

　すると、スタジオでの収録日時が重なってしまう番組の出演依頼もでてきた。

「じゃあ、それぞれの番組で、出演料を訊いてもらっていいですか？」

　取り次いでくれる編集者にお願いし、問い合わせてもらう。テレビ業界では、先に出演料を教えてくれるケースは少ないのだと知った。それに関しては出版業界も同じだが。

　また、積極的に出る気もしないが、簡単に断る気にもなれない案件に関し、

「適当にギャラ交渉してもらえますか？」

　とこれも編集者に頼んだ。当時、文藝春秋の男性と女性の編集者二名が窓口となってくれていた。放送業界とのそういったやりとりに関し、僕も含め全員無知だった。だからこそ、とんでもない交渉ができてしまった。八万円とかできた依頼に対し、女性編集者が適当にふっかけたところ、最終的に三十数万円にまでも

っていけた。それを知らされたときには、さすがに驚いた。文藝春秋の社員たちは芸能事務所のマネージャーではないので、僕の出演料が上がろうと、なんの恩恵にもあずかれない。だから一度、わずかばかりの額のAmazonギフトカードを、お二人には渡した。

年末頃には、さすがに自分でそういった交渉をするようになっていた。二〇一五年を総括する年末番組の収録が重なり、断る前提の強気の出演料交渉でこちらの言い値が通ってしまい、結局多くの番組に出演した。

お金の話だけでなく、体験するすべてのことが新鮮だった。どの番組の控え室に行ってもおいしい弁当が置かれていた。それまで、自炊で作った鶏ハムや納豆ご飯ばかり食べていた自分にとって、中華弁当や洋風弁当、魚弁当など、そのどれもに心躍った。七時間収録のクイズ番組ではひどいもので、収録前や休憩中、収録後に弁当を四つ食べ、二つ持ち帰ったりしていた。

当然、体重は一気に増えたが、太っても本は増刷されるし、皆が色々とかまってくれる。人目にさらされるほど、自分の外見なんてどうでもよくなった。

大手の芸能事務所数社ともお話しさせていただく機会があったが、少し迷ったりしつつも、どうせ二〇一五年中に終わる一時のお祭りだからと、どこにも所属しなかった。

一二月に、家賃七万八〇〇〇円で二四平米の賃貸マンションから、家賃一五万五〇〇〇円で五三平米の賃貸マンションへ引っ越した。前回の引っ越しから一年足らずである。家賃と広さが倍になった。

そして二〇一六年を迎えてからも、すぐ終わると予測していた芥川賞のブーストは続いた。むしろ、本番はここからという感じだった。引っ越したばかりの家の前まで早朝ロケ車が迎えに来て、所有するロードバイクを積み伊豆へ走りに行く仕事や、全国の温泉をまわる仕事等、自分でやろうとすると面倒だしきっかけもないようなそういう旅の仕事が、特に楽しかった。思えば自分が中学生の頃小説家に憧れたのは、旅する小説家でもある椎名誠さんに憧れたからという理由もある。期せずして、テレビ業界の力を利用して、旅する小説家になれたわけだ。

不思議なことに、色々な仕事が舞い込んでくるほどに、自分のお金を全然使わずとも、楽しく豊かに過ごせるようになった。出先でおいしい食事を出してもらえるし、仕事で楽しい旅ができるし、ちょっとしたインタビューなんかでも綺麗なお花やお菓子をもらえたりする。急に花の良さに気づき、有名パティスリーのお菓子にも詳しくなっていった。

お金を使うのはせいぜい家賃くらいだったから、それまで自分でやっていた確定申告を、初めて税理士事務所に頼んだ。

個人の収入であったため、納税額が数千万円にものぼり、度肝を抜かれた。去年中頃までの自分は一〇〇〇万円以上稼ぐことすら考えられなかったのに、そんなような額を納税するのだ。収入のほぼ半分を、もっていかれてしまう……。累進課税で多額の税金をとられたからこそ、国による税金の使い道にも以前より注意を向けるようになった。

自然と、日経新聞を購読するようになった。飛行機国内線のプレミアムクラスや新幹線グリーン車に乗りつつ日経新聞を読んでいると、エグゼクティブごっこをしているようで楽しかった。ある日、夕刊の記事に割安だと書いてあった生命保険銘柄が気になり買ってみると、数ヶ月で二〇%以上の利益がのった。日本の株式市場の地合も良く、それ以後は米国の配当銘柄だけでなく、日本株の配分も同じくらいにまで増やした。日本株のトレード戦略も米国株の高配当銘柄戦略と基本的には同じで、割安の高配当でおかれている東証一部上場銘柄を買い、利益がのったところで売却益を得ていった。運悪く買値より下がっても、配当をもらいつつ耐え、プラスになったところで売った。

スイングトレードをするようになっても、配当銘柄でポートフォリオを組んでいたのが良かった。忙しい時期でも、放っておけるからだ。株で稼ぐより、出演料交渉をして自分で実労働を大量にこなしてゆくほうが、はるかに大きく確実に稼げた。それで忙しくなるから頻繁にトレードをすることもなく、適度に放っておけるため、結果として運用成績も上がった。

連日のようにタクシーに乗りながら、車で移動する東京もいいなと相変わらず感じていた。電車移動で見る風景と違い、疲れたときに暗い夜景の中を自分が移動する感覚が好きだ。なんなら自分で運転したら、もっと楽しめるのではないか。やがて年末に発売されるという、マツダのロードスターRFのデザインにものすごく心ひかれた。数年前に資料として読んだ女性アナウンサーのエッセイで、若い頃に局から地方の取材現場までロードスターで向かったという記述があり、その印象が残っている。三〇代を迎えたばかりの今のうちに、小さいオープンカーに乗っておいたほうがいいのではないか。そこから、本誌『週刊プレイボーイ』連載『羽田圭介、クルマを買う。』でも書いた、車選びの旅が始まった。

しかし翌二〇一七年以降、二〇一八年、二〇一九年と、それぞれ一度ずつ、投資において多額の損失を出すこととなる。自分の中では大損サーガであり、今まで詳しく述べてはこなかった。

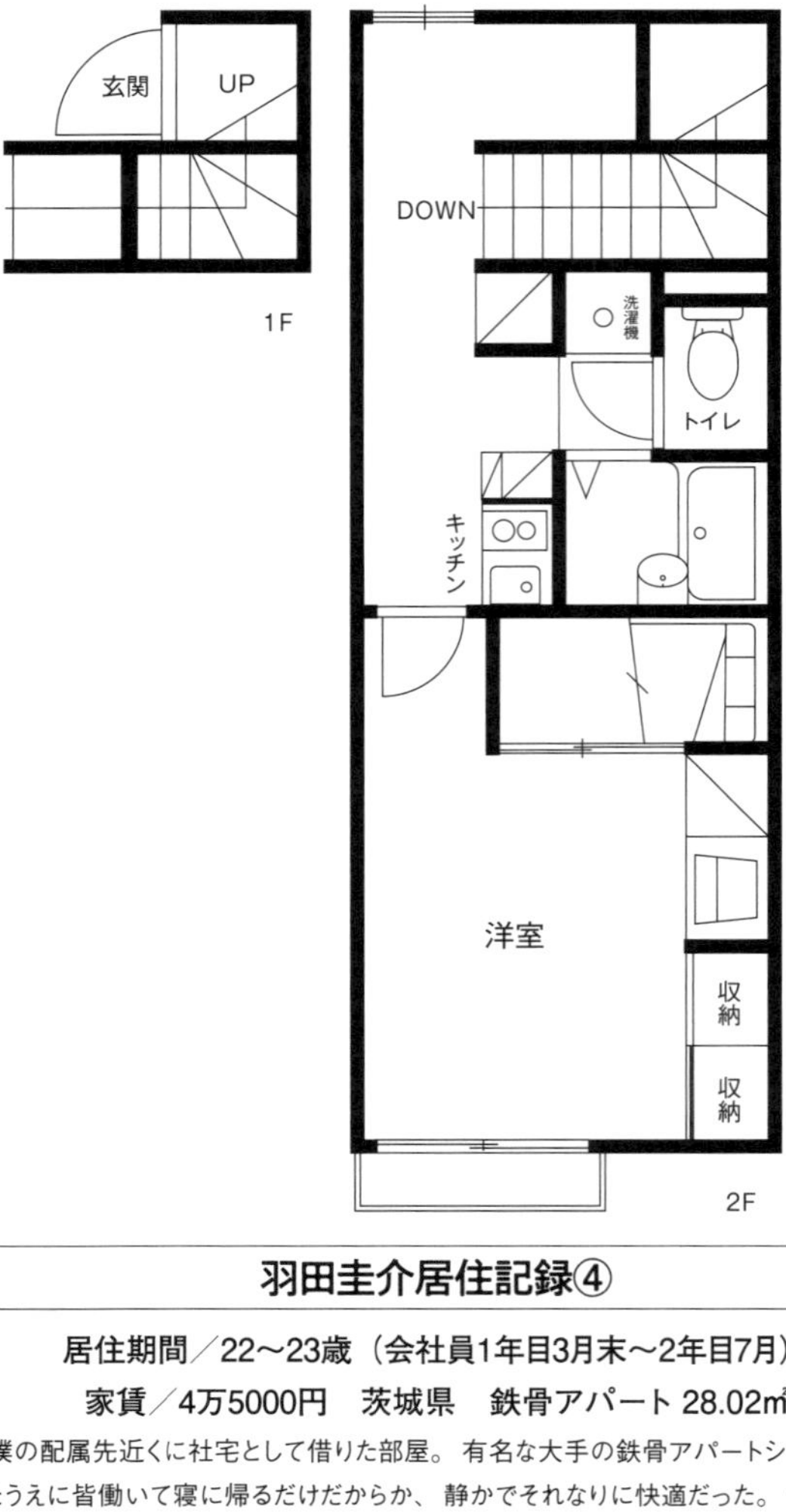

羽田圭介居住記録④

居住期間／22〜23歳（会社員1年目3月末〜2年目7月）

家賃／4万5000円　茨城県　鉄骨アパート 28.02㎡

会社が僕の配属先近くに社宅として借りた部屋。有名な大手の鉄骨アパートシリーズだが、新築だったうえに皆働いて寝に帰るだけだからか、静かでそれなりに快適だった。備え付けの家具のベッド収納は大容量で便利だった。防音室が場所をとり、クローゼットを塞いでしまい空間のロスが生じたのは、作り付け家具の難点。外には先輩からもらった軽自動車ホンダ・トゥデイや、バイクのホンダ・JAZZ、ヤマハ・ドラッグスター1100、スズキ・バンディット250、自転車はビアンキのロードレーサーにママチャリと、一時自分の乗り物を6台も置いていた。

階段近くにはハンガーラックやらバイク・自転車用品などを置いていた。 奥に見えているのはビアンキ。

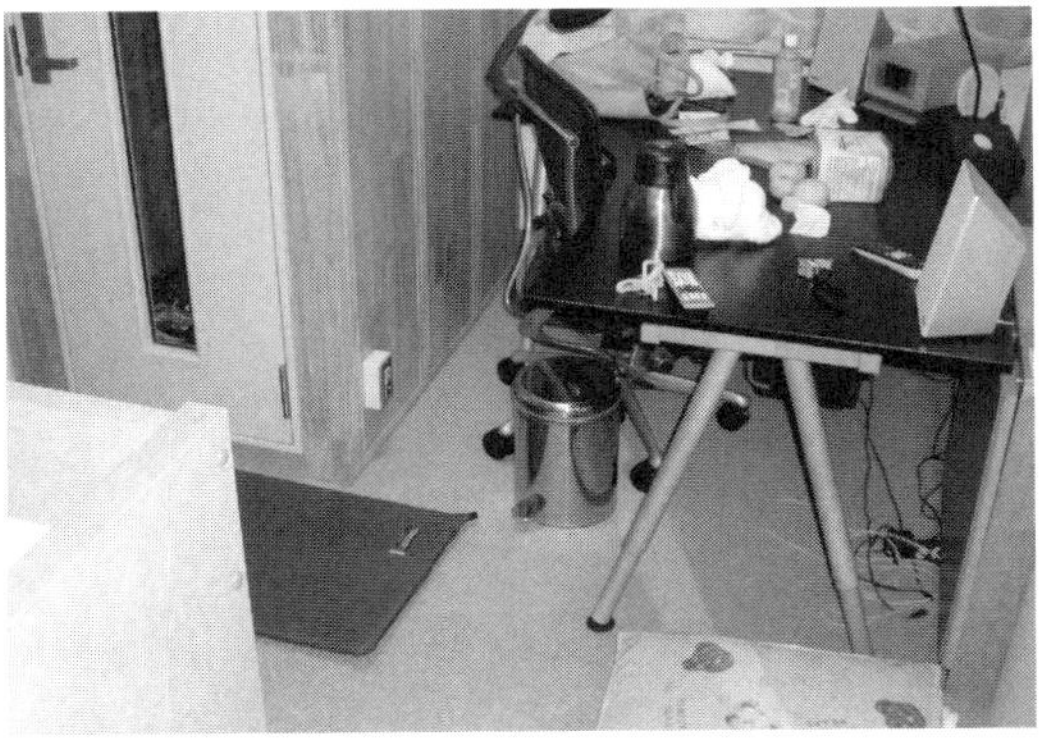

新宿から軽自動車に3人乗せ、 卓球をして筑波山を走った後、 狭い部屋で4人で雑魚寝。左奥に見えるのが防音室、 その手前が収納付きベッド

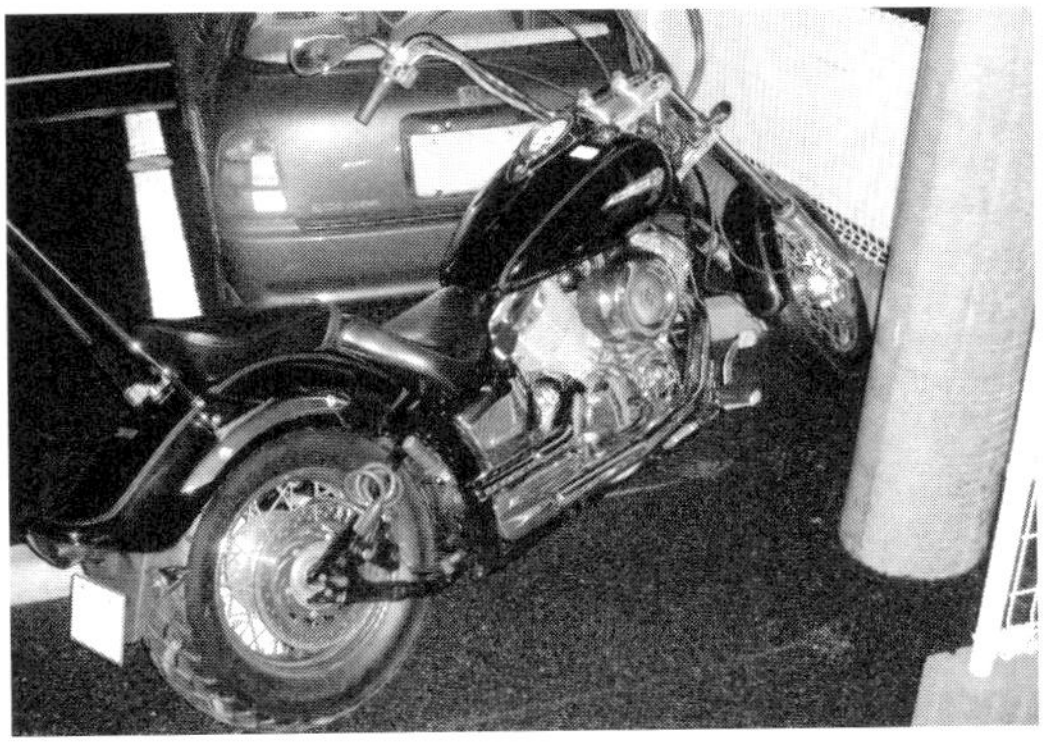

ホンダ・トゥデイと、チョッパーカスタムを施したヤマハ・ドラッグスター1100。 バイクのほうが排気量が多い。

大損三部作① 一四〇〇万円失った話 ―信用取引―

数年間にわたる投資歴の中で、大きな失敗もある。

人は損した話を、なかなか人に言わない。ましてや、金融に関するアドバイスを仕事にしている人であれば、なおさらだ。大損をこいた人に、誰がついてゆこうとするだろうか。

損した話をできないのには、もっと単純で大きな理由がある。恥ずかしいのだ。労働の対価であるお金という大事なものを費やしておいて、判断を誤るということは、頭の悪さをつきつけられる気がするのだ。だから多くの人は、儲けた話だけ人に話し、損した話は隠す。世間には、名前と顔を出し損した話をする人が、ほとんどいない。

だが僕は、小説家である。投資の負の側面も、書き表すべきであろう。この頃になってようやく心の整理もついたので、初めて、大損三部作について、順に記していこうと思う。

まずは、一四〇〇万円を失った話だ。

二〇一六年は地合が良く、元からやっていた高配当狙いの米国株だけでなく、日本株の高配当株も買っていた。比率でいうと半々くらいだ。高配当の株を買うとなにが良いかというと、買値より下がっても定期的に入ってくる配当でダメージを補填《ほてん》できるし、なにより配当が高くなるほど、割安の株価で買えたという場合が多い。なにかきっかけがあると株価が上がり、売却益も狙えるのだ。

だから、数日、数週間、数ヶ月くらいのスパンでの日本株のトレードをちょくちょく、スマートフォンのアプリからやっていた。ほとんどの場合、東証一部上場銘柄だった。なにも二倍、三倍になるような銘柄をあてる博打《ばくち》のようなことはやらず、数%から十数%くらいの売却益を得られれば良かった。高配当の東証一部上場銘柄ということで、よく売買していたのがメガバンク、保険会社、自動車メーカー、電話会社、商社の株だ。買値より値下がりしても、しばらく待てば利益が出た。

日本株のトレードにおいてこのやり方で負けないのであれば、もっと資金を多く投入したいと思うようになっていった。なぜなら、スマートフォンやパソコンを利用してやることは同じでも、投入する資金の大きさが違うだけで、利益の額も違ってくるからだ。同じ手間なら、利益は大きいほうがいい。

どこかから低金利で金を借りられればそれが可能だが、銀行は駄目だ。不動産投資ならともかく、株式投資に金を貸してなどくれない。消費者金融は、金利が高すぎるし上限額も低い。

証券会社が金を貸してくれたら話が早いのにな……。ふと、ここで気づいた。それってつまり、信用取引というものではないか？

ＦＸの世界では、レバレッジを効かせるという言葉をよく聞く。個人だと、証拠金として投入した自己資金の数倍までの取引ができ、それを利用しないとろくに儲けられないと。そのぶん、損失が出た場合の下落スピードも早く、ＦＸの信用取引でロスカットにより家計の金を一瞬で溶かした主婦の話なんかもよく耳にした。

信用取引について勉強しようと、本を買った。すると、レバレッジをかけられることだけでなく、空売りできることの良さも知った。株価は上昇時よりも、下落時のほうが急で早い傾向にある。だから、そろそろ値下がりするなと思ったら、その銘柄を空売りし、実際に安くなった時点で買い戻せば、短期間で利益があげられる。そもそも、本当は持っていないはずの銘柄を売りから入るには、信用取引をするしかないのだ。その際にレバレッジを何倍に設定するかが、リスクコントロールにおいて重要なのだろう。

ただ、いくら低レバレッジ、例えば一倍以下にしたところで、信用取引での売りは、買いとは異なる危険性がある。現物でも信用取引でも、買いであれば、極端な話として株価がゼロになったところで、損失が頭打ちになる。そしてそこまで落ちる確率はかなり低い。いっぽう、株価の上昇に関しては、理論上、無限大だ。つまり売りで入る限り、いくら多額の証拠金を投入したところで、株価が青天井に上昇し証拠金が消えてなくなる可能性を、決して排除することはできないのだ。

信用取引は金を借りることでもあるから、返済期限がある。半年間だ。その間にも少しずつ、金利のようなものをとられるが、要するに半年間に、売った額よりも安く買い戻せれば、利益が出るわけだ。

その頃、アメリカの大統領選が間近で、政界からは軽んじられていたドナルド・トランプが当選する可能性が高くなってきたと報じられていた。付随する情報として、トランプが当選すれば、世界的に株価は下落するとも。

これは、大きく儲けられるチャンスではないか。これまでにも何度か短期トレードで売買したことのある、指数に連動しがちなとある日本株を、大量に空売りした。するとすぐに、株価が上がったことにより損失が生じたが、また数日後に株価が下がり利益がのったりした。これで、大統領選の結果が出るのを待っていればいいだろう。

もちろん、利益確定や、損切りの決済注文も指し値で出しておいた。これですべて問題なし。できるだけ株の売買には意識をとられず本業や他の仕事に打ち込むことを心がけている僕は、その後、頻繁に市場のニュースを確認するということもなかった。

そして迎えた二〇一六年一一月の大統領選。ドナルド・トランプが大統領に選ばれ、世界的に株価は、上昇した。

上昇？　下落ではなくてか？

当然、僕が空売りしていた銘柄も値上がりしており、つまりは僕にとっては数百万円単位の含み損が生まれていた。そして、一時的に下落した際に利益確定の決済ラインに達していたにもかかわらず、それが履行されていなかったことに気づいた。注文履歴をよく見ると、一日前に、注文期限が切れていた。

失敗した、と思った。指し値注文の有効期間をちゃんと設定し直していれば、数百万円の含み損どころか、約四〇万円の利益確定ができていたのに。しかし、この株価上昇も一時的な動きだろう。そのうち下がるはずだからと、含み損をそのままに待つことにした。

しかしその後短期間で世界経済の株価は上向き続け、レバレッジをかけた空売りを入れていた僕は、千数百万円の含み損を抱えることとなった。

さすがに、動揺した。

話が違うじゃないか。

ただ、決済をしない限り、含み損でしかない。返済期限であるあと五ヶ月強の間に、買値より株価が下がれば、この取引でちゃんと儲けられる……。

僕の予想、というより単なる願いとは裏腹に、一ヶ月、二ヶ月と経過し年をまたいでも、含み損は一五〇〇万円前後を行き来するばかりであった。どうやら、上昇した株価は、ある程度固定されてしまったようだ。となると、現実的に、利食いは無理だとしても、できるだけ少ない損失に抑えながらの決済を、返済期限までに行うしか、なさそうだぞ……。

はじめは、およそ一〇〇万円分の損切りをした。痛みはあるが、スイングトレードなんかでちょくちょく稼いでいたから、その利益が数割消えたととらえればいいか……。また、株価も下がるかもしれないし。

だが、株価が上下することはあっても、それほど大きくは動かなかった。

大きな含み損であってもさすがにずっと心にのしかかるということはなく、慣れてしまうというのが実情であった。実生活では、日々忙しい中でも車を何十台も試乗しに行った挙げ句買い、ドライブに行ったりと、楽しい日々を過ごせていた。苦痛との共存とでもいうのだろうか。それでも、株式アプリを開いた際に含み損を見る度、気分は下がった。

返済期限が近づくにつれ、約二〇〇万円、四〇〇万円分と数百万円単位の損失を確定させながら売建玉を解消してゆき、株価がわりと下落したタイミングでついに、すべての売建玉を解消した。

その日本株の空売りで出した損失の合計は、およそ一四〇〇万円。

約一四〇〇万円の大損に直面したことなど、人生で初めてのことだ。

一四〇〇万円があれば、なにが買えるだろうか。僕が昔買い五年半住んでいた府中の中古マンションの買値が一四八八万円だったから、それとほぼ同等であるし、ポルシェ911カレラの新古車あたりも買える。

後悔は大きく、二つあった。

信用取引、空売りと出会わなければよかったという後悔は、不思議と大きくはなかった。投資の世界で色々学ぶうちに、いずれそれらのことを知りやってみようとすることには、抗《あらが》いようがなかったと思う。

後悔の一つは、利益確定と損切りの指し値注文が、一日前に失効してしまっていたことだ。ちゃんと確認し、設定し直していれば、約一四〇〇万円の損失どころか、約四〇〇万円の利益を得られていた。

二つ目の後悔は、売りではなく買いで入っていれば、ということだ。そうすれば、現実とは逆で約一四〇〇万円の利食いができていたかもしれないのだ。現実世界での損失と、得られたであろう利益の差は、実に約二八〇〇万円だ。

売りと買い。タップ操作でそれを反対にさえしておけば、現実の今より、総資産が二八〇〇万円は多い道を、歩むことができていた。

大損三部作② 二〇〇万円失った話 ―仮想通貨―

大損サーガのうち、二つ目の話をする。

日本株の空売りに失敗し、約一四〇〇万円の損切りをした。しかしその年の末になって計算したところ、他の数銘柄の短期売買で合計七〇〇万円ほどの利益を上げていたから、相殺するとその年は七〇〇万円程度のマイナスで済んでいることがわかった。七〇〇万円もじゅうぶんな損失だが、一四〇〇万円失ったと考えるよりは、まだ救いがある。それにしても、高すぎる授業料だった。

さて、損したぶんをどうやって取り戻すか。米国株も日本株も高値だと、あちこちで警鐘が鳴らされており、二〇一六年頃までより短期売買が難しくなったと個人的には感じていた。なにに投資すればいいのか。

ちょうどその頃、仮想通貨の話が盛り上がりを見せていた。

なんでも、二〜三年前から仮想通貨を少額持っていた人たちが、今では億万長者になっているという。なにか、自分の知らない世界でズルをされたような妙な悔しさも感じた反面、黎明《れいめい》期のそんな得体の知れないものに投資できた調査力と行動力を尊敬する思いもあった。

やっかんでいるばかりではなく、自分もそのあとに、素直に続いてみるべきではないか？　年末に仮想通貨取引のための口座開設を二つ申し込み、並行して、書籍も買ったりして仮想通貨について学ぶ。

大学時代のゼミでは、金融決済システムについて学んでいた。世界の銀行間送金のＳＷＩＦＴについての知識もなんとなくあったから、それより便利に使えそうなリップル社のＸＲＰに、未来があるように思えた。

二〇一八年一月、先に開設できたコインチェックの口座に一〇〇万円を入金した。そしてその数時間後、同社が扱っていた仮想通貨のうちの一種類、「ＮＥＭ」が不正流出したらしいとのニュースが入った。

コインチェックの口座に金を入れておくのが怖くなり、すぐに資金を引き揚げたくなった。しかし、本人確認書類の確認がまだ終わっていないようで、それが終わらない限り、出金できないとのこと。

代わりに、他社の口座からＸＲＰを買っていった。そして僕の期待から外れ、月日が経つにつれ、買値よりも下落していった。段々と、各国の中央銀行が築き上げてきた既存の決済システムの安定性が仮想通貨の芽を摘もうとしているような雰囲気を僕は感じるようになっていった。将来的にどれかが生き残る可能性はあるのだろうが、自分が投資しているXRPが生き残るのか、そして開花するとしてもどれくらい先のことになるのか、わからない。もう一〇年くらいぱっとしないのであれば、既存の株式市場で稼いでおいたほうがいいのではないか。

ネガティブなことは、仮想通貨の未来以外にもあった。とっくに本人確認など終わっているはずであろうに、数ヶ月経っても、コインチェックから一〇〇万円が全然出金できない状態が続いていた。一〇〇万円もあれば株式市場で株に換えられるというのに、死に金として時間を無駄にさせられているという不満が募った。さらに数ヶ月経ち、忘れた頃に口座をチェックすると、ようやく出金できた。

というわけで、システムと仮想通貨の未来が不安になり、結局二〇〇万円以上の損切りをして、仮想通貨市場からは撤退した。

株式市場での空売りで失った約一四〇〇万円と比べれば少額であるが、よく知りもしないものに期待だけで飛びついてしまったという反省は、大きかった。

大損三部作③ 一二〇〇万円失った話 ―CFD―

大損サーガの最終話を、ここに記す。

約一二〇〇万円ぶん、損した話だ。

二〇一八年半ばに仮想通貨の損切りを行ってから数ヶ月後。その頃、ポートフォリオはすべて米国株の現物のみだったが、銘柄は入れ替えていた。

株の取引を始めてすぐの頃から、米国株の高配当銘柄をずっと持ち続けていた。しかし、高配当銘柄は株価が安くおかれる理由があると学んでいった。かといって、無配当の成長銘柄は、ＰＥＲ（株価収益率）が異様に高かったりと、その銘柄の株価が高値であることの理由を、僕の知識では説明できない。だから、値上がり益が期待できつつも、ごくわずかでも配当を出す銘柄こそが、最適なのではないかと思うようになっていった。

リーマン・ショック直後のグラフを見ても、配当を出すハイテク銘柄の多くに関し、高配当銘柄と比べ株価の回復に要する時間にそれほど大きな差はないように見受けられた。大幅な下落時からの回復にあまり差がないのであれば、値上がりし続ける銘柄を買ったほうが、良いだろう。

というわけで、マイクロソフトやアップル、ビザ等の銘柄を買っていき、例外的に無配当のアマゾンも買った。買ってから、日ごとに評価額は上がっていき、少ないながらもたまに配当が入った。

どうせ儲けるなら、もっと多額の資金を運用して、儲けたい。

投資家なら誰もが抱くであろう考えに、僕は再びかられた。自己資金以上の取引を可能にする信用取引が頭を過《よ》ぎるも、空売りによる約一四〇〇万円の損失という教訓が、それを強く押しとどめる。

そんなとき、投資をやっている友人に相談してみると、「それってＣＦＤみたいなやつかな」と言われた。

ＣＦＤとはなんぞや。調べてみると、投入した自己資金以上の、レバレッジをかけた株、指数商品、先物商品等の売買が可能で、そこまでは信用取引と似たようなものなのだが、なんと、返済期限がないというのである。

信用取引で約一四〇〇万円の損切りを行う羽目になったのは、半年間の返済期限があったからだ。その中で、できるだけ損しない返済のタイミングを見究めざるを得なかった。しかしＣＦＤのように返済期限がないのであれば、たとえ損失が出ても、回復させるまで気長に待つことができる。

もちろん、売買どちらのポジションを建てるかによって異なるが、金利のような調整額を払い続けたり、または受け取り続けたりするということも考慮せねばならない。だから数十年単位で放置するなんてことは現実的でないが、それでも、信用取引より安全な気がする。

そして、市場の「恐怖指数」ともいわれるＶＩＸ指数に連動するＣＦＤ商品の存在を知った。ＶＩＸ指数連動商品は、多くの銘柄を分析をするより楽に儲けられそうだった。

というわけで、ＣＦＤの取引ができる口座を開設。証拠金を入れ、既に自分が買っている銘柄や、それらの代わりになる商品をいくつか買った。レバレッジをかけ、ロスカットレートも設定した。

ＣＦＤを運用して間もない二〇一八年一〇月に、数日間にわたる台湾旅行へ出かけた。するとある日スマートフォンに、〇〇日までに証拠金を追加で払ってください、という内容のメールが数通届いた。ロスカットアラートだ。

世界的に、株価が一気に下落していた。記事を見ても、理由はよくわからない。買っていた商品のうちいくつかを損切りし、浮いた証拠金を他のＣＦＤの証拠金へまわした。

台湾旅行は、ちゃんと楽しめた。ただ台湾旅行を終え帰宅した頃には、ダウの指数連動やいくつかのハイテク銘柄のＣＦＤ買いのロスカットが発動しており、二〇〇万円ほどを失った。

ただ、ＣＦＤに関して、話はそれだけでは終わらない。


やはり現物以外の商品は、売買が難しいなと感じた。自己資金を多めに入れれば、ロスカットされる危険性も減るが、そうするとあまりレバレッジがかからず、精神衛生上も考慮し、現物を買っておいたほうがいいという判断になる。だから現物で買えるものはＣＦＤで買わないようにしようと決めたが、ＣＦＤでしか買えない、もしくは買いにくいものもある。先述のＶＩＸ指数連動商品だ。

後に、日本ではマイナーな外資系証券会社でＣＦＤでなく現物のＶＩＸ指数連動ＥＴＦを売買できると知ったのだが、そのときはＣＦＤしか知らなかった。だから、ＶＩＸ指数の上下と似たような動きをするＣＦＤを、売りで持ち続けた。ＶＩＸ指数はシステム的に下がり続ける傾向にあるから、上がったタイミングで売っておけば、徐々に利益がのる。

そして迎えた二〇一八年の年末から、二〇一九年の初頭。いきなりＶＩＸ指数が上昇した。かなりのレバレッジをかけ、ロスカットレートを低めに設定していた僕は、ＶＩＸ指数連動商品のロスカット直撃を受けた。およそ一〇〇〇万円ぶんの、ロスカットだった。

数ヶ月間のＣＦＤ取引において、合計でおよそ一二〇〇万円ぶんの損失を出したことになる。

敗因は、株価や指数はこう動くであろう、という自分の希望的観測のもと、最悪のケースをちゃんと想定せず、ハイレバレッジで売買したことだ。せっかく信用取引と異なり返済期限がなかったというのに、早く大きく儲けようと欲をかいてしまったせいで、大きな損失を出した。

この失敗には、久々に打ちひしがれた。自分はかつて、信用取引で約一四〇〇万円ぶんの損失という、高すぎる授業料を払って学んだはずなのに。同じような商品であるＣＦＤの売買で、また約一二〇〇万円ぶんの損失を出してしまった。自分の過去の失敗から学ばないとは、本当の馬鹿だ。

信用取引での空売りで一四〇〇万円以上、仮想通貨の損切りで二〇〇万円以上、ＣＦＤのロスカットで一二〇〇万円以上。端数も計算すると、ここ三年ほどで出した大きな損失の総額は、およそ三〇〇〇万円弱だ。

自分は、忙しく働き続けている。そんな労働の対価であるお金も、クリックやタップ操作でいとも簡単に、パーになってしまうのだ。もちろん仕事で得られるものは金だけでなく経験や楽しさもあるのだが、稼ぐのに費やした年月まで、無駄になったような気がした。

大損の合計約三〇〇〇万円で、なにが買えるだろう。僕は五〇〇万円のＢＭＷ　３２０ｄを買うのに散々悩み、買ってからも一五〇〇万円のポルシェ　９１１カレラに買い換えようか迷い続けていたわけだが、三〇〇〇万円もあれば、マクラーレンが買える。９１１カレラにいたっては、新しめの中古で二台買える。信用取引や仮想通貨、ＣＦＤにさえ手を出していなければ、９１１カレラを一台買ってもなお、金融資産は今より一五〇〇万円も多かったわけだ。

たらればの後悔は、尽きない。せめて今後は、負けないことを優先した投資へ切り替えようと心を入れ替えた。

自分の弱点について、考える。大きなものとして、日々忙しく働いて実労働の収益が入ってくる状態が続いているから、損をしても、また実労働で稼いだ資金を投入し回復させればいい、と根っこの部分で思ってしまっているのだ。だから、最悪の場合をちゃんと想定できておらず、ディフェンスが甘い。希望的観測にしたがい、売買してしまう。

つまり今後は、収入は少ないが資産はある、という人たちと同じような慎重さで、やっていくべきなのだろう。具体的には、相続で資産はあるが全然働いていない人、もしくは定年退職し資産はあるが収入はほとんどない人たちのように、だ。実労働の収入による補填が難しければ、守りについても真剣に考えるだろう。

僕が最後の大損から一年以上経てようやくこれらの話をできたのにも、二つ理由がある。一つは、株式市場の好調により、確定していない含み益でしかないが、持っている現物株の評価額が上がり、傷もだいぶ癒えてきたという理由だ。もう一つは、原稿を書く仕事に従事している者として、己の苦しい体験を書き、読者の方々になんらかの感想を抱いてもらうことで、救われようとしているのかもしれない。

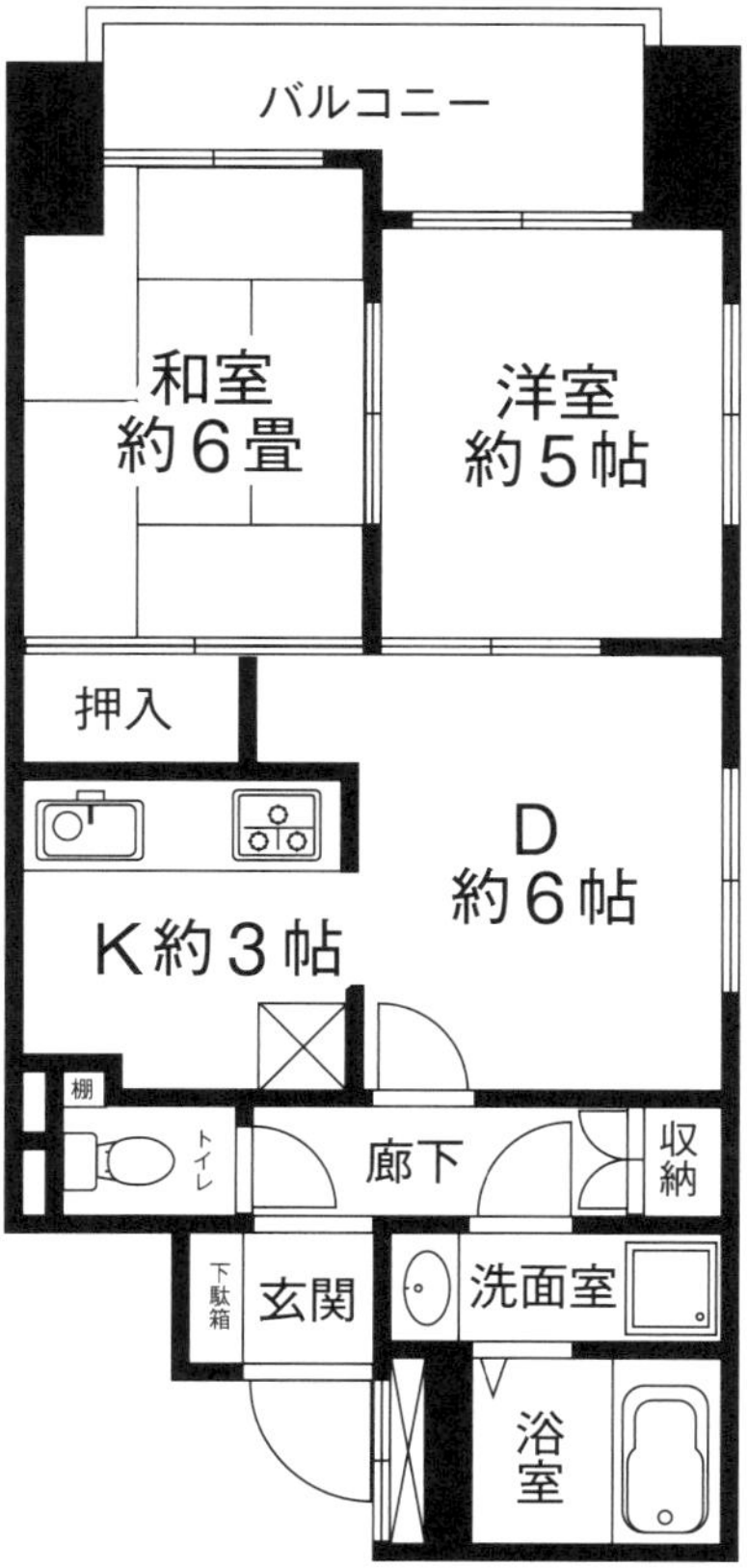

羽田圭介居住記録⑤

居住期間／23〜29歳　価格／1488万円　東京都府中市　分譲マンション

真ん中の部屋を暗くしやすかったので、プロジェクターに5.1chサラウンドのホームシアターを組んだ。90年代後半築なので余裕があったのか、天井が異様に高く閉塞感はなかった。競馬場が近かったのでよく周りをランニングした。夜にシネコンで映画を見たり。近くの叔母の家に祖母も住んでいたため、日曜の夕飯時は一緒に過ごすというルーティーンが長らく続いた。防災訓練に参加したことから、古参の住人数人より若手の有望株のように扱われ、マンションの理事も1年務めた。管理会社任せの会計のポジションにお飾りで着任。月に1度は会議に参加。1600万円で売却。

上段：フローリング材を敷き詰めた書斎。北向きだったので、樹脂製サッシの内窓を取り付けたことによる遮熱･遮音効果は絶大だった。
下段左：和室の押し入れに大量の書籍を収納。
下段右：通販で買ったユッカ・グロリオサ・バリエゲイティッド。水攻めで出てきた虫を殺し、グレーの鉢へ植え替え。

二軒目の投資のため、二行目の銀行開拓

メガバンクから融資してもらった不動産物件投資に関しての手続きを終えた頃、同じ業者から、他の物件についての話をもらった。一軒目と比べれば半額以下の物件で、四千数百万円だという。現地へも行き物件の確認を済ませ問題ないと判断したものの、次なる課題は、どこから融資してもらうかだ。

一軒目で世話してもらったメガバンク勤めの友人Sに相談した。

――一軒目の物件を買ったばかりだから、メガバンクから借りるのは難しいんじゃないかな? 地銀とかで、一割くらいの自己資金を入れて借りる、っていう感じになるかもね。

願わくば、前回と同じくフルローンで投資したい。ただ、多くても二割くらいの自己負担で済むのであれば、銀行から金を借りて物件に投資したほうがいい。

すると、物件の話をくれた業者から、銀行を二行、紹介してもらった。どちらも西日本に拠点を置く地銀で、東京にも進出し、不動産投資等への融資に力を入れ、勢力拡大をはかっているらしかった。なんだかヤクザ映画みたいだ。

さっさと銀行からの融資をとりつけられなければ、話は他の人たちへ流れてしまう。二行それぞれの支店の担当者へは業者のほうから、僕が融資の面談に行こうとしているという話を通してもらっていた。

担当者たちの連絡先を教えてもらった日の翌日午前、まずはA銀行へ電話した。

――羽田様ですね。いつも拝見してます。

「あ、ありがとうございます」

――いやあ、こういうお手続きも、羽田様ご本人がされているんですね。いつも銀行とのやりとりは、どのようにされていますか？

「そうですね、前回は面談とかもやりましたけど、知人が担当してくれたこともあって、あまりまわりくどい手続きはとらなかったですね」

――そうなんですね。それでは、面談の前に、決算書類三年分と、物件の資料等、先にお送りいただくことは可能ですか？

「ＰＤＦですぐ送れます」

――ありがとうございます。それらの資料を頂戴しましたら、こちらでざっくり、当行から融資が可能かの判断をさせていただきます。

　続いて、Ｂ銀行へ電話する。担当者が取り込み中であったため、折り返しの電話を数分後にもらった。

――羽田様の事業の内容は、どういったものでしょうか？

「ええっと、執筆業がメインでして、たまに講演会、メディア出演等の収入がございます」

　話を通してもらっていたとはいえ、僕が何者であるかは、全然把握していないらしい。

――それでは一度、ご面会をさせていただければと思うのですが、ご都合よろしいお日にちとか、ございますか？

「急ですみませんが、今日の午後のどこかでも、大丈夫でしょうか？」

――今日ですと……午後四時、なんかが空いております。窓口の営業時間は過ぎているのですが。

決算書類三年分や本人確認書類等、持参すべきものを口頭で伝えてもらった後、通話を切った。段ボール箱から決算書類をかきわけ、各証書の原本やコピーを集める。ホッチキスでとめられていたものはすべて外し、スキャナーでPDF化すると、早速A銀行の指定メールアドレスへ送った。A銀行に関しては、これで完了。

続いて、B銀行へ向かう準備をする。決算書類等必要なものをすべてリュックに詰めてから、午後三時半前に家を出る前に、服装をどうすべきかと考えた。数年前に不動産投資のハウトゥ本を読んだ際は、銀行から融資を受けるには第一印象を良くするのが大事だから、ちゃんとしたスーツを着て行け、とどの本にもしつこく書かれていた。しかし前回メガバンクの面談では、夏場だったこともあり、スポーツテイストの格好で副支店長たちと世間話をし、そのまま本店稟議まで通った。ただあのときは、支店で友人が働いていた。だから彼が僕の身元を保証してくれたようなものであり、今から赴く地銀には、誰も知り合いがいない。迷ったら、スーツで行くのが無難だろう。ただ、スーツを着るのは気休めにしてはやり過ぎな気がする。窮屈に感じられるから極力着たくないし。かといってスポーツウェアは、ラフすぎるだろう。

折衷案として、セレクト系の古着屋で買った深緑色のシャツと、黒い綿パンツを着た。

電車に乗り、支店のある駅へ向かう。駅から歩き、様々な企業が入っているオフィスビルへ。エレベーターで高層階へ移動し、カーペットで吸音された内廊下を歩いていると、銀行へ向かっているという気がしなかった。どこかの企業のオフィスで、インタビューの仕事でも受けるかのような感覚だ。

地銀の支店はオフィスビル内に在り、出入口から入ってすぐのところに、ＡＴＭがあった。その横には小さな受付が、その向こうはガラス張りの壁になっている。呼び鈴を鳴らすと、制服を着た女性行員がやって来た。出入口から近いところにある応接間へ通され、ソファに座る。やがて男性行員が二人、やって来た。年上のほうが、僕が電話でやりとりをした人らしい。

「お忙しいでしょうに、ご足労いただきすみません」

「いいえ。こちらこそ突然、今日電話していきなりで、すみません」

「講演のお仕事とかも、入ったりされるんですか？」

「ええ。今週はたまたま三本入っておりまして、今日面談をさせてもらわないと次までに間が空いてしまうと思ったもので」

どうやら、電話の時点では僕についてのパーソナルな情報を得ていなかったようである担当者も、数時間中に、色々と把握してくれたようだった。

売れていなかった頃は、賃貸マンションのオーナーから部屋を借りようとするだけでも、不安定なフリーランスだから貸さない、ウチは東証一部上場企業の社員にしか貸さないなどと断られたものだ。フリーランスでも知名度や経済力においてある地点を越えると、こういうときに話が早い。以前借りた賃貸マンションでは大家さんから、保証会社へ保証料を払わなくてもいいと言われたし、こういう面談の際にスーツで行かなくとも、「怪しい風体だけど普段なにをしている人なんだろう？」と不審がられない。

一軒目の投資でメガバンクからフルローンで一億円以上を一％未満の金利で借りたことを伝え、書類も見せると、「おお……」と唸るような反応をされた。すんなりいきすぎて僕が気づいていなかっただけで、先の融資では、かなりの好条件で借りられたのだろう。

「うちは○○銀行さんと同等の条件というわけにはいかず、自己資金一〇％ほどで貸付期間は一五～一七年ほど、という感じになるとは思いますが」

免許証等、持参した書類の一部のコピーをとられ、残りの書類は帰宅後にＰＤＦで送ることとなった。面談より大事なのは、どういう事業を営んできたかの証拠である、決算書類ということなのだろう。帰宅してすぐ、いただいた名刺に記載されているメールアドレス宛に決算資料等のＰＤＦを送り、一軒目の投資で世話になった友人Ｓへ報告した。

——今日行ったの⁉

友人からは驚かれた。いくら物件が見つかり急いでいるからとはいえ、初めての電話をした当日に面談までもっていくのは、やはり非常識だったのか。ともかく、二つの地銀からの返事を待つこととなった。

銀行二行への融資打診の結果

初めての電話から一週間以上経ちようやく、Ａ銀行から電話連絡があった。

——すみません、検討させていただいたのですが、羽田様がまだ一軒目の投資をされて間もないということで、今回のご融資はできないという判断になりました。私としても、ぜひとも羽田様にはお会いしてみたかったのですが。ご期待に添えずすみません。

「いえいえ、とんでもないです。また機会がございましたらよろしくお願い致します」

内心、寝耳に水という心地であった。業者に紹介された地銀から融資を断られることを、リアルに想像していなかったことに気づかされる。なんとなく、東京進出に力を入れている二つの地銀の融資条件をすりあわせて、より条件の良いほうから借りる、くらいに思っていたが、片方からは断られた。

冷静に考えれば、Ａ銀行の判断も無理はない。バランスシートの観点からして、負債が多すぎる。もう少し返済を進め、強固な財務体質へと整えなければ、貸すほうは不安だろう。

残るは、Ｂ銀行だけである。そちらでも断られたら、自己資金一〇〇％でやる旨みはないため、今回の投資はなしとなる。

数日後、注文していたＭａｃＢｏｏｋＰｒｏと、ｉＰｈｏｎｅが届いた。

ＭａｃＢｏｏｋＰｒｏは、さほど必要に駆られて買ったわけでもなかった。今までずっとＷｉｎｄｏｗｓ機を使い続け、直近で買ったノートＰＣも三年前に三十数万円かけて組んだ、それなりのハイスペックマシンだ。動画編集だってこなせる。それでもここ一年ほど、定期的に、ＭａｃＢｏｏｋＰｒｏをチェックするようになっていた。なによりデザインが素晴らしい。官能性に惹かれては、買うのを躊躇《ちゅうちょ》する、その時間が無駄に思えてきた挙げ句、「買い物に悩む時間を捨てるには、実際に買ってみるしかない。良い仕事道具を買うのは、自分への投資だ」と、フルスペックで組み注文した。

MacBook Proにアップルケアをつけるかどうかは、迷った。保証期間が三年間に延びるが、三万五八〇〇円もする。しかし持ち運ぶかもしれないので、つけた。消費税込みで合計、七五万六三六〇円。

パソコンにそこまでの大金をはたいたのは、初めての経験だ。

パソコンにしては、高すぎる。しかし他の買い物のことを考えると、買えてしまうのだ。

たとえば、車のBMW 320dは、約五〇〇万円で買った。電車に乗る機会が多いため、それほど頻繁には乗っていない。バイクのハスクバーナ701スーパーモトは一五〇万円くらいで買ったが、僕は暑さに弱いため夏はほとんど乗らず、冬も寒くてあまり乗っていなかった。それら二台とも、かけた金のわりには、接する時間が短い。

いっぽうノートPCは、仕事道具だから毎日さわる。書斎にいる時間が長いから、仕事をしていなくとも、毎日数時間はずっと視界にある。そんなふうに数年間にわたり長い時間接し続ける物に関しては、値段が高くとも、デザインや性能の満足度の恩恵を受ける時間も長くなる。価格を時間で割った際、満足度のコストパフォーマンスという観点からすると、かなり割安だ。超高級車を買おうとすれば数千万円もかかるが、超高級パソコンは一〇〇万円以内で買えるから、安い。

二つのアップル

地銀のうち一行から融資を断られたものの、二つのアップル製品が届き、気が紛れた。

ＭａｃＢｏｏｋ Ｐｒｏを開封するとき、買い物で久々に心がときめいた。さすがアップルは、演出の仕方がわかっている。書斎の机に置いてみると、三年前の一七インチＷｉｎｄｏｗｓ機と比べ、一六インチのＭａｃＢｏｏｋ Ｐｒｏの小ささに驚いた。特にディスプレイの縁の狭さが全然違う。インチ数の差は微々たるもので、アルミ削り出しだからこそ可能なミニマルなデザインの差が大きい。今まで光沢のディスプレイが苦手だったのだが、最新鋭の光沢ディスプレイは余計な光の反射もなく、フォントも見やすい。

いっぽう、三年ぶりに買い換えたｉＰｈｏｎｅに関しては、一五万円も払ったわりには満足感がかなり低かった。なぜ買い換えたかというと、ＭａｃＢｏｏｋ Ｐｒｏのついでだ。カメラ機能がかなり進化したというが、以前持ってた機種の時点でもかなりカメラは良くなっており、不満はなかった。じゃあそれ以外はというと、今はスマートフォンの中身はアプリで決まるから、処理能力が低くなければ、全然差を感じない。むしろ不満点のほうが大きく、以前は指紋認証でロック解除できたのに、今回の顔認証はものすごく不便だ。出先でマスクをかけていると認識してくれないから、いちいちパスコードを入力しなければならない。

できることはたいして変わらないのに値段ばかり高くなるなんて、ｉＰｈｏｎｅは単なる贅沢なブランド品だ。ＭａｃＢｏｏｋ Ｐｒｏのことはベタ褒めするいっぽうでｉＰｈｏｎｅへは不満ばかり覚えている自分は、わりと冷静な消費者だなと感じた。

新型コロナウイルスの影響でか、ずっと割高だと警鐘を鳴らされ続けてきた米国株が、下落傾向にあった。ＥＴＦや、ずっと値上がりし続けてきた多くのハイテク銘柄がかなり値下げしている。

そんな中でも、アップル（ＡＡＰＬ）株の下落率は、他と比べ小さめだった。

僕のポートフォリオを見ても、かなり健闘している。なんでAAPLはこんなに強いのか、株主の一人である僕もよくわからなかった。ただ、わりと買い物には慎重なはずの自分が、一ヶ月で九〇万円ほどをアップル商品の購入に投じてしまったくらいだしな、とは思った。必要に迫られてではなく官能性を求めMacBook Proを買い、iPhoneにいたっては不満を感じているのに返品可能期間中に返品せず使い続けているのだ。自分がこうなのだから、世界的には金余りで、高い価格設定の商品を買える人たちがさしたるこだわりもないまま買いまくっているのだろう。

巷《ちまた》では、新型コロナウイルス騒ぎによりマスクが不足し、紙不足でもないのになぜかトイレットペーパー買い占めのニュースが流れていた。スーパーへ行くと、売り切れたトイレットペーパー売り場の横で、ティッシュペーパーやキッチンタオルは大量に売れ残っている。

物価が上がり続ける諸外国と比べ日本の物価はさほど変わらず、相対的にゆっくりと清貧な国になろうとしているのに、国内で普及しているスマートフォンのほぼ半数がiPhoneであるというデータがある。経済的余裕もない人だって多いだろうに、なんで皆こぞって、割高なiPhoneを買っているのか。

今でこそiPhoneを使っている僕だが、芥川賞を受賞した翌々年までは安いアンドロイドフォンを使っていた。仮に自分がそこらの平均的な会社員くらいの所得をもらっている人だったら、iPhoneなんて贅沢品は絶対に買わない。現実としては、家賃を払うのに手一杯な人たちですら、iPhoneを買っている。自分が置かれた状況を冷静に見られない、否、見たくない人たちが、それなりにいるのではないだろうか。それにより、AAPLの株価も支えられているような気がした。手放しには、喜べない。

冬の軽井沢視察

テレビのロケ撮影で、路線バスだけを乗り継ぎ埼玉県の大宮から富山県の黒部へ向かうこととなった。チーム三人揃って四日間でゴールできるかどうか、というゲーム設定で、三年半前からやっており今回で一三回目だ。

その道中において、軽井沢へ向かうこととなった。聞き込みをした限り、他の方面へ向かうルートが厳しいと判断したためだ。仕事中に冬期の軽井沢を視察できるとはラッキーだと感じた。それまで、夏期にしか訪れたことがなかった。

東京から車で二時間くらいの場所に、質の高い建材で作ったログハウスなんかをかまえようと考え、足が遠のきあまり行かなくなるのであれば都内に豪邸を建てたほうがいい、そのためには四〜五億円は必要で、実労働だけでは捻出不可能だからどうにかしよう、という経緯でこれまでやってきたが、アクセスの良い軽井沢ならどうか。

新幹線で来たこともあるが、東京からあっという間だ。現に、駅前にはタクシーが沢山停まっているしレンタサイクルもあるから、車で来なくとも、軽井沢駅からの移動は苦労しないだろう。同じ規模の家を東京都心に建てようとした場合と比べれば、破格の安さで済む。

「軽井沢から、西の方へ向かうバスとか、出てないですかね?」

「ないですね」

聞き込みの結果そのかわり、バスで隣の中軽井沢駅までは行けると言われた。中軽井沢行きのバスを待つだけでも一時間ほど空いた。四キロほどの距離だから歩いてもいいが、これから先また歩きそうだし、体力温存のためバスを待つことに。小雨の降る午後で、軽井沢駅前でどう時間を潰そうかチームの二人と相談していると、大きな犬を散歩させながら歩いてきた女性から、駅直結の建物へ案内された。FM軽井沢のスタジオで、気づけばブースの中で、ラジオ番組を収録していた。レギュラーでやっているTBSラジオの番組を休みテレビ東京の撮影に参加し、なぜかFM軽井沢でしゃべっている。

そしてやっとバスに乗り中軽井沢へ向かう。車中、通り沿いの建物をずっと眺めていた。コテージもあれば、かなり新しめであろう、窓の大きな集合住宅タイプもあり、洒落《しゃれ》たカフェやレストラン等も色々見えた。冬期の平日の雨の午後というと気も塞ぎそうなものだが、雰囲気の良い数々の建物には、外から見て優雅さを感じた。

その後もう一本バスに乗り、追分入口というバス停から、南西の岩村田を目指して歩くことになったが、暗くなり始めた中山道をずっと歩いていると、ログハウスや高級リゾートふうの建物などが、白樺《しらかば》の林の中に見えたりした。歩きながらよく見ると、すべてが別荘やリゾートというわけでもなく、駐めてある車のナンバーからしてそこに定住している人もけっこういるのだとわかった。そして、中軽井沢から遠ざかっていっても、まだ別荘地のエリアは続いていた。車で移動すればすぐの距離をバスや歩きの移動だから広範囲に感じているだけかとも思うが、地図を見てなんとなく軽井沢の物件を探していたときも、中軽井沢から西側はかなり寂れているとばかり思い込んでいた。むしろ、白樺の林に囲まれた静けさ等、軽井沢駅近辺より落ち着いており居を構えるには良い気がする。

いっぽうで、長年放置されたであろう、廃屋っぽい建物もわりと頻繁に目にした。中山道沿いだけでなく、軽井沢駅近くも同様だった。バブル期に金持ちたちが建て、残骸として残ってはいるが権利関係が不明だったり複雑だったりで誰にも後処理できないのだろうか。軽井沢の物件や土地は高いと言われているが、廃屋もわりと多く見受けられるから、本当に高いのかどうかよくわからなくなってくる。東京だったら、地上げ屋でもなんでも使って再開発のために誰かがどうにかしそうなものだが、軽井沢ではそこまでされないようだ。

それにしても、緩い傾斜の道をずっと下っていた。歩きだした頃は寒かったが、約一〇キロ歩き平地の岩村田に着いたときは、全然寒さを感じなかった。それだけ、軽井沢の標高が高かったのだろう。足を使って歩き回ったからこそ、軽井沢の今まで知らなかった側面を、知ることができた。

恐怖指数の急上昇

四日間にわたり路線バスを乗り継ぐテレビ番組のロケ撮影を終えた。午後八時前に富山県にいたから、新幹線の最終で東京に帰れる。近くのホテルに泊まり翌朝帰るプランと、今晩中に終電で帰るプランの二つを番組スタッフより提示された。

「僕は、帰ります」

いつも通り、そう告げた。少し前までは僕も、泊まれる機会があればできるだけ泊まり、他の出演者の方々やスタッフさんたちと飲みの席で打ち上げ、翌朝帰るという過程を楽しんでいた。しかし、テレビに出始めて四年半ほど経過し、それらにも新鮮味を感じなくなった。正確に述べるなら、飲んで泊まるのは楽しいのだが、地方から朝に帰ると、その日の終わりまでろくに仕事ができないのが嫌なのだ。執筆には集中力が大事だ。朝の貴重な時間を移動に割きたくないから、夜のうちになんとしてでも自宅へ帰る。

というわけで僕一人だけタクシーに乗り、北陸新幹線に乗るため駅へ向かった。建てられて数年の綺麗な駅舎で、人気はほとんどない。打ち上げに参加しない代わりに駅弁やコンビニで食べ物を買う心づもりでいたが、店がどれも閉まっており、なにも買えない。困っていると、学生時代の友人からメッセージが届いた。

〈VIX指数が跳ね上がってるけど、どうすればいいかな？　アドバイスもらえると助かる…〉

僕が投資を始めた二〇代後半頃は、周りに投資をやっている人間などほとんどいなかった。三〇代にもなるといつの間にか、同年代の男の友人たちでやっている人はけっこう増えていた。そんなうちの一人である友人Wは、メーカー勤務の既婚者で、子供が一人いる。彼とはたまに、投資について話したりもしていて、市場の恐怖指数ともよばれるVIX指数に連動した商品を、ほぼ同時期に知った。

新幹線が来るまで時間があったので、連絡した。

——VIX指数がとんでもないことになっててさ、ロスカット値高めにはしてるけど、不安になってきちゃって……。

「俺、ここ数日ずっとロケ撮影で睡眠五時間未満とかだったから、市場はなにも見てなかった。ＶＩＸそんなにマズいの？」

――ヤバいことになってるよ！　嘘だろ、っていうくらい。連日上がり続けて、リーマン・ショック級に近づいてる。

聞くと、リーマン・ショックと同等にまでＶＩＸ指数が跳ね上がった場合でも、彼の売りポジションがロスカットを食らわないためには、安心のためあと五〇〇万円ほどの追加証拠金が必要なのだという。

「五〇〇万か……。俺も今、物件投資のための頭金を確保しなきゃならないからキャッシュがあまりなくて、どうにかやりくりして二〇〇万くらいまでなら、貸せそうだけどな……」

――ありがとう。俺も今夜のニューヨークの相場見て、土日でじっくり考えてみるわ。

ちょうど新幹線が到着するアナウンスが流れたため通話を切り、自動販売機で缶コーヒーだけ買って新幹線に乗る。すぐに車内販売のワゴンがやって来て、ナッツ、あんぱん、デニッシュ、チーズ、焼き菓子と、空腹だったので二二〇〇円分も買った。がら空きのグリーン車内で腹をおちつかせてからようやく、ＶＩＸ指数を確認した。今まで見たことがないくらいに上昇していた。こんなことになっていたとは、全然気づきもしなかった。

というのも、今は現物株しかもっていないからだ。しかしずっとそうだったわけではなく、つい一ヶ月弱前くらいまで、友人Ｗと同じＶＩＸ指数連動商品の売建玉ポジションをもっていた。それを利益確定させた理由は、かなり値が下がっていたためもっと高くなったタイミングで売り戻せばいいと思ったというのもある。だがそれより、他の現物株を買いたくなったからという理由が大きい。ちょうど、電気自動車と宇宙旅行開発の企業の株価上昇に勢いがあったときで、無配成長銘柄の二つで売却益を狙いたくなったのだ。

ＶＩＸ指数の売りを決済し捻出した資金を、ほぼまるごとハイテク二銘柄の購入に充てたわけだが、無残にも二銘柄とも、買値より下がっていた。それだけ見ると気分は落ちこむものの、その二銘柄を買っていなかった場合、どうか。おそらく、ＶＩＸ指数連動商品を売りのまま持ち続け、あの時設定していたロスカット値であれば、今頃とっくにロスカットをくらい大損していた。

つまり、助かったのだ。それも、ほとんどたまたま。

友人を助けるべきか？　消えた五〇〇万円

己の幸運を喜ぶいっぽう、すぐに愕然とした。大損サーガでも書いたとおり、自分は、同じＶＩＸ指数連動商品の売りで、約一〇〇〇万円のロスカットを食らっている。猛反省をしてから一年ちょっとしか経っていないにもかかわらず、気づけば同じようにポジションを建てていて、また数百万円分、ロスカットするところだった。決して同じ轍《てつ》は踏むまいとしていたのに、そこから学んでいなかった。高すぎる授業料を払ってもなお、また同じようなことを繰り返そうとしていた……。

各種経済指標を久しぶりに見てゆくが、リーマン級のショックがこなければ大丈夫、という前提の取引は通用しないのだなと感じた。リーマン級、またはそれ以上のショックがきたら、終わるということなのだから。

　やがて午後一一時半からニューヨーク市場が始まり、新幹線内の不安定な通信環境で、途切れ途切れに市況をチェックする。ＶＩＸ指数も上下しだし、また少し高い数値になった。友人を救うため、急いで二〇〇万円くらいは貸してあげたい気もするが、金曜の夜だからどうしようもない。早くて、週明けの月曜にならないと、友人の口座へは送金できない。

　そもそも、二〇〇万円では足らず、やはり五〇〇万円を貸すべきか。そのためには、自分の持ち株をある程度売らなければならない。新幹線に乗っている二時間半ほどの大半の時間で、どの株をどれくらい売れば自分があまり損しない状態で金を捻出できるか考え、零時過ぎに帰宅すると、実際に少しだけＥＴＦを売った。しかし米国株のため、ドルで振り込まれるまで、さらにそれを円に替えるまで、出金するまでに、それぞれ時間を要する。

　そして迎えた月曜日の午前中、友人Ｗからメッセージが届いた。朝一で、ＶＩＸ指数連動商品を、ほとんど損切りしたのだという。

　その晩、通話した。

――土日中、ずっと精神衛生が悪くてさ。朝一で損切りして、すっきりしたよ。その後、またどんどんＶＩＸも上がっていったからさ、あの時点で決済できて、よかった。

「そうか……」

――ここ数年間運用してたほぼ全額、五〇〇万円がパーになったからね。辛いよ。

相当、落ちこんでいる様子だった。過去に同じ商品で約一〇〇〇万円、他の商品も含めたら三〇〇〇万円弱損している身からすると、まだ傷は浅いだろうと内心思いもした。ただ、普通の会社員にとってはキツいはずだ。

――子供の顔を見ながら、俺はなにをやっているんだろうと思ったよ。

ふと、思った。

「俺、おまえに中途半端に二〇〇万円とか貸さなくて、正解だったな」

――そう、それ俺も思った！　中途半端に金借りて、証拠金に入れてたらそれも溶けてたはずで……。

たとえば僕が一〇〇〇万円くらい貸していれば、友人も今回の混乱でロスカットを食らわないで済んだ。五〇〇万円だと、怪しい。僕がすぐ貸そうとしていた二〇〇万円では、朝一で確実にロスカットされていた。僕は当然無利子で貸そうと思っていたし、なんなら二〇〇万円が返されなかったとしてもそれはそれで仕方がないくらいにも思っていたが、借りたほうは違うだろう。七〇〇万円もロスカットされたこととなり、しばらくは日々、僕への借金二〇〇万円を返すために働くこととなっていたかもしれないのだ。家庭もちの責任ある身からすれば、それは精神的に酷だろう。

「連絡もらったのが、月曜とかでなくてよかった。月曜だったら、水曜くらいには金貸せちゃってたもんな……」

――うん、金曜の夜で、よかった……。

通話を終えてから僕は、金銭的な面で人を助けようとするなら、中途半端はいけないのだと学んだ。そして今後、信用取引やＣＦＤ等、ロスカットの危険性があることに関して、誰かを助けようとすることはやめようと思った。僕以上に、借りた当人の精神をさらなる奈落に落としてしまう可能性があるからだ。

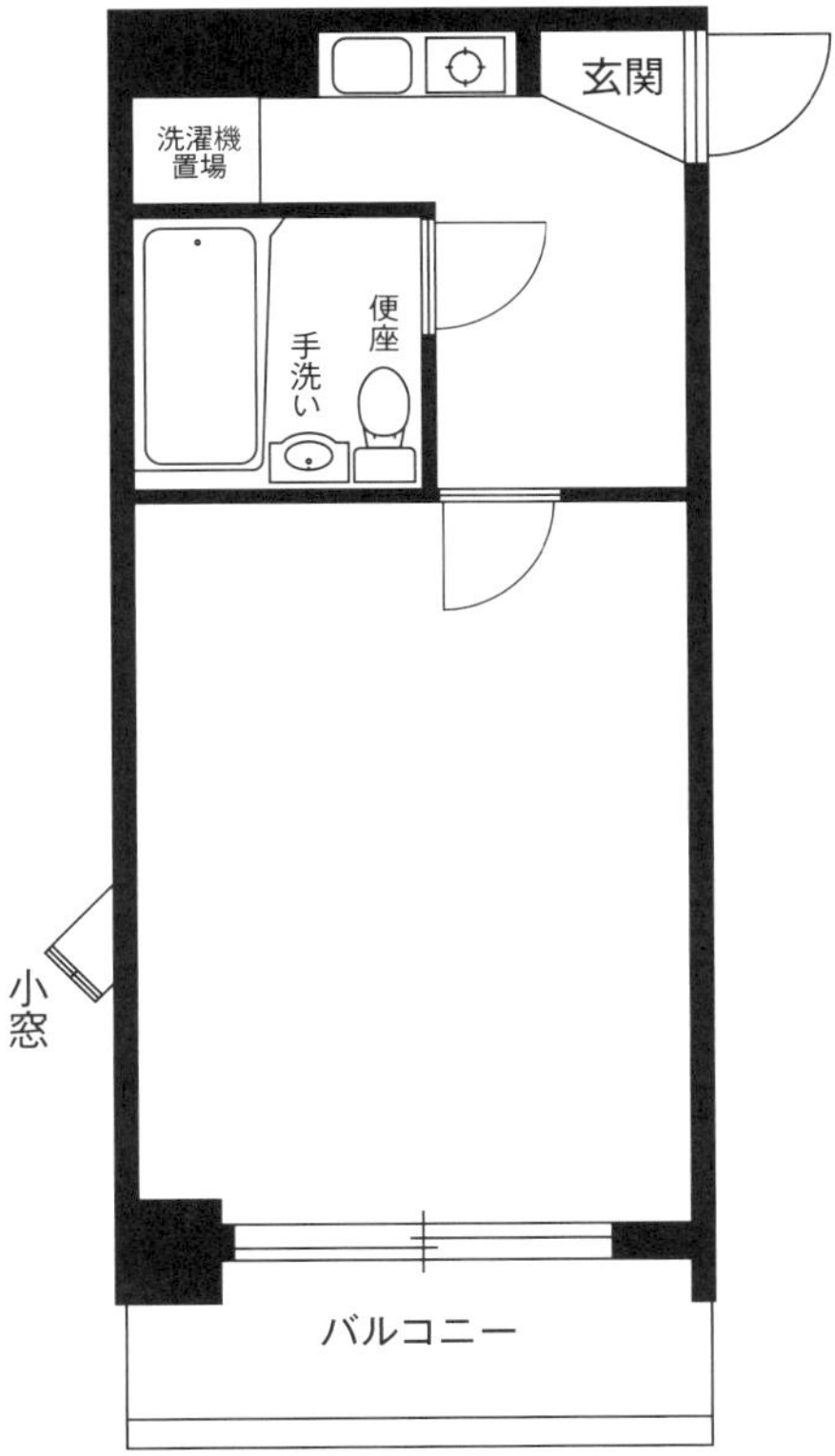

羽田圭介居住記録⑥

居住期間／29～30歳　家賃／7万8000円
東京都渋谷区　賃貸専用マンション　24㎡

引っ越してきた当日、足の踏み場がないという経験を初めてした。24平米という、人生初の狭さに途方に暮れる。天井の低さと上階の物音にも悩まされた。地下に貸しスタジオが入っており、防音室を手放した自分も利用していたが、自分が家にいるときに時折響いてくるベースの音が気になった。芥川賞で入ってきた金の使い道としてまずこの部屋からの引っ越しにあてることとなったが、退去する日に管理人の一人から、芥川賞受賞を祝う言葉と、「頑張ってください」と言われる。管理室のテレビで出演番組を見ていたのだろうか。終わりよければすべて良しという印象のマンション。

上段：芥川賞受賞直後の8月頭。初めて出たバラエティ番組の放送3日前、部屋で執筆している姿の写真を欲しいと言われ、撮った写真。
下段：越してきた当日、足の踏み場がない。

二行目の融資本契約

ある日、地銀からの電話連絡があった。

――お待たせしてすみません。無事に、稟議通りました。

二軒目の不動産投資に際し融資をお願いしていたわけだが、本部の稟議を通せた。あとは、事務的な手続きが残るのみ。

――契約書へご署名等いただくため、お越しいただきたいのですが……。

用意しなければならない書類等のリストを、メールで送ってもらった。翌日、放送局での仕事の前に、各所へ出向き、書類を集めてまわった。それと、一軒目の投資でメガバンクから融資を受けた際は求められなかったのだが、今回、ネット証券の口座ログイン画面を、銀行の方々の面前で見せる必要があるとのことだった。

なるほど、オンライン口座のスクリーンショットだけだと、いくらでも偽造ができるからだ。ノートパソコンかスマートフォンを持参してくれと言われ、これこそＭａｃＢｏｏｋ Ｐｒｏの出番だと思った。ノートＰＣを開き口座情報を見せるなんて、洋画に出てくる悪役の取引みたいで格好いい。余談だが、映画で悪役にアップル製品を使わせると、アップルからクレームがくるのだと映画関係の人から聞いたことがある。

契約書に署名捺印する当日、チャコールグレーのニットを着て赴き、まず地銀の口座を作る。その後、本契約のため各書類に署名し、最後にまとめて判子を押していった。

「これから一七年の長いおつきあいになりますね。よろしくお願い致します」

二人いらっしゃるうち、年上の次長から言われ、僕も頭を下げる。言われてから、一七年のつきあいか、と思った。三四歳の自分が、返済し終える時には五一歳になっている計算だ。そう認識すると、長いつきあいなのだなと思った。いっぽうでは、今の五〇代はジムで身体を鍛えたりスポーツミックスのファッションで夜な夜な遊び回っているような人も多いから、色々と現役でいられる年齢の期間内、という点ではあっという間なのかなとも思った。

そして、少し前から視界に入っていた黄色い表紙の二冊の本を、次長がローテーブルの上に置いた。本誌連載の末単行本化された、『羽田圭介、クルマを買う。』である。

「もしよろしければ、サインをいただくことは可能でしょうか？」

「もちろんです！　こちらこそ、わざわざお買い上げいただきまして、ありがとうございます」

「良かったです。実のところ、無事に契約が交わされるまでは、控えていました。今回、ご縁あってちゃんと最後まで進みましたので」

そんな気遣いまでしていただいたのか。小説家の自分としては、融資をしてくれなかったとしても、本へのサインは喜んでする。融資もしてくれて本も買ってくれるなんて、本当に頭が下がる。

二冊の本に自分の名前と為書きをした後、サイン用の落款印を持っていないことに気づいた。サイン会であれば、いつも仕上げに赤い落款印を押すのだが、突然のことで用意がない。

「ええっと……あ、いつもの落款印のかわりに、普通の判子でいいですか？」

「はい。むしろ、貴重ですね」

何本か持ってきていた判子の中で、さきほど契約書に押したばかりの実印でもいいかなと思ったが、さすがにそれはやめ、印鑑登録していない認め印を二冊の本に押した。シンプルな丸印を自分の本に押すのは、人生初だった。

新大阪での仕事。人が減っている街並みで

二軒目の物件の融資契約が決まったのとほぼ同時期に、一軒目の不動産物件の最初の収益が、口座へ振り込まれた。感じるものでもあるかと思っていたものの、正直な話、数字を見て、不動産投資はあまり儲からないかもな、と思った。十数年かけてのローン返済が終われば毎月の収益がそのまま利益になるからだいぶ変わるが、それだって自分が実労働で稼ぐ額と比べると、だいぶ少ない。売却益で稼げればいいのだが、おそらくたかが知れている。

短期間で大きな売却益を狙わないと、快適執筆空間確保のため都心に豪邸を買うのに、時間がかかりすぎる。緑内障になったり、集中力が衰えたりしてあまり執筆意欲がわかなくなった頃に豪邸を建てても、意味がない。

ただいっぽうでは、銀行から融資を受ける投資に手を出しておいてよかったと、思っていた。株式市場で、

下手な売買をせずに済んだからだ。ＶＩＸ指数連動商品の売りで約五〇〇万円のロスカットをくらった友人の話をしたばかりだが、ひょっとしたら自分も同じポジションを建てていたかもしれないし、現物の株式だって今より多めに保有し、下落によるダメージに肝を冷やしただろう。

一軒目の投資はフルローンではあったが手数料等合計で数百万円、二軒目の投資でも頭金を一割、払っていた。市場が混乱を極めている中、違う時間軸で進む投資先に資金を待避させられたのは、タイミングとしてかなり良かった。

世界的に感染症への警戒感が広がっていたとある金曜日の夕方、僕は東京駅から新大阪駅行きの新幹線に乗ろうとしていた。これまで度々呼んでもらっていた、東野幸治さんが司会を務められる土曜朝のニュースバラエティ『教えて！ニュースライブ 正義のミカタ』（朝日放送）出演の前乗りのためだ。

金曜の夕方だと、グリーン車でも満席になるほど混む。二時間半の新幹線乗車時間を快適に過ごすべく、午後四時前の早めの時間や、もしくは午後八時以降の遅めの時間にずらしたりという調整をしてきた。しかし今回たまたま直前まで用事があったため、午後六時頃という最も混む時間帯に東京駅へ着き、座席指定をしたのだが、グリーン車どころか普通席も空き気味だった。新型コロナウイルスの影響だ。

新幹線車内は快適だったものの、トイレに立つ度に過剰なほど手洗いをしたりと、いつもとは異なる身の振舞をした。新大阪駅のラーメン屋に入ると、客は僕を含めて三人しかいなかった。タクシーでホテルへ行き、ｉＰａｄで映画『12モンキーズ』を久々に見た。中学生時にテレビで見て以来だ。内容は、ウイルス兵器で人類の九九％が死滅した二〇三五年の世界から、それを食い止めるべくブルース・ウィリスが一九九六年に派遣され四苦八苦する、というものだ。中学生時代に見た際はなんの印象にも残らなかったことだが、ヒロインの黒髪の女性が綺麗でタイプだなと、照明を薄暗くしたホテルの部屋で感じた。

翌日出演した『正義のミカタ』は、僕にとっての卒業回であった。クビを切られたわけだが、さかのぼってみると約三年間にわたり、二十数回も出演していた。テレビであまり喋れない僕をそんなに起用し続けてくれただけでもありがたいし、なにより、まだ続く番組で自分だけ呼ばれなくなる場合において、明確に「卒業です」と制作側から言ってもらえたのは、初めてのことだ。いつのまにか自分だけ呼ばれなくなっていたことにしばらく経ってから気づく、というのが普通だ。あと、同番組のおかげで、東野幸治さんから『羽田圭介、クルマを買う。』への帯コメントもいただけた。

『羽田圭介、クルマを買う。』の書影Tシャツを着ながらの生放送が終わり、花束を持ったまま午前一一時半頃にタクシーで新大阪駅に着くと、男たち数人が目ざとく僕に気づき、寄って来た。

「お疲れ様です。サインいただけますか？」

彼らは色紙とマジックを持ち待ち構えている、せどりだ。空港やターミナル駅等、有名人が立ち寄りそうな場所でサインや写真をねだり、どこかで売ったりする人たちなのだと以前聞かされた。

「本にならサインしますけど」

大阪に来始めの頃は僕も馬鹿丁寧に色紙へのサインに応じていたが、今では慣れたようにそう言う。

「本は……持ってないです。色紙じゃ駄目ですか？」

「小説家が色紙にサイン書くようになったら終わりだと思っているんで、本にしかしません」

歩きだしながらそう言い、グリーン車回数券に座席を指定した僕はコンビニで淹《い》れたてのコーヒーを買い、改札内のトイレで用を足す。

発車三分前にトイレから出ると、男性から声をかけられた。

「先生、サインお願いします！」

自分より数歳上くらいの男性が、文庫版『スクラップ・アンド・ビルド』とマジックを持ち待っていた。せどり軍団の中にいた人なのかどうか、顔までは覚えていない。ともかくその人は、ちゃんと僕の本を持っている。新大阪駅構内には書店がある。芥川賞受賞作の『スクラップ・アンド・ビルド』をすぐ買えても、おかしくない。

「ありがとうございます」

本にならサインをします、と言っていたこともあり、僕はホームへ向かうエスカレーターのすぐ近くでサインを書く。本を買ってくれるのであれば、ありがたい。

「『バス旅』いつも見てます。○×、でお願いします」

それが、その人の苗字を言っているのだと理解するのに、数秒要した。というのも、せどりは転売が目的だから、為書きはなしにしてくれと指定してくる。サイン会にも数人そういう人が来る。男性は自ら為書きを求めてきた。せどりでは、ないのか？

「字汚くてすみません」

「色紙にもサインいただけないですか？」

「すみません、さすがに時間ないんで！　ありがとうございました」

ホームに着いていた新幹線に乗って数秒後、ドアが閉まった。がら空きの新幹線内でコーヒーを飲みながら、しばし己の心の揺れを感じていた。本にならサインを書くと言ったら、そのとおりに本を買ってきてくれる人が、いるとは。色紙のサインも求められたから、ひょっとしたらせどりであることに変わりはないのかもしれないが、それでも文庫本代の数百円を払ってまで、僕のサインを欲しいと判断してくれたわけだ。しかも為書きまで書いたから、サイン本は転売できない。あの人は、せどりではなかったのかもしれない。

これまで新大阪駅へ訪れる度に、待ち構えていた何十人もの人たちをむげにしてきたわけだが、己の振舞もう少しどうにかできたのではないかと、反省する気持ちにもなった。じゃあまた新大阪へ来た際に、同じ状況におかれたらどうするのかと言われれば、本にしかサインをしない姿勢は、崩さないのだろうけれど。

東京駅に着くと、日中の時間帯としてはかつて見たことがないほどに、人気が少なかった。昨夜見た『12モンキーズ』の世界観が、目の前の光景に重なる。此度の騒ぎとは関係なしに、今後人口が減ってゆくのが確実である日本で不動産投資をするのもいかがなものかと、端的に感じた。

区分マンションの売買

そもそも、投資目的の不動産売買で資産を増やそうとするのは、難しいのではないか。

そう考えるに至ったのには理由がある。自分が住むための区分マンションを都心に買い、数年おきくらいで買い換えていったほうがいいというような本を、数冊読んだからだ。

投資目的の不動産ではなぜ儲けにくいかというと、ローンの金利に差が出るからだ。投資用のローンは高めだが、個人の住宅ローンは低めに設定される。不動産の価格が高い今、表面利回りが低い上に投資用ローンの金利も住宅ローンより高いとなると、たしかに今は投資目的の不動産物件を買い増す時期じゃないようにも思えてくる。

自分で住む区分マンションを投資と捉え直すと、たしかに合理的かもしれない。将来値下がりしにくい都心部に買うのが前提とあるが、僕はわりと都心寄りに住んでいたいから問題ない。値上がりしなかったとしても、買った額と同額程度で売れた場合、数年間にわたり自分が払ってきた額から修繕積立金や管理費を除いた額が、ほぼそのまま手残りとなる。

現在の自分の住まいは賃貸マンションで、家賃が二四万円、駐車場代が三万円と、毎月合計二七万円も払っている。そんなに払うのなら買ったほうがいいのではないかという声も、無視してきた。理由として、自分のライフスタイルなんかどうなるか読めないというのと、区分マンションを買う頭金数千万円を用意するなら、そのぶんを株式投資で運用したほうがマシだという考えだったからだ。株の運用益で家賃が払えれば、そのほうが身軽でいい。

しかし現実のところ、毎月二七万円もの住宅費をまかなえるほど、株の配当があるわけではない。もちろん値上がり益がのっているものもあるが、利益確定させていないそれらは将来下がる可能性だってある。

それに、数千万円の頭金を払うくらいだったら、という考えが根本にあったのだが、それが間違っている。

区分マンションを買うのに、数千万円もの頭金など必要ない。せいぜい数百万円で済むだろう。

盲点だった気がする。自分が住む家で儲ける手法もあったのか。思い返せば、二三歳時に買い二九歳時に売った府中の中古マンションに関しても、売却後手元に四〇〇万円ほどが残った。買値より少し高いくらいで売れただけだから、「2LDKのマンションに管理費・修繕積立金の約三万円を毎月払っただけで五年半住めた」、つまり安く住めたくらいにしか思っていなかったが、四〇〇万円が残ったということは、五年半格安で住みながら、四〇〇万円の貯金をしていた、ということか。

今まで気づいていなかったが、自分はすでに一度、区分マンション売買で儲けた経験があったのだ。

すると途端に、今払っている二七万円が、ひどくもったいなく思えてくる。払った二七万円は、どこにも蓄積されない。豪邸を買う前の前段階として、ひとまず都心に区分マンションを買い、そこに住んだほうがいいのではないか。

人気の街への順張り。中目黒と代官山

じゃあ、どこに住むのかという話になる。今住んでいる街もいいが、他により良い街があるかもしれない。たまたま短期間で集中的に、中目黒を訪れる機会があった。仕事で用があり、中目黒の川沿いを歩いていると、自然があるのだなということが意外に感じられたし、静かな場所にたたずむ高級そうな低層マンションなんかも目につき、セキュリティがしっかりしていて中の間取りもゆとりがあるんだろうなと憧れた。

同時期に横浜方面での用事も続いたため、みなとみらい線直通副都心線で帰る際、中目黒にも停車することに気づいた。中目黒は、交通の便が良い場所なのだ。車で高速道路にも入りやすい。今まで、芸能人や田舎から上京してきた人たちがなぜ中目黒に住みたがるのか、わからなかった。しかし集中的に訪れてみると、その良さが段々と、体感的にわかってくる。

つまり、多くの人々に好まれる人気の街には、好まれるだけの理由があるのではないか？

株式投資においてもここ数年、逆張りより順張り思考のほうがいいと実感している。それと同じで、変にこだわりをもちマイナーな街に固執するより、人気の街に住んでしまったほうが、快適かもしれない。ましてや此度の目的は、売却も見据えた区分マンションの購入なのだ。投資的意味合いが強いとなるとますます、人気の街で買うべきな気がした。

では、都心部での中目黒以外の人気の街はどこだろう。

代官山、か？

なんとなく思い浮かべた。何度か訪れただけで、よく知らない。サイン本を作りに蔦屋《つたや》書店へは行ったが。だからこそ、訪れてみることにした。

電車で行くが、中目黒なんかと比べると、交通の便が良いようにも思えない。平日の昼時だったので、グーグルマップで見当をつけていたメキシコ料理の店を訪れた。ビルの上層階で、音楽が大きめに鳴らされた店内はにぎわっている。窓からの眺望は良く、コブサラダとタコスのセットを食べた。料金はそれほど高くないのが意外だった。

ここのところあまり物欲はなく、金を使うのならおいしい食事や花といった消えモノに使いたいと思うようになってきている。食事を終えそんな観点から街を見ると、洒落たレストランがわりと多くあることに気づいた。六、七年前、貧乏作家時代の自分には、それらおいしそうなレストランなど、見えていなかった。自分には関係のないものだと、目が拒絶していたのだ。今になっていざ見てみると、店先にあるランチの価格表なんかは千数百円くらいで、さして高いわけでもない。

散策しているうちにふと、とても歩きやすい街であることにも気づいた。徒歩圏内に店が適度に分散しているから、人でごったがえすことがないのだろう。自分が今住んでいる街、これまで住んできた街は、駅の近くに商店街のような人の流れが集中する通りがあり、歩くスピードが速い僕はストレスを感じてきた。正確には、代官山の街を歩くことでそのストレスフリーさと比較し、今までストレスを感じていたことに気づいたのであった。

デザイン性の高い家電まで売っている大きな蔦屋書店に行くと、昼はカフェをやっている店が夜にはバーへと変わることを知った。座り心地の良さそうなパーソナルチェアが、余裕をもった席間で置かれている。夜遅くまでやっているから、散歩がてらここへやって来て、白ワインでも飲みながら仕事したり読書でもするのは、最高な贅沢だろうと想像する。

知人が働いている雑貨屋でフィン・ユールのトレーなんかを物色し、電車で帰路につく。それにしても歩きやすい街で、代官山が人気たる理由がわかった。代官山に住みたいと思うし、他の人気の街も開拓してみなければと思った。

羽田圭介居住記録⑦

居住期間／30〜32歳　家賃／15万5000円

東京都　賃貸専用マンション

借りる際、不動産仲介会社の店舗で、小学校6年生時に同じ班で給食を食べていた女子が働いているのに遭遇。マンション最上階のペントハウスに大家であるお婆さんが住んでおり、通いのお手伝いさんによる管理が行き届いていて融通も利いた。共同スペースに花や絵が飾ってあってよかった。隣との壁は石膏ボードだったのか、音が少し漏れ聞こえた。収入が増えた割には、質素なところに住んでいた。90年代末の内装は古すぎることもなかったが、おしゃれでもなかった。忙しすぎると住まいの些細なことは気にならない。ただこの頃は顔バレをかなり警戒し家の近くでほとんど外食はしなかったため、街にあった飲食店もあまり知らない。駅徒歩5分ほどで忙しい日々の移動に便利だった。

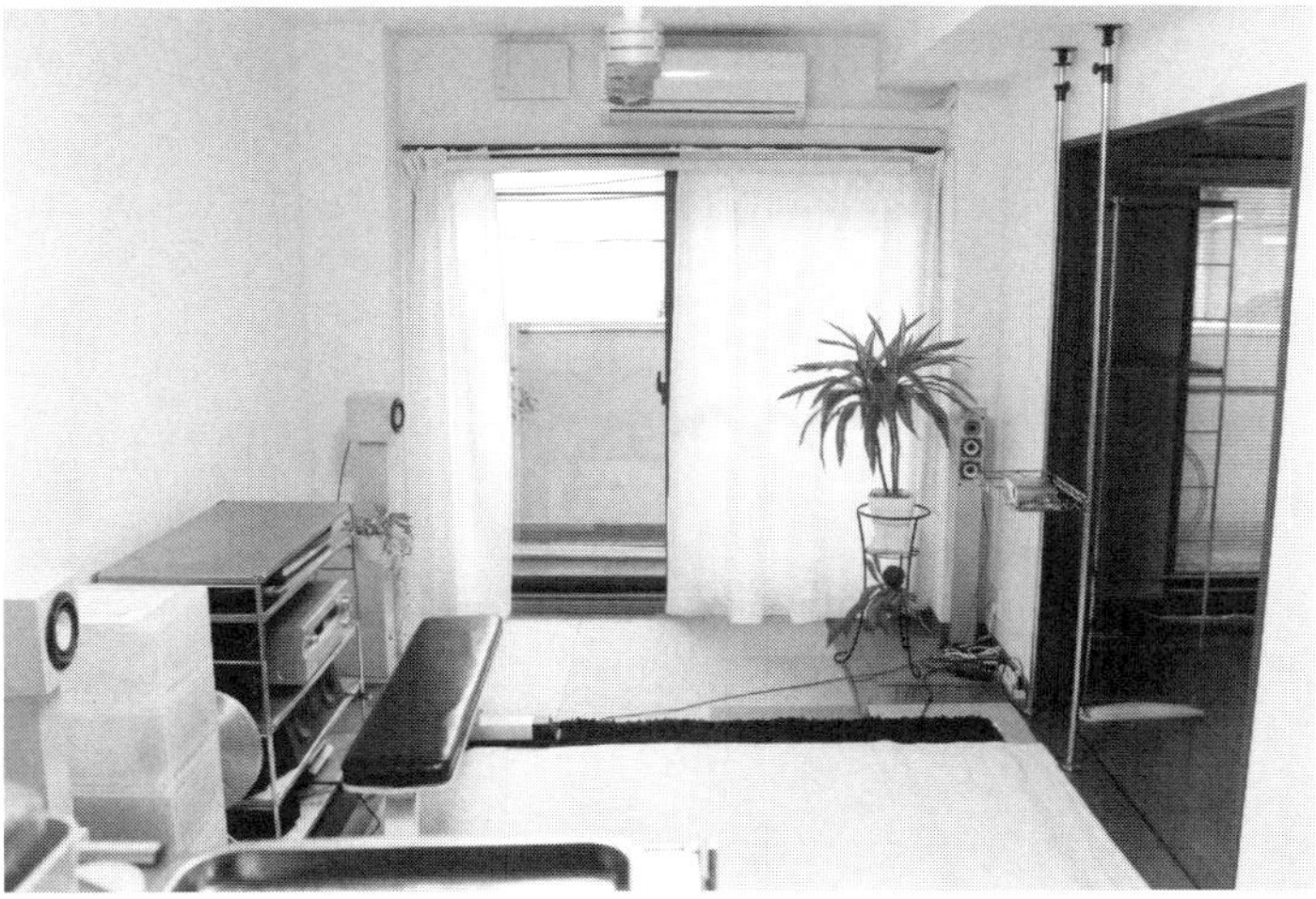

上段：越してきた直後、プロジェクターや家具の配置を模索中。
下段左：芥川賞受賞から1年後、防音室を買い直し、昇降式デスクも導入。8月はひたすら立って『成功者K』を執筆し、書き終えた月末の日の夕方にお呼ばれで乃木坂46のライブを神宮球場へ見に行った。なんというか、すべてがうまくはまった夏だった。
下段右：玄関に壁掛けした変装用の帽子。左のサファリ帽はドラマ出演時にもかぶった。

身軽な生活

自分はどういう住空間に住みたいのか。今一度、考えてみる。快適に執筆ができる豪邸を都心にもちたいという時期尚早な望みはさておき、Ｎｅｔｆｌｉｘで住宅関係の海外の作品を見る。

『タイニーハウス～大きなアメリカの極端に小さな家～』では、経済的理由等で広い家を手放しトレーラーで牽引《けんいん》して移動できるほどの小さな家に引っ越す人たちの様子が毎度紹介されていた。それら多機能で効率的な作り付け家具が設置された小さな家は、こだわった内装で暖かみまである、僕にとって理想的な家だ。独身のうちはああいったタイニーハウスに住みたい。家庭をもち子供ができたとしても、家族全員、一人一軒ずつのタイニーハウスに住めたらいい。

『サラ・ビーニー：住宅ローンから逃れる方法』では、住宅費が高くつくイギリスのロンドンを中心に、安く快適に住めるよう、トレーラーハウスやボートに住む人たちが多く紹介される。結構な頻度で、川に浮かべたボートで生活する人たちが登場し、俄然《がぜん》憧れた。ボートの居住スペースから丸い窓の外を眺めれば、川面や葦《あし》といった自然の風景が見える――最高ではないか。

ロンドンなどという都会でボート生活ができるのなら、日本のどこかでもできるのではないか。ネットで少し検索したくらいでは、そういった例を見つけられなかった。少なくとも、東京ではできなさそうだ。

ボート生活は諦めるしかないとはいえ、それのなにに憧れているのか。わかっているのは、スペースが限られているからこそ、床から壁、天井といった内装のありとあらゆる部分を、自分の好みの贅沢な仕様にすることができる。タイニーハウスも同じだ。

基本的にずっと書斎で過ごし、そうでない時間はベッドで寝るだけだから、自分に必要なスペースはそんなに広くなくてもいい。じゃあ豪邸なんか必要ないだろうといわれそうだが、東京の住まいだとそううまくはいかない。賃貸物件だと特にそうだが、内装を自由にできない。分譲マンションを購入しても、ドアや窓枠、ベランダなど、共用部分に手をつけられない。それに、ドアを開けたらすぐ外、という心理的な身軽さがマンションにはない。

ただその身軽さについては、タイニーハウスやボートハウスにも課題がある。それら小さな家を所有するということは、たとえば賃貸マンションやホテル暮らしと比べれば、身軽でなくなる。それに、タイニーハウスだったらそれを置く土地を買ったり借りたり、ボートだったら定期的に移動させ係留料を払う必要がある。

移動できる家というと、日本だとキャンピングカーやハイエースのようなバンで生活するのが現実的だ。しかしそれだって駐車場や、使用の本拠地として届け出る住所が必要となる。

賃貸マンションやタイニーハウス、ボート、キャンピングカーやバンでもない身軽な生活とはなんなのだろうか？

ホテル暮らし。

たまに、そうしているというエグゼクティブな人たちの話を見聞きする。リュックやスーツケースにおさまってしまうくらいの所持品でホテルを転々とする生活は、本当に身軽だろう。

僕はたまに、不要な物を手放したくなる衝動におそわれる。芥川賞受賞後数年は、色々な物を買いそろえる愉楽を享受していたが、ここ一年ほど、身軽になりたいという欲望をまた発露させるようになっていた。数ヶ月前には、革靴を捨てた。大学卒業時に母に買ってもらい、冠婚葬祭で履き、芥川賞の贈呈式なんかでも履いたリーガルの革靴だ。端的に、その重さが嫌だった。スニーカーより履き心地が悪い。たまにクリームを塗ったりするのも面倒くさい。革靴を捨てるという行為が、自分はそういったものにはとらわれない自由人になるぞという宣言のような意味合いをもった。実をいうと、革製の黒いスニーカーは持っているから、それを履けば冠婚葬祭は誤魔化せるだろうという計算もある。

ホテル暮らしを夢想すると、余計に物を手放したくなる。ちょうど、そういったことをテーマにした小説を書いていたこともあり、自分の作品に触発されるように、作者自身の身軽願望も強くなっていった。

未来予測の難しさ

執筆ができる机さえあればどこでも暮らせるとなると、快適な執筆空間としての豪邸、それを実現させるための不動産投資が必要なのかという話にもなってくる。

不動産投資の本を数多く読んだが、特に大家さんが自費出版で出したような体験談系の本でよく書かれていたのが、毎日満員電車に乗り会社へ行っていた辛さから無縁となり、今では平日の昼間から好きなように過ごしている、という、似たり寄ったりの文言だ。

そうか、大家さんとして成功すると、時間的自由を得られるんだなとわかってくるのだが、それって、専業小説家の自分がずっと享受してきた生活だ。つまり、この先自分が不動産投資で成功したとして、資産が増えることで豪邸は買えるかもしれないが、それ以外のことは本質的に変わらない。

今と同じ生活が待っているだけかもしれないのに、リスクをおかしてまで、不動産投資を拡大させる意味はあるのだろうか。ふと脳裏に、二つのＳＦ映画が思い浮かぶ。

『エイリアン３』（一九九二年）と『ロボコップ３』（一九九三年）だ。両作には、不気味で強い存在として日本が描かれていたという共通点がある。『エイリアン３』には漢字の表記が頻出し、悪巧みをしている会社として日系企業が、『ロボコップ３』では同じく悪の日本企業と、その企業が作った忍者型ロボットが出てくる。少なくとも九二～九三年の空気感としては、日本はアメリカをも凌駕《りょうが》するかもしれない得体の知れない強い国だったのだ。

時を同じくして一九九三年、僕が小学二年生だった頃、東京都多摩市の分譲マンションから、埼玉の新築戸建てへ引っ越した。引っ越した直後、慣れない町のどこかに貼られていた『ロボコップ３』のポスターを、なぜか鮮明に覚えている。

それから二七年が経ち今となっては、洋画なんかに強大な日系企業など登場しなくなって久しい。かわりにしばらくは中国が強大な国として描かれた時期もあったが、少子高齢化が進んでいることがあらわになったからか、その流れも収まってきている。

未来は、誰にも予測できない。

つい三〇年ほど前の予想も、大きく外れるのだ。昨今では、多くの人々が土地神話を信じ郊外に新築戸建てを建てていたあの時代は、経済合理性的に間違っていたのだというようなことがよく言われている。しかし実際に九三年に埼玉で戸建てを五〇〇〇万円弱で購入した両親は、数年前に千数百万円で売却したわけだが、家族が実質的に三千数百万円ほどで二〇年以上住めたのだから、あながち「経済合理性的に間違っていた」とも言えないだろう。なにが言いたいかというと、あの頃は多くの人たちの間で、郊外に戸建てを所有することを良しとする考えが広まっていただけで、今となっては反対に、人口が減少する日本の郊外で一戸建てを所有するのは間違っているという考えが広まっているだけかもしれないのだ。

今よりもっと自宅で仕事ができるようになったり、車の自動運転等が発達すれば、また昔のように郊外に戸建てをもつのを良しとする考えが広まるかもしれない。大事なのは、自分が正しいと思っている今の考えも、時流にのっているだけですぐ覆されるかもしれないという認識をもつことだ。

かつて住んでいた埼玉の家のことを考えると、未来は予測できないよなと思い、わざわざ不動産投資を拡大させなくてもいいのでは、という気にもなってくる。

タイニーハウス

都心に大きな豪邸をかまえるための不動産投資などしなくとも、素敵な建材の内装に囲まれたタイニーハウスさえ買ってしまえば、自分の理想的な執筆環境は具現化するのではないか。書斎とベッドだけあればいいから、実のところ狭くてもかまわない。自分で選んだ無垢材やステンレスといった素晴らしい内装に囲まれた生活は、豊かなものだろう。

不動産を探しだした頃、別荘としてのログハウスを買いたがっていた。地方のログハウスには行かなくなってしまうだろうから、都心に豪邸を建てるしかないという考えに変わったのだが、都心でログハウスと同じような内装のタイニーハウスを建てればいいことかもしれない。

タイニーハウスは、さすがに一人でしか住めない。会社員ならともかく、僕は家で仕事をするからだ。別荘だとかタイニーハウスだとか、なんだか独り身で静かなところで好きなことに没頭し続けたいメンタルを空間にあらわすようなものだと感じた。

ただ東京においては、タイニーハウスにも懸念するところがある。置いておく土地の問題と、セキュリティだ。

ある程度交通の便が良いエリアに、戸建てを建てられるくらいの土地を買えば、それだけで五〇〇〇万円くらいはかかる。建築許可をとり、タイニーハウスを建てるとする。ハウスメーカーの作る建て売りの家が多く並ぶ住宅地なんかで、土地にものすごく小さな家がぽつねんとあるのは、悪目立ちするだろう。窃盗団にでも目をつけられれば、留守中に窓を割られたりドアを壊されたりして、パソコンやありとあらゆる書類ごと盗まれるかもしれない。

セキュリティが不安なら、土地のまわりに高い塀でも建て、警備保障会社と契約すればいいかもしれない。

ただそうすると、車やバイクをタイニーハウスのまわりに気軽に駐めたり、タイニーハウスからすぐ敷地の外に出られるという特有の個性は減る。田舎ならまだしも、東京でタイニーハウスを建てるのは現実的ではないということか。

すると、一つの考えが浮かんだ。

東京都内に一棟建てのＲＣマンションを購入し、その一部屋に自分が住んでしまえば、それは都市部におけるタイニーハウスといえるのではないか？

買ってリノベーションすれば、内装を如何様《いかよう》にもできる。

もちろん、ツッコミの声も想定できる。おいおい、それなら、単に都内で賃貸マンションでも借りればいいだけだろう、と。わざわざ一棟ＲＣマンションなんて買わなくてもいいと思う人が大半なはずだ。

そこには、決定的に大きな違いがある。なにをもって身軽とするか、という違いだ。

賃貸マンションに毎月家賃を入れて住んでも、気軽に引っ越すことはできるが、資産としては何も残らない。いっぽう、融資を受けたりして一棟ＲＣマンションを買いその一部屋に住むぶんには、物や権利、義務等においては、抱えるものが増える。ただ、自分が住む場所にお金がかからないというのは、経済社会においてそれほど身軽な気分になれることもないのではなかろうか。銀行から引っ張ってきた融資の残債を、他の部屋に住む店子《たなこ》たちが払ってくれるのである。

それに関しても、また指摘が入るだろう。金融の観点からいったら、大家自身が自分で保有する一棟マンションに住む必要はなく、店子から得た賃料でよその賃貸マンションに住めばいいだけだ、と。たしかに、経済合理性からいったらそうだ。それに関しては、イメージの問題だ。

自分が保有する都内の一棟RCマンションにタダで住み、車とバイクも無料で置いておけて、その物件自体が自分の住まいとなるどころか収入源にもなってくれる。自給自足、という語があてはまるのかどうかはわからない。ともかくその大きな箱はまるで、土のない都心における畑のような存在だ。

そう、やはり突き詰めると、そういうどこか倒錯したような変なゲーム性に魅力を感じてしまっていることを、認めざるをえなかった。身軽な生活を体現しそうなタイニーハウスを追い求めていたら、一棟RCマンションなどという一見、全然身軽でなさそうなものを買いたがっている。

なにをするにも住所や使用の本拠地の届け出等が必要な日本において、移動できるバン生活なんかよりも、真の意味で身軽さを感じさせるのが、一棟RCマンションの一室に住むことだと、僕は確信してしまった。

バランスシートを整えようとしての気づき

かといってすぐに、都心部で一棟RCマンションを探そうとも思わなかった。というのも、今の自分の状況で物件を視察したとしても単なる興味本位というか気休めにしかならず、そんなことに時間を割くくらいなら、もっとすべきことがあるだろうと思ってしまうのだ。

それがなにかといえば、自分の財務状況に関する、綺麗なバランスシートを作ることだ。銀行から融資を受けるには、まず物件自体に収益性があることが求められるし、借り手がちゃんと金を返せそうな人間であるかどうかも、見られる。

当然、過去数年分の決算書類、直近の試算表の類はチェックされ、これまでに買ってきた物件、他行からの借入の返済予定表なんかも見られる。今の状態は借金だらけで、自己資本比率が低すぎる。

財務的な評価を高めるにはどうすればいいか。もう少しだけでも返済実績を作り、その間に実労働でキャッシュを貯めておくことだ。バランスシートを整えるためちゃんと働こうと心がけると、本業の執筆も進んだ。そして、気づいた。

あれ？

快適に執筆できる空間が欲しい↓豪邸を買うため不動産投資をしよう↓豪邸でなくともタイニーハウスがあればいい↓都心のタイニーハウスとして一棟ＲＣマンションに住みたい↓銀行評価を良くするため執筆にはげむ↓執筆に集中できてしまっている……。

現時点で執筆に集中できているのなら、果たして快適な執筆空間など、必要なのだろうか？

思えば、融資を引きまくって借金だらけの大家さんたちの体験談を見聞きしても、金が入ったら物件購入にあてるから、プライベートでの贅沢にはほとんど使わないという。では、資産規模を拡大して、皆いったい、なにがしたいのだろうか。

融資を受けての不動産投資は、人が本質を見失いがちであるという様を、体現しているのかもしれない……。

それでもたまに不動産ポータルサイトを開き、東京都心で小規模の一棟ＲＣマンションを探すものの、利回り四%台の物件ばかりだ。七%以上のものがあっても、私道に面した築古のボロワンルーム物件だったりする。自己資金一〜二割でレバレッジを効かせればありなのではないかと思うも、メガバンク勤めの友人Sに相談すると、支店や関連会社、顧客から紹介できそうな物件も最近はなく、他で探すにしても利回りは一〇%以上ないと話にならないと言われた。会社を辞めたくて仕方ないサラリーマン大家たちなら八%でも買うのであろうが、銀行や不動産業者等プロの目からすれば、金利や修繕費等かかる費用を考慮すると、表面利回りで一〇%もない物件を買うのはお笑い草らしい。

——リーマン・ショック後とかは、新宿あたりでも利回り一〇%以上の物件がゴロゴロあったらしいけどさ。今はそれもないね。投資用不動産ポータルサイトには、プロが買わなかったカス物件しか出回っていないよ。

とある土曜の夜、通話中にそうアドバイスされた。

父の心配事

ある日東京郊外の実家に顔を出した。僕が買ったメゾネットタイプの二階建て分譲マンションだ。買った二年半前は不動産投資に着目しておらず、千数百万円の物件をキャッシュで買った。用事を終え、夕方に帰る際、父が車で最寄り駅まで送ってくれることに。その車アクアも、かつて僕がキャッシュで買った。今だったら迷わずローンで買い、浮いた資金は投資にまわす。

静かなハイブリッド車の助手席に座っていると、父が口を開いた。

「コロナの影響で、自営業の人たちは収入が減っているっていうけど、大丈夫？」

「外でやる仕事が一時的に減ったけど、そんなに変わらないかな。店舗経営みたいに多額の固定費がかかる商売じゃないから、特に不安はないよ」

「そうか。ほら、銀行から借り入れして、投資してるからさ。キャッシュフローとか、大丈夫なのかなと思って」

「大丈夫だよ」

「それならいいけど……。もし返済に困ったら、相談してくれていいから」

やがて駅で降ろしてもらい、僕は電車に乗った。そして、さきほど父から言われた言葉について考えた。

二つの銀行から融資を受け投資をしていることについて、父からは心配されているようだ。

両親が埼玉の戸建てを売りその金に少し足して東京郊外のマンションを買うと言いだした際、両親に楽させてあげようと、僕が買うと提案した。母は手放しで喜んだものの、父は、埼玉の戸建てを売った分のお金を手元に置いておいても仕方なく、気持ちはありがたいがその金でワンルームマンション投資でもしたら、と返してきた。当時の僕はワンルームマンション投資のことをかなり軽んじていたから、父に対し、投資のことをなにもわかっていないなくらいに思いもした。アクアを買うときも、同じような反応をされたが、喜んでいる母の反応もあり、僕が金を出すことを押し通したのだ。

住居に金がかからず、埼玉の家を売った分のお金がほとんど手つかずで残っているはずで、年金ももらいだした両親は、飢え死にしないことが半ば保証されたようなものなのだから、毎月の年金分くらいは気ままな遊びで使い、人生後悔ないようにしてほしいと思う。以前僕が仕送りをしていた時期に、母が、「私は遊びで使っちゃえばいいと思っているけど、お父さんが、圭介たちが困ったときがくるかもしれないから簡単に手をつけるなって、うるさいのよ」とこぼしていた。

両親に豊かな生活をさせてやっているくらいに思っていたが、銀行融資を受けた投資を行っている時点で、慎重な性格の父は手放しに安心できず、どこか心配し続けているのだろう。息子の借金がなくならない限り、手持ちの資金を使えないものなのか。それだったら、僕がマンションや車を買ってあげた意味は果たしてあるのだろうか。実際に得られる利益という数字はともかく、借金をしての投資は、周りにいる慎重な人たちを、心の底から豊かな気持ちにさせることはできないのだ。そこまでの慎重派でない自分としては、考えさせられた。

銀行からさらに事業用の融資を受ければ、父はもっと心配し、僕が困った場合に備えて今以上に質素な生活を送るようになるかもしれない。だったら当面、難しい局面で新たな収益物件を探そうとしなくてもいいのではないか。

すると、ヤドカリ投資という言葉が気になり始めた。不動産投資の初心者にすすめられる投資方法で、低金利の住宅ローンを利用し分譲マンションや戸建て等を買い、数年間自分で住んだ後、貸すなり売るなりして住み替えるというものだ。買値より高く売れれば大成功だし、多少値下がりしても、その間賃貸物件に住み賃料を払い続けるより、得をする。今払っている毎月二七万円の家賃と駐車場代がどこにもストックされないのはもったいないと、最近思ってはいる。ここ数年間ずっと賃貸派であったが、再度振り返ってみると、二〇〇九年に買ったマンションを二〇一五年に売った際も、微々たる売却益が出ていたし、その後引っ越した先は賃貸マンションだったとはいえ、無意識のうちにヤドカリ投資には半分くらい成功している。

ヤドカリ投資

やがてメガバンクにいる友人Sからの話で、僕が以前お世話になった業者が、中古マンションをリノベーションして販売する事業も行っていることを知った。なんでも、僕が頼めば、物件価格の一割くらいの格安で、リノベーションをやってくれるらしい。リノベーションを安くできるのであれば、都心のボロボロの中古マンションでも買い、自分の好きなようにリノベして、数年後に貸すなり売るなりしてしまえばいい。

不動産ポータルサイトなどで物件を探してゆくうち、自分はマンションに対し、戸建てでは得られない眺望の良さを求めていることに気づいた。自宅で仕事をしているから、書斎の窓からの眺めは良いに越したことはない。大きな公園や墓地の近くであれば緑自体が美しいし、開発により高い建物で視界が遮られることもない。当然、人気が高いため、一億円超えだったりと価格も高めだ。

さすがに高価格すぎるからもっと現実的に考えようとすると、会社員でもない自分はどこにでも住めるわけだが、出版社やテレビ局など、比較的よく行く場所がある。とにかく地下鉄に乗って移動することが多い。つまり、地下鉄沿線の街に住めば、便利な生活が送れるのではないか。それに気づいて以降、地下鉄に乗る度に、席が空きであったとしても、ドアの上の路線図を立ったまま凝視し続けるようになった。完全に怪しい人である。

リノベーションする前提の安い中古マンションを地下鉄沿線の希望エリアで探せども、リノベーション済みでそのぶん価格が上乗せされている物件ばかりがポータルサイトには出てきた。不動産に詳しい人に話を聞いたところ、今は不動産業者も苦しいため、中古マンションのリノベ転売で小銭を稼いでいるのだという。つまりはポータルサイトに出てくるような安い中古マンションは、そのような業者たちも手をつけなかった余りものということになる。安いものを見つけても、駅からの距離がかなり遠かったりした。いくら安く買え、出口でそれほど損をしなかったとしても、資産性のために自分がわざわざ数年間、不便な立地のマンションに住むべきなのだろうか。それでは、なんのために色々頑張っているのかわからなくなりそうで、だったら今住んでいる賃貸マンションに賃料を払い続けるほうがマシだ。ただ、どうせかかる住宅コストであれば、ローン返済を通じ自分の資産として貯まってゆくものに払いたい。

やはり、以前も考えたことではあるが、一棟収益マンションの広めのオーナー区画に、自分で住むしかないのではないか。利回り狙いで収益物件を探そうとすると難しいが、一部屋に自分が住んでしまえば、自分という住人は面倒な賃借人にはなりえず、現在払い続けている家賃・駐車場代の二七万円が丸々浮く。

芸能関係で知り合った人たちが、中目黒周辺にけっこう住んでいる。以前視察して以来調査を重ねており、最近は段々と、副都心線の乗り入れで新宿や渋谷、横浜方面へも行けてしまう利便性に気づいてきた。というわけで探すと、中目黒徒歩圏内に、三億円台のＲＣ一棟マンションを見つけた。中には広めのオーナー区画があり、リノベーションで自分好みの内装にしてしまえば快適そうだ。

家を出てまずはＪＲ目黒駅で降り、駅から徒歩十数分の築古マンションの外観を視察。駐車場や周辺環境をチェックしつつ、中目黒方面へ。三億円台の目当ての収益物件はちゃんと管理がされているようで、好印象だった。小雨が降っている中、続いて中目黒駅へ。すぐ近くの築古物件が九〇〇〇万円台で売りに出されているのでそこもざっと視察した後、代官山に入った。中目黒と代官山が繋《つな》がっているという感覚が少し前までの自分にはなかった。蔦屋書店のトイレで用を足し、レストラン・メゾン ポール・ボキューズを歩いて通り過ぎる。つい一週間前に、そのレストランでは食事をしたばかりであった。以前も感じたことだが、道で唾を吐いているような人たちが全然いない、優雅な街の雰囲気には憧れる。気になる物件がもう数軒あったので、さっきとは違う道を辿《たど》り中目黒エリアへ戻ろうとする途中、坂を下っていることに気づいた。高級住宅街の代官山が高台にあるのだということが、体感的にわかった。

中目黒の閑静な住宅街で戸建てをいくつか見て回ったあと、路線バスに乗り目黒駅へ戻った。三億円台のＲＣ一棟マンションの元付け業者である不動産販売会社で、話を聞こうと思っていた。雨の平日だからか、午後五時過ぎの店は人も少なく、アポなしで応対してもらえた。個人情報等をざっと用紙に記し、目当ての物件の情報について聞こうとするも、今日は物件の担当者が不在だという。かわりに、他の区分マンションの資料も何枚かもらった。

店を出ると、もらったばかりの資料を頼りに、目黒川沿いのマンションを見て回る。ロケーションとしてはかなりいい。今まで一度も使ったことのない不動前駅から電車に乗り、帰宅した。

後日、目黒の不動産販売会社で応対してくれた人からメールで連絡があった。三億円台の収益物件は一〇〇〇万円くらいの値下げ交渉は通りそうなものの、法で定められている現在の容積率をオーバーしているため、違反建築物扱いで銀行からの融資は不可の可能性が高いとのことだった。融資が受けられないのであれば、買えないし、買う意味がない。すると、代官山徒歩圏内の場所に住むこと自体も、魅力的でなく思えてくるのであった。あの良いレストランの近くに住んだとしても、年に一、二度ほどしか行かないのであれば、安めの飲食店が充実している街にでも住んだほうがいいのではないか。

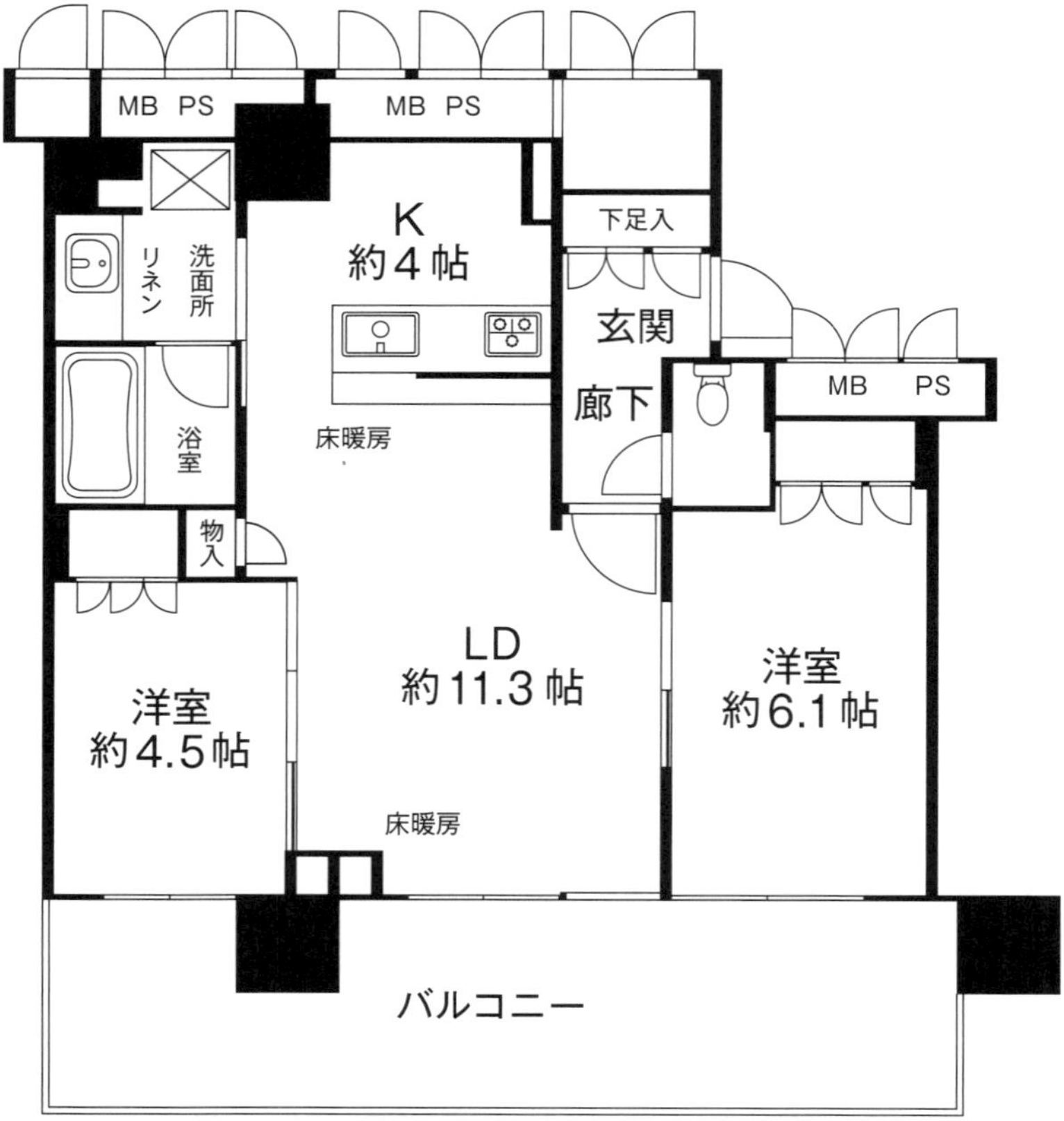

羽田圭介居住記録⑧

居住期間／32～35歳　家賃／24万円　駐車場／3万3000円
東京都　分譲高層マンション

ホテルライクなインテリア好きの自分が家具でそれを実現させるには限界があると気づき、引っ越した。それまで住んできた家々と何から何まで（家賃も）グレードが違い、感動した。買い物にも便利だった。

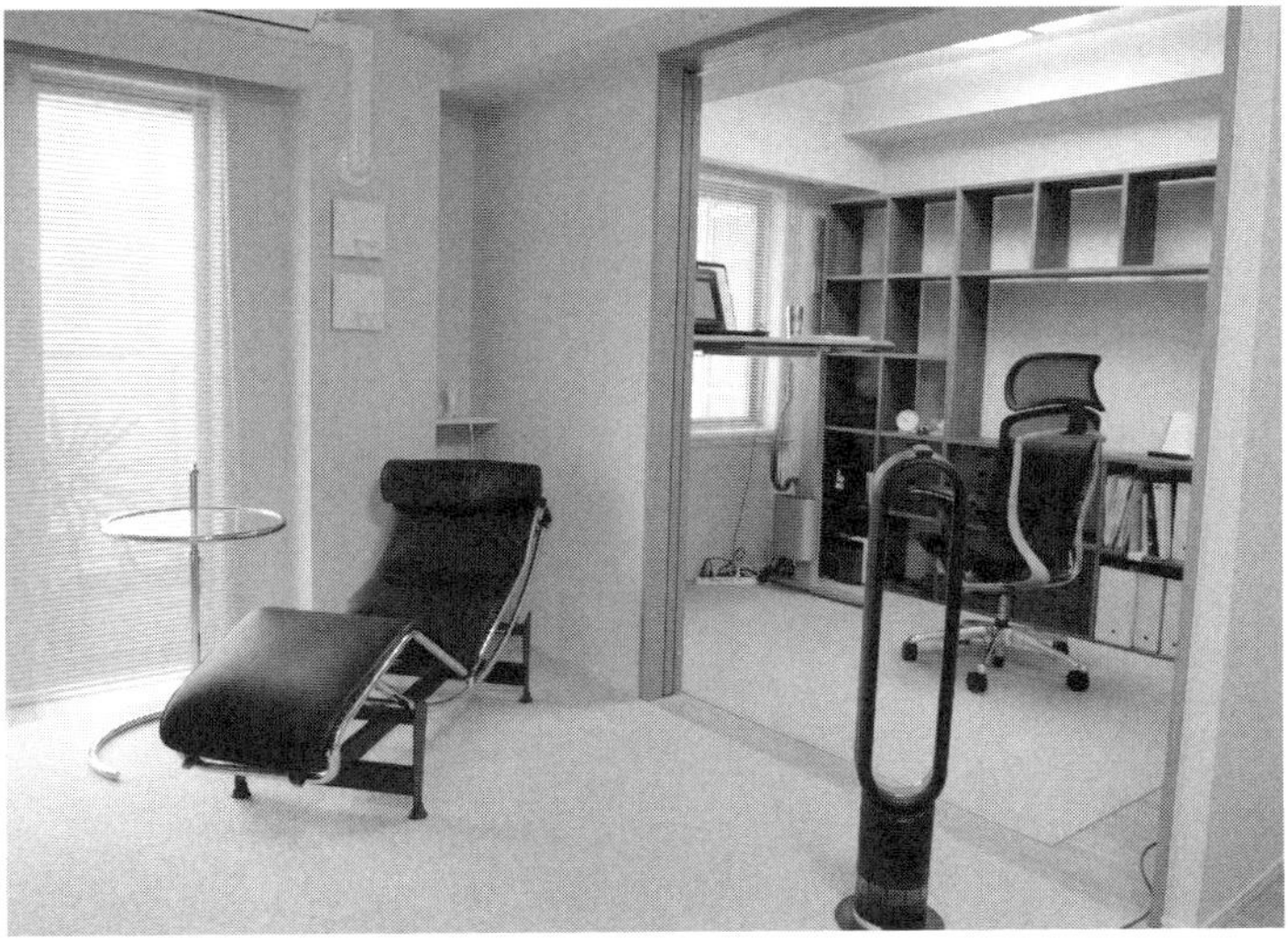

上段:ベランダ。 成長してきているユッカと、 奥にはガジュマル。

人生の変化によるプラン変更

取材で、プロの投資家から話をうかがう機会があった。商売や株などの具体的にやられてきた面白い話だけでなく、不動産の話にもなった。具体的なエリアや物件の話を聞いてゆく中でやがて、一つの考えが自分の中で強くなっていった。

東京の不動産も今後値下がる可能性が高いのなら、むこう数年以内に豪邸を買おうなどとせず、しばらくは賃貸物件に住んでいればいいのではないか？

最近、結婚した。同居はしていない。大学卒業と同時に実家を出て以来久々に、人との共同生活を迎えることとなる。十数年も一人暮らしの自由さに浸ってきて、ましてや自宅で仕事をする自分が、共同生活の空間になにを求めているのかも、定かではない。だからいきなり家を買うなどということはせず、とり急ぎ、広めの賃貸物件を探すことにした。

新婚夫婦の新居選びで、久々の再会

結婚したとはいうものの、役所に婚姻届を提出しただけだ。互いに別々の賃貸マンションに住んでいるため、あまり実感がない。妻の家の近くにある本格ハンバーガーの店にハマり、連日のように食べに行ってはそのあとお茶をしながら、どんな家に住みたいか等話したりもした。妻からは、冬に寒くないのは絶対条件だが、水回りが綺麗だったら嬉しくて、あとはなんとなくの希望沿線エリアを伝えられたくらいだ。

いっぽうの僕はというと、条件がけっこう多い。

まず、自宅で仕事をするため、完全に独立した七帖以上の仕事部屋が欲しい。よくある、リビングに引き戸で隣接した部屋では駄目だ。廊下があると空間効率は悪くなるものの、それと引き替えに独立した部屋は得られる。他に寝室とリビングがあれば、最低限の条件は満たせる。

次に、車とバイクの駐車場を備えている、ということだ。セダンのＢＭＷ３２０ｄと、モタードバイクのハスクバーナ７０１スーパーモトを所有し、それらに乗ることを楽しんでいる。

ただ東京都心部だと、車とバイクを両方駐めておける物件自体が、少ない。一人暮らしで三年以上住んできた高層マンションは、運良く条件を満たせた物件ともいえる。実需向け不動産検索アプリにて、自分の好きな沿線や駅から徒歩一五分以内、駐車場とバイク置き場有りで検索すると、該当するマンションは少ない。おのずと、戸建ても候補に入れることとなった。

東京で電車移動しやすい立地、独立した仕事部屋と車、バイク置き場も確保する。マンション、戸建て、購入、賃貸のいずれでもかまわない。日々スクリーニングにかけては、お気に入り登録したり、条件を練り直したりした。

そんなある日、「新着登録」というマークつきで、家賃以外に関しかなり理想的な賃貸マンションが出た。築浅の綺麗な高層分譲マンションで、広さは約七八平米、独立した七帖の部屋があり、駐車場、バイク置き場の空きもある。水回りも綺麗だし、床暖房もついているから当然、冬に寒いということはないだろう。

見つけてすぐの午前中、不動産仲介会社へアポなしで足を運んだ。老舗の全国チェーン店で、これまでに二度、成約までお世話になった。なぜ優先的に利用するかというと、多くの店では仲介手数料を一ヶ月分とられるが、そのチェーン店では〇・五ヶ月分という良心的価格なのだ。どうせレインズで現況を確認してもらい内見して契約と、やってもらうことが同じなのであれば、安く済む店で契約するに越したことはない。

「こちらへお座りください。ただ今担当の者が参りますので、用紙にご記入いただけますか？」

席へ案内され用紙に記入していると、内容を見ていた部長だという男性が、口を開いた。

「以前、別の店舗で私が案内させていただいたかもしれません……」

そう言われて男性の顔と名刺の名を見た。

「ああ、六年弱前に！　〇〇のお店でしたよね？」

「そうです。ご契約いただいて数ヶ月後、芥川賞をおとりになられて、私もびっくりいたしました」

同じチェーン店とはいえ、都内の別エリアで前に一度お世話になった方と、再会したのだ。部長へと出世されていた。

「お客様がメジャーで細かく間取りを計測されてるので、店に戻るのにはもう少し時間がかかります……はい……」

目の前にいる部長が六年弱前の夜、内見中の部屋から電話の相手に向かってそう言っていたのを、鮮明な画として覚えている。

五年半住んだ中古マンションを売るかわりに、都心の賃貸マンションに月額家賃八万円以下の予算で住もうとしていた二九歳の僕はその日、昼から何件も物件を見て回っていた。今は部長として出世したその人も当時は現場担当で、営業車を運転してはいくつかのエリアの物件に僕を連れて行ってくれた。四五平米のマンションに住んでいた人間でも、八万円の予算で都心に住もうとすると、二〇平米そこらの部屋にしか住めない。家具を入れるにはパズルのように緻密な計算が必要であったため、案内される各部屋のメジャーでの計測と記録に、先方の予測より時間がかかっていた。そのためこなさなければならない他の仕事に支障をきたしていたのだろう。結局夜七時頃に店へ戻った僕は、自分の生まれと同じ年に建てられた二四平米、家賃七万八〇〇〇円の部屋を、申し込んだ。数ヶ月後に芥川賞を受賞し、その狭い部屋で工夫しながら自炊生活をしている様子は、何度も取材された。

なぜあの電話の光景を覚えているのかというと、おそらく、お金をもっていなかった貧乏な自分が、八万円以下という条件内で良い物件を探そうとして、人様の労力や時間をものすごく奪ったからだ。そのチェーン店の仲介手数料は良心的に〇・五ヶ月分と設定されているため、七万八〇〇〇円の僕側からの仲介手数料は三万九〇〇〇円ぽっちにしかならない。たしか一日半つきあってもらったから、人件費を考えると店にとって利益なんかなきに等しいだろう。あの後、その会社の他の支店や別の仲介会社を通して、家賃一五万五〇〇〇円の部屋と二四万円の部屋へと二回、引っ越しをした。その二回とも、すすめられた一件目で即決したのと、自らアプリで探し内見だけつきあってもらって即決という、店にとっては手間なく手数料を稼げた良客だったはずだ。

再会した男性は部長として出世した今、客への直接の応対はしないようで、かわりに他の男性を紹介された。早速、検索アプリで見つけてきた新着物件の情報を伝え、レインズで探してもらう。

「すみません、こちらの物件ですが、弊社からではお取り扱いができないようです」

パソコン操作や電話等を経た挙げ句、そう言われた。僕にとっては初めての経験だった。レインズにのっている物件はどの仲介業者から取りついでもらっても、申し込みできることに変わりはないのだと思っていた。じゃあとりあえず、他の物件も探します。条件を伝え、次々と候補の物件を印刷してもらう。アプリで検索しお気に入り登録していた物件も数件出てきた。ただネットの情報は古いので、片端から駐車場やバイク置き場の空き状況等も電話で確認してもらうと、すでに埋まっていたり、駐車可能な車幅上限が不明だったりした。

一件だけ気になる物件があり、そのマンションの駐車場の車幅上限を後日調べて送ってもらうことにした僕は、店から出た。そして歩いて一分ほどのところにある、別の仲介会社を訪れた。「新着登録」で見つけた例の物件の広告を検索アプリ内で出していた店だから、今度こそ当初の目的物件の申し込みができるはずだ。はじめからそうすべきだったのかもしれないが。

共同生活の住まいの決定

アプリの物件詳細記載の取り扱い店を訪れ、応対してくれた男性に物件のことを問い合わせると、なぜだか情報の照会に苦労していた。物件を受けつける部署と支店の窓口とで、情報の連携に時間がかかるのだろうか。

「お待たせいたしました。確認したところ、こちらの物件につきまして、まだ内見ができません。住人の方が退去手続きを済まされていないとのことです。それと、内見をしていただいた方でないと申し込みもできないという条件でした」

「いつから内見できます？」

「〇月〇日以降、とのことでした」

手帳を見て確認すると、平日だった。アプリで新着登録に気づいた僕がその数時間後にはこうして内見をしに来たのだから、他にもこの物件を狙っている人は多いに違いない。なにせ、築浅広めのマンションで、駐車場とバイク置き場、駐輪場まで空いているという条件の物件は、僕の探しているエリアだと全然見つからないからだ。内見可能日初日の朝一に、内見を申し込んだ。

そして迎えた内見日、午前一一時前に高層マンションのエントランスで待ち合わせ、エレベーターで高層階へ上がる。業者によるクリーニング前だったがじゅうぶんに綺麗な部屋は素晴らしく、あちこちの写真を撮り、家具搬入の参考にとメジャーでざっと部屋の各辺の長さや窓のサイズを測った。キッチンカウンターで、申込書に記入した。

まだ審査に通ったわけではないが、屋内各所、窓からの眺望の写真を、まとめて妻に送信する。ぜひここに住みたい、という内容の返信があった。

数日後、無事に審査を通過したという知らせが入り一息ついたが、同時に、誤算も生じた。情報伝達に齟《そ》齬《ご》があり、実のところ駐車場に空きがなく、九台の順番待ちとのことだった。九台……。一年は待つことになるだろうか。ただ、バイク置き場と駐輪場には空きがあり、そちらに関してはすぐ駐められるとのこと。もう面倒なので、マンションの外に割高な駐車場でもいいので契約するしかない。調べると、五万五〇〇〇円の月極駐車場は空いていた。

そして他にも、油断していたことがあった。仲介会社からメールで振り込みに関する書類を送ってもらい、発覚したことだ。

物件の契約のために、二百数十万円の振り込みが必要だというのだ。

かつて安い中古マンションを買ったときの頭金の額以上だ。しかし今回は、賃貸マンションを借りようとしているだけだ。

自分は、なにか騙《だま》されているんじゃないか⁉

そう思って各項目をチェックしてゆく。家賃一ヶ月分に、敷金二ヶ月分、礼金二ヶ月分、仲介会社への仲介手数料が家賃の一ヶ月分、保証会社との契約が必須でその初回保証料が家賃一ヶ月分、その他にもいくつか細かい項目があり……。

結局のところ、各項目のどこにも、おかしなところはなかった。

月額の家賃が三四万二五〇〇円。法外にも感じられる請求総額の根源は、そこにある。家賃という単価が高額だと、総額も驚くほど高くつくのだ。

どうせ払う家賃と、だいたい戻ってくる敷金に関してはいいが、仲介手数料に礼金、家賃保証料と、ただ消える金として約一四〇万円も払うのはかなり癪《しゃく》だった。

引っ越し日も決まったあとに、妻の家の近くで外食した際、どういうインテリアにしたいだとか夢想しあいながらも、僕は実家以来十数年ぶりの共同生活に、いくらか不安を感じていた。彼女も彼女で、家で仕事をする夫が実際どれほどの静けさを求めたりするのかわからないという不安も感じているようだった。

食事後、妻が実家を出て以来数ヶ月借りている家賃六万四〇〇〇円の六帖ワンルームにお邪魔してお茶を飲みながら、この部屋ももうすぐ見納めかと感じていた。狭く古いながらも、小綺麗にされたこの部屋で花を飾ったりしながら生活を営んできた妻は、共同生活にさほど広さも求めなかった。

ふと、気づいた。

結婚生活を送るには金がかかるというのは嘘で、あらゆる生活コストに関し、結婚し共同生活を送ってしまったほうが安くつくとはよく聞くし、僕もそう認識してきた。

しかし実際のところ、僕の一人暮らしの家賃が二四万円に駐車場代が三万円、妻の家賃が六万四〇〇〇円で、別々に暮らしていたときの合計が三三万四〇〇〇円。いっぽう、これから二人で住むマンションの賃料は三四万二五〇〇円。これと別に駐車場代五万五〇〇〇円がかかってくる。

一緒に住んで生活コストが上がるとは、どういうことだ?

それもこれも、僕に原因がある。新居に関する妻の絶対条件は、寒くなければいい、というただそれだけだった。いっぽうの僕は、条件が多めだった。共同生活を送りながらすべての条件を満たそうとした結果、家賃三四万二五〇〇円の部屋を選ばざるをえなかった。結婚生活自体が未知のことだらけで不安なのだから、せめて、住環境におけるストレスを減らすためには、その出費も仕方ない。

ともかくわかったことがある。豪邸を買わずとも、賃貸マンションに住むだけでも、それなりに金がかかるということだった。稼げなくなったら、家賃が家計を逼迫《ひっぱく》してくるだろう。自分みたいなフリーランスは、ふとしたきっかけで稼げなくなることも大いにある。やはり、資産運用にも注力する必要があった。

久々の共同生活の開始

新居へは、自分が一足先に引っ越した。五〇平米の部屋から七八平米の広い部屋への引っ越しにはなんの苦労もなく、当日の夜には荷ほどきも八割ほど終わっていた。翌日、妻もワンルームから、少ない荷物とともに引っ越してきた。シングルベッドがなかったら、引っ越し業者を利用する必要もなかったのではないかというほどだった。

モノを捨てまくる身軽志向な男が主人公の『滅私』(新潮文庫)という小説を書いたのだが、作者である自分自身もわりと持ち物が少ないと思っていた。ただ実際は、そんなことなかった。家で快適に過ごすための椅子等の家具がいくつもあるし、何種類もの鍋やクッキーの型といった台所用品もそろっている。つまり共同生活を送るにあたりあらためて買いそろえる物はほとんどなく、せいぜい、幅や丈が足りなかったりするカーテンをオーダーメイドで作ってもらう必要があるくらいだ。

独立した広い七帖間を僕の仕事部屋としたので、狭い五帖間を寝室とすることになった。そこに僕が持ってきたダブルベッドを置き、妻が持ってきたシングルベッドはリビングに引き戸で隣した部屋に置いた。引っ越しの忙しさもあり、妻が越してきての共同生活初日は、あっという間に終えた。

翌朝を迎えてみて、実家を出て以来十数年ぶりとなる人との共同生活に自分がちゃんと適応できるのかという不安が、また頭をもたげてきた。そんなふうに思いながらも次の日、また次の日と迎えているうちに、やがて気づいた。

意外にもすんなり、適応できてしまっている。

いってみれば、実家にいた頃の感覚に少し戻った感じだ。しかもあの頃より自分の裁量で好きにやれているから、家の中に他の人の気配を感じながらでも、それが煩わしさに転じることもない。

ただ一つ、一人暮らしの時と違って、疲れを感じているところもあった。原因は、連日ダブルベッドに二人で寝ているというところにある。妻にとってはなんら問題ないとのことだったが、僕は満足に寝返りもうてないため、連日だと疲労が蓄積する。

その問題も、本来主寝室としての使用を想定されている広い部屋を僕が仕事部屋として使い、狭い部屋を寝室にしているから生じた問題だ。広い部屋だったら、ダブルベッドとシングルベッドを横に並べてもまだ余裕があるくらいなのだ。でも仕事部屋の広さも大事だからと、狭い部屋内での解決策を探った結果、ダブルベッドを売り払い、妻の持ち込んだシングルベッドの他に、横幅の狭いスモールサイズのベッドを買い足すことにした。シングルベッド二台にしてしまうと、壁面収納の扉が開かなくなってしまうため、そうするほかなかった。

スモールサイズのほうに寝るのは、妻より身体は大きいが我儘《わがまま》を聞いてもらう僕のほうだ。とはいえテントやフェリーの中で寝る際は寝袋やもっと狭いマットレスで寝るのが普通だったし、それに、ダブルベッドに二人で寝るよりはスモールサイズのベッドに一人で寝るほうが、格段にゆとりがあった。ダブルベッドを売ったタイミングで、以前から目をつけており「在庫有り」表記だった無印良品のスモールサイズベッドを注文しようとして、誤算が生じた。

最短配送日が約四週間後だということが、判明したのだ。四週間も待たされるとは、正確には入荷待ちの状態であろう。「在庫有り」という表記は不適当なのではないか……。

仕方なくしばらく、予備の煎餅布団を寝室に敷いて寝ることになった。フローリングの上に直置きした布団は底付き感がひどく、冬の冷気も伝わってきた。隣のシングルベッドに寝ている妻から「今日は代わってあげようか?」と気遣われもして、一日だけ交代してもらったが、基本的にずっと僕が床上で寝た。結婚生活における対人関係のストレスはなかったが、満足な睡眠を得られないことで心身共に消耗してゆくというのは、予想外の展開であった。一時しのぎとして、マニフレックスの三つ折りマットレスのシングルサイズを注文した。布団からそれに変えることでだいぶマシになった。

注文したスモールサイズのベッドは未《いま》だに届いていないが、此度の寝室問題をとおして、わかったことがある。もっと部屋数が少なかったり、狭い家には住めない。立地条件もさほど譲歩しないとなると、どうしても、都内の生活で月額家賃三四万二五〇〇円に外の駐車場代五万五〇〇〇円が別途、計三九万七五〇〇円かかるということだ。

同業の女性作家の中には、独立した仕事部屋などもたず、リビングのテーブルでさっと仕事ができてしまう人もいる。いっぽうで、居住空間とは別に、よそに仕事場を借りている人たちもいる。

共同生活の家の中に仕事部屋を設けようとせずに、それらを分けてしまったほうがいいのではないか？

シミュレーションしてみると、リビングと寝室しかないような2ＬＤＫと、仕事部屋として使えそうな1Ｋを別個で契約したほうが、安上がりで済む。

しかし、結婚したばかりの現時点で仕事部屋を借りてしまったら、自分はずっとそこに居続けてしまうだろうから、結婚した意味もなくなりそうだ。だから結局、高い家賃を払い続けるほかない。

いっそのことやはり、家を買ってしまったほうが安上がりなのではないか。自分が今借りている分譲賃貸マンションの部屋は、買ったら一億数千万円ほどするだろうと推定している。住宅ローンの貸付上限が九〇〇〇万円だとすると、頭金も数千万円以上必要になってくる。ただ、数千万円も頭金として払ってしまうくらいだったら、同額を株式で運用しながら三九万七五〇〇円の家賃・駐車場代を払い続けるほうが、リスクも少ないし金銭的にも得だろう。

最終回　道半ば

賃貸マンションの家賃・駐車場代の三九万七五〇〇円を毎月払い続けるためのバックアッププランとして

も、資産運用は必要だ。もし僕に何かあったら妻の今の稼ぎでは払えない額だ。もっとも、妻としては狭く安い部屋に移り住むのも平気だろうが。僕自身のこだわりとして、家賃を捻出することに必死な思いをしたくない。

流動性資産のほとんどを米国株でもっているため、それらを都度売却しながら家賃を払うということもこの先できるだろうが、自分が売るタイミングで株価が暴落していたらかなり損をする。ある程度は、インカムゲインを狙えるポートフォリオに変更していったほうがいい気もする。

というのも、現在の自分の流動性資産のポートフォリオを、少々問題視しているからだ。ポートフォリオを公開しよう。保有割合として、テスラ（ＴＳＬＡ）が二五・四三％、アマゾン（ＡＭＺＮ）が二四・七九％、アップル（ＡＡＰＬ）が二四・五八％、マイクロソフト（ＭＳＦＴ）が一四・九六％、ビザ（Ｖ）が一・六六％で、現金が七・五八％となっている。

なんと無配当の成長銘柄であるＴＳＬＡが、保有割合として最大なのだ。

これには自分でも驚いているし、と同時にあまり自覚もない。というのも、はじめはポートフォリオ全体の五％くらいしか保有していなかった。それがどんどん値上がりしてゆき、少しずつ買い足すうちに、こうなったのだ。

配当や実績、歴史もあるＡＡＰＬやＭＳＦＴはともかく、高ＰＥＲで無配当のＡＭＺＮの保有割合も多いというのに、同じく高ＰＥＲ無配当のＴＳＬＡは価格変動のボラティリティが大きすぎる。そう思いはしても、時折ＴＳＬＡの株を購入することに、強い心理的抵抗はなかった。

『羽田圭介、クルマを買う。』の連載をしていた三年数ヶ月前、テスラの車に試乗して驚いた。内装デザインの簡素すぎるEV車を運転してみると、静かでとても速かったのだ。内燃機関搭載車特有の、アクセルペダルを踏んでから加速するまでのタイムラグが皆無に等しかった。あの生理的快楽を全身で体感していたからこそ、日本にいながら、平気でTSLA株も買えたのだと思う。そんな自分はテスラの車は買わず、株のほうを買ったわけだ。

円グラフにすると、約二五％ずつの銘柄が三つも並んでいて、まるでBMWのエンブレムみたいになっている。あるいは、精神分析なんかの話で用いられる、四つの窓のようだ。

ポートフォリオの過半数を無配当成長銘柄二つで占めているとは。結婚したというのに、博打打ちみたいな性格を表してはいないか。

少し前までは、こうではなかった。もう少し銘柄数もあったし、ETFだってもっていた。それが熟慮しながら整理するうち、いつの間にか、こうなっていた。

これまで、自分のことをわりと慎重な性格だと思ってきた。しかし現在のポートフォリオからするに、己のリスク許容度の高さにはあきれる。思えば信用取引やCFDで大きな損も出してきたし、就職した会社を一年半で辞め専業小説家になる際だって、なんの不安もなかった。イメージ戦略で大半の小説家が出演を見送るようなテレビ番組にも色々出てきた。破滅志向ではないが、決して、慎重すぎる性格でもないのだろう。

これから先の投資ルールを決める必要があるだろう。数日考えたところ、次のような方針が固まった。

ボトルアクアリウム的ポートフォリオの構築、だ。密閉された瓶の中の、小さな地球。植物が光合成できるほどの光さえあれば、外部からの手出しは不要なまま、存続する。それと同じように、実労働による新たな種銭を投入しないことを前提とした投資で、増やしていきたい。

なまじ実労働での収入があると、自分の収入が減ったり途絶えたりしたときのことを、ちゃんと想定できない。だから自分のポートフォリオは今まで強気で、失敗もしてきたわけだが、強さを保ったまま、守りも固めたい。

具体的にはまず、一銘柄あたり、ポートフォリオの二五%を超えたら、新たに買い増してはいけない。リスク分散のためだ。

次に、インカム収入を生むシステムを強化する。昔は高配当株ばかり買っていたから馴染みはあるが、売却益を狙いにくい高配当株投資をここ数年は軽んじてきた。ただ、ある程度のインカム収入は必要だ。相場下落時の心の支えになる。現在、MSFTの配当が一%ちょっと、AAPLは〇・六%ほどしかないから、それら二銘柄の年間配当では全然家賃の足しにならない。

ただ定期的に入る収入は他にもあり、不動産の収益が少しと、たまにアップしているYouTubeの収益が月に一万数千円ある。それらは少額だが、インカム収入で配当有りのETFを購入していけば、自身の仕事の不調時や相場下落時にも狼狽《ろうばい》売りする可能性を遠ざけるようなポートフォリオが作れるだろう。

引っ越して間もないマンションの窓辺に立ってみると、遠くにスカイツリーが見える。その間に、視界を遮る建物はない。日に一、二度は目の健康を保つように眺めるのだが、たまにふと、北朝鮮のミサイルが飛んできたらすべて吹っ飛ぶのだな、と思う。遮るものがないということは、爆風や放射線だってもろにくらうということだ。

不動産について一時期かなり調べていたから、マンションから見下ろせるそこらの雑居ビルや投資用一棟マンションでも、数億円はすることを知っている。つまり視界中に数億円単位の建物がひしめいているわけだが、それらもこのひらけた視界で核ミサイルが爆発したら吹っ飛ぶし、大地震がきたら倒壊はしないまでも、罅《ひび》が入り建物としての価値が無くなる可能性もある。

五億円くらいかかるであろう豪邸を買うためにとここ数年頑張ってきたわけだが、簡単に価値が失われるかもしれないもののために尽力しすぎるのも、むなしいのではないか。そもそもなぜ豪邸がほしいのかというと、東京都心部で快適な執筆環境を得たかったからだ。ただ、環境ばかり整えても、肝心の執筆でろくでもない小説しか書けなかったら、それほど無様なこともないだろう。

道半ばである。家賃を払うのも大変だから、不測の事態に備え投資を継続したほうがいいが、これからのポートフォリオでは、ほとんど手を加えないまま一〇年単位で続けられるように、というのを目指している。

とりあえず、今与えられた環境で、小説を書くことに努めてみよう。それが、自分のやりたいことなのだから。

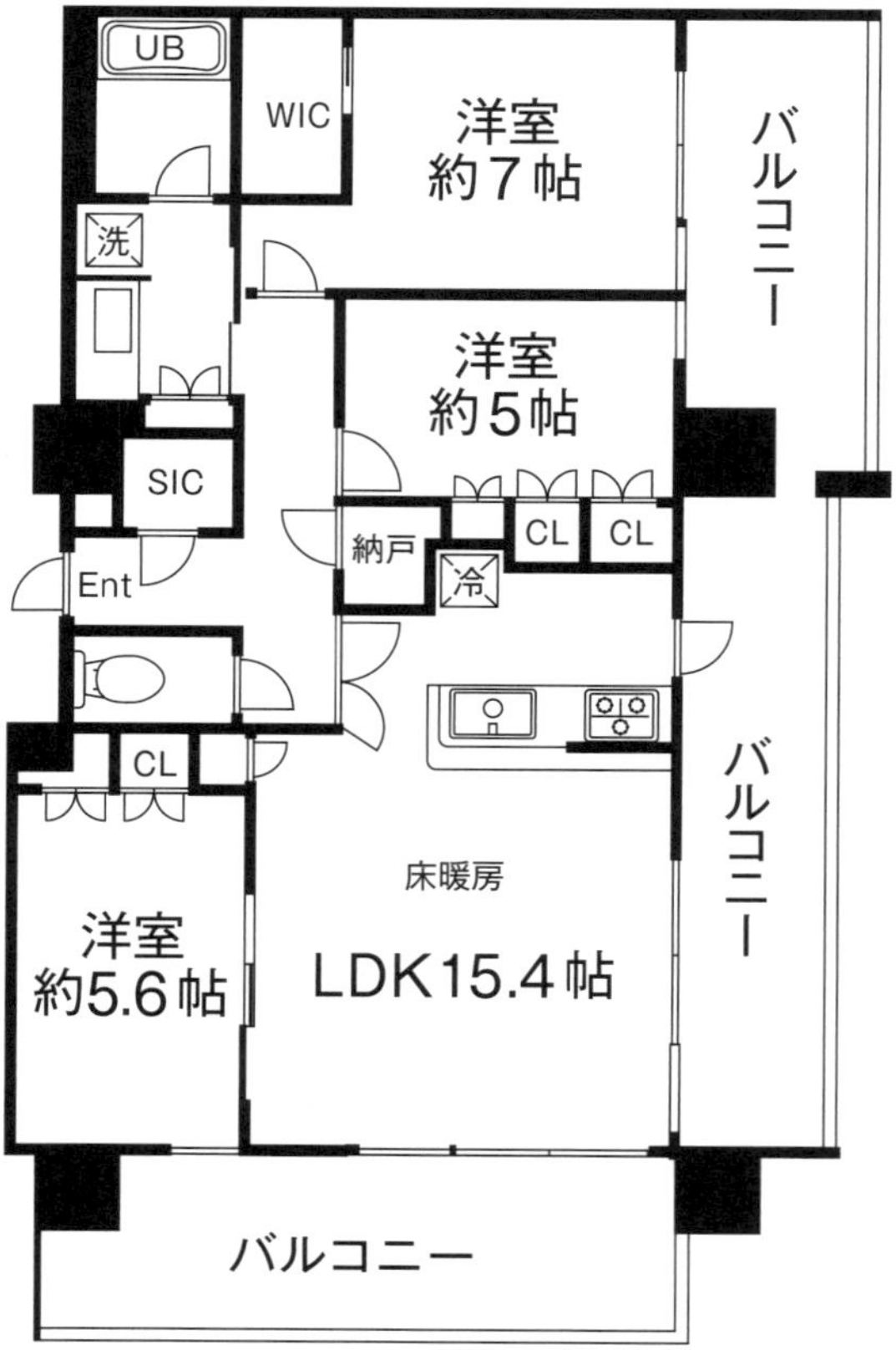

羽田圭介居住記録⑨

居住期間／35歳　家賃／34万2500円　駐車場（マンション外）／5万5000円
東京都　分譲高層マンション

夜でも抜けの良い景色。退去する直前、中廊下にある各階専用共同ゴミ置き場に、小さめの粗大ゴミが置かれ、「これは粗大ゴミです」という管理室によるシールが貼られたまま1ヶ月以上放置されていた。買うにも借りるにも高くつくマンション内にそんなことする質の悪い住人がいるのかと驚いた。綺麗に保たれたゴミ置き場に捨てに行くたびに他人の放置ゴミを見るのはストレスだった。かといって他人のゴミのために自分が粗大ゴミ券を買うのも馬鹿らしい。頑なに回収されなかったあの粗大ゴミは、どうなったのだろうか。

上段：越してきた当日。 とにかく明るく、 冬でも暖かい部屋。

羽田圭介、家を買う。

第二部

地震による再始動

『週刊プレイボーイ』での連載を終えてから、投資として買った不動産物件はどれも利益をのっけて売り払った。実際にやってみてわかったことだが、管理業者とのやりとりや銀行への定期報告などのちょこちょことした手間が意外なほど多かったのと、バランスシートの見直しという二つの理由によるものだ。

それに、投資なんかよりも、始まったばかりの結婚生活のほうに意識を割いていた。自分の身長以上の大きさのオリーブ・ネバディロブランコの樹を買いに行き、部屋の中に置いてみたりベランダに出してみたりと試行錯誤しつつ、すぐに居心地の良い居住空間へと仕上がった。まだコロナ禍の余波が続く中、家でダラダラするにも、書斎で仕事に集中するにも、なんの不便もない。

実家を出て以来の誰かとの共同生活であったから不安でいっぱいであったが、単純に、自分専用の部屋があるだけで簡単に一人になれるため、独身時代と比べ生活が激変するということもなかった。執筆し、外へ仕事に行ったりもし、数日に一度ほどのペースで近所の高層ビル内にあるジムへ運動しに行き、寝室で寝る。

「ベランダに出ると、高いから怖い」

妻は時折そう漏らしたが、洗濯物は乾燥機付ドラム型洗濯機で洗っておりベランダに用はないんだしと、我慢してもらう。高層マンションの高層階はいいところもある。ふたご座流星群を見るため、当日夜に部屋の明かりをすべて消し、二人してカーテンを開け放ったままの窓辺に頭を寄せて寝転がり、夜空を眺めた。

流星の描いた白い線が見えたような気がしたし、正直なところそれらが気のせいだったのかどうかもわからないが、ともかく視界を遮られることなく、星が点在する空にどっぷり浸れた。

そんなふうに過ごしていたある日の夜。ジムへ行った僕は、下半身トレーニングの日ということで、百数十キロのバーベルをかついだスクワットを一〇回×三セットこなし、レッグプレスやレッグカール、レッグエクステンション、ヒップアダクター、ヒップアブダクターと、下半身の各部位を鍛えまくった。この日は徹底的に追い込み、ストレッチエリアに移動する頃には脚が少しガクつくほどだった。

筋繊維を伸ばすようにマットの上でストレッチをしていると、揺れを感じた。地震だ。それも大きめの。吊《つる》されているものはゆっくり大きく揺れている。高層ビルの下階に位置しているためか、目に見えている柱が重みを受けてきしむような音や、もっと下の方から、耐震だか免震、制振だかのなにかの機構が作用している音も聞こえてくる。

ストレッチエリアに、重いトレーニング機器が跳んでくるとまでは思わなかったものの、天井のパネルが落ちてきたりしないかと、心配しながらじっとしていた。高層ビル下階のきしむ音を聞いたのが初めてだったので、それに最も怖さを感じた。ビルごと崩れたりしてしまえば、机の下に隠れようが意味をなさないだろう。

揺れはおさまり、ほどなくしてジムをあとにした僕は歩いて高層マンションへと帰り、人気のないエレベーターホールへ入った。そして、コントロール盤に点灯表示されている、見たことのない赤い文字に気づいた。

〈点検中／地震〉

ある一定水準以上の大きな地震に見舞われたため、自動的な保安機構がはたらいたのだろう。数機あるエレベーターがどれも使えないのであれば仕方ない。エレベーターホールから繋がった扉を開くと非常階段があり、僕はそこを上ることにする。

午後一一時近い時間帯、非常階段を移動しているのは僕だけのようだった。地震に備え、非常階段の確認はしておこうと思っていながらずっとやりそびれ、このような日を迎えてしまった。まあ、大震災に見舞われたわけでもないし、防災意識を高めるためにもちょうどいいだろうとプラスにとらえながら、上り続ける。

エレベーターは、いつ復旧するのだろうか。エレベーターの管理会社が遠隔操作で通常運転モードに切り替えるのか、それとも誰かがここ現地で安全確認を行ってから、復旧させるのだろうか。僕は健脚だから、普段であれば階段などいくら上っても平気だが、今日に関してはついさきほどまで下半身トレーニングをみっちり行っていたから、脚が震え、息も上がってくる。

もうそろそろ復旧したかな、と試しに一〇階のエレベーターホールに出てみると、まだ〈点検中／地震〉のままだった。諦めて、非常階段へ戻る。

このあたりから、加速度的に辛くなってきた。疲れるとかの次元ではなく、脚が燃えるようで、息が上がり、吐き気をともなう気持ち悪さがわいてくるのだ。ジムでの筋力トレーニングだったら、とっくに中断しているほどの運動強度だ。でも、この運動は中断できない。なぜなら、階段を上らないと、帰れないからだ。

数階上がっては、エレベーターホールに出てエレベーターの運行状況を確認、また数階上っては確認、というのを、ヘトヘトになりながら繰り返す。

やがて自室のある階へとたどりつき、帰宅すると妻が、地震が怖かった、と不安そうにこぼしていた。なんでこういう不安なときに、妻を残し一人で出かけていたのだ、というような小言も。ただ、僕がジムでの下半身トレーニングからつい今し方の高層マンション非常階段地獄までの一連の流れを話すと、引きが強いね、と爆笑された。

翌日起きると、下半身中が激しい筋肉痛におそわれていた。とてもいい感じにパンプアップされ、仕上がっている――。やはり、ジムでのウェイトトレーニングで限界まで追い込んだつもりでも、自分の加減だから、本当の限界にまでは追い込めていないのだろう。ジム後の非常階段トレーニングを行ったことで、日頃の追い込みの甘さを痛感した。

散歩していると……

妻いわく、地震のとき、高層マンションの我が家の所在階は大きく揺れたそうだ。それが怖いから、もっと低いところへ引っ越したい、と言う。僕としては、非常階段地獄に遭いはしたがかなり快適に暮らせているためこのままでかまわないが、かといって妻に慢性的に怖さを感じさせてまで高いところに住み続けるべきなのだろうか、という迷いを感じるようにはなっていった。

独身時代から数ヶ月間通い続けているギター教室に妻が行くという日、僕も電車に乗りついて行って一緒に夕飯を食べることにした。パテやバンズのすべてにこだわったハンバーガー屋へ行き食べた後、妻は駅近くの楽器レッスンスクールへ行き、僕は妻が用事を終えるまでの一時間弱、近くにある大きな公園やその周辺を腹ごなしがてら散歩することにした。

なだらかな丘のようになっているエリアに敷設されている遊歩道を、適当に道を選びながら下ってゆく。そして大まかに円周状になっている道を歩きながら、時折公園の外に出て、高級そうな住宅街にある建物を見て回ったりもする。

そんなことをしているうちにレッスンを終えた妻を迎えに行くと、彼女も公園を歩きたいと言う。カロリーの高いハンバーガーを食べていたこともあり、歩く分にはいいだろうと、再び大きな公園へと戻った。

散歩して、駅のあるほうへと戻り始めた折、妻の気まぐれで、あまり通ったことのない小道から公園を出ようとした。そしてすぐに、人気や明かりのまるでないがらんどうの、真新しい低層の建物を見つけた。

「これなに？」

妻がそう声に出し、僕も気になり外観から探ってみようとする。

「建築中っぽいね……。あれが建物名かな」

正面玄関の横に浮き出ている、建物名表記が写るように写真を撮った僕は、Ｇｏｏｇｌｅマップで現在位置の情報を探ってみる。しかしそこの地番にはなんの情報ものっていなかった。

電車に乗り帰宅してから、さきほど撮った写真にある建物名をそのまま、ネット検索してみる。すると、公園の真ん前にあった建物は高級低層賃貸マンションで、不動産仲介会社の専用ページによれば約二ヶ月弱後の入居開始となっており、現在入居者募集中で抽選が行われるのはもう少し先ということまでわかった。

それを妻に伝えると、「住みたーい！」と言ってきて、あの立地はたしかに素晴らしいなと、僕もその気になった。地震のときに怖い思いをするというくらいで、今住んでいる高層マンションに不満はほとんどないが、公園沿いの低層マンションに惹かれ、ものは試しにと、フォームから入居を申し込んでみた。

低層賃貸マンション

物件の募集幹事をやっている不動産仲介会社からメールで返信があり、平日の午前中、マンションの内覧へ行くことになった。公園散歩のついでに見つけてから、一〇日後のことである。

妻と二人で訪ねると、低層マンションのエントランスにスーツ姿の男性がおり、アンケート用紙にその場で記入し、早速希望の部屋から見てまわる。ほとんどの部屋において、大きな公園そばという立地ならではの風景を活かすように高さのある窓が設けられていた。

高層マンションは、見晴らしが良い。しかし無機的な風景から成る揺らぎのない風景は、飽きるという側面もあった。

その点、目の前に公園の大きな木々があれば、枝や葉の動きで室内に差し込む影が動き、風の動きも目で感じられる。まさにそれは、自分がかつて軽井沢等の別荘地にまで行ったほうがいいのかと、探し求めていたものだった。東京の中の、局所的な別荘地のような立地の快適なマンションに暮らす。これはもう、ここに住む以外の選択肢はないといえた。

家賃が高めだからと見送っていた、最上階の広い４ＬＤＫの部屋なんかも見る。どの部屋も森のような風景に面していて、これだけ部屋数があれば、自分の書斎を確保しつつ、家族構成が変わってもずっと住んでいられるというような、完璧な間取りだった。

「駐輪場は、下になります」

案内され外の共用部へ行くと、専用の自動ドアを通ったところが屋内駐輪場になっていた。しかも、同じ場所がバイク置き場も兼ねており、原付とはいわず大型バイクも置けるゆとりある区画となっていた。

まさに、新規募集物件ならではの特権だ。魅力的なマンションで、駐車場もバイク置き場も両方空いている物件など、なかなか見つからない。これだったら、今住んでいるマンションに駐めているバイクと自転車、そこから徒歩六分ほどの機械式駐車場に置いている車を、一カ所にまとめて置いておける。

というわけで、家賃とのバランスから２ＬＤＫの部屋の中から第三希望まで出し、確定申告書類等、必要な書類を当日のうちに送る。後日抽選の結果、第二希望であった中層階の角部屋が当選したという結果の連絡がメールできた。

「羽田様が住むことになったお部屋が、今回最も高倍率だったんですよ」

契約日に仲介会社へうかがった際、担当者からはそう言われた。子供の頃に夕方のニュース番組で見たような、人気分譲マンションの抽選でガラガラくじを引くようなことは今回していないため、入居希望者たち不在で行われた「くじ」がどのようなものであったのかは、正直わからない。そして前回会った際に、その会社で販売の仲介をしている近くのRC戸建てについても世間話をしていたのだが、販売部門の担当者から預かっているというそのRC戸建ての資料も渡された。デザインが魅力的ではあったが、価格も高いし、良い賃貸マンションに住めることになったのでそちらは見送る。

今回は、七八平米の部屋から、六六平米の部屋へとサイズダウンの引っ越しとなる。家賃も二八万弱、駐車場代三万強で合計約三二万円だから、高層マンションの家賃と最近契約したばかりの今の駐車場代二万二〇〇〇円の合計三六万四五〇〇円より、四万円強下がった。住所が変わるため、母に〈家賃が三二万で、もう少し狭いところに引っ越します〉というメッセージを住所と共に送ったら、しばらくして電話がかかってきた。なんでも、収入が下がって金に困り都落ちするのだと心配したらしい。良い環境に引っ越したいから引っ越すのだと告げると、半信半疑で母は電話を切った。都落ちなら、もっと田舎の一〇万くらいの家賃の部屋に引っ越すだろうに、三六万四五〇〇円が三二万円強になって心配するとは……。親心はわからない。

引っ越したのは年度末の、ちょうど桜が終わりかけの時期だった。妻が仕事に出かけており、搬出を終えた僕は引っ越し業者より先に新居へ到着し、家具がなにもない空間の床でゴロゴロしていたところ、埃なのか化学物質なのかわからないが、ハウスダストにやられくしゃみが出たりした。換気しつつ、搬入作業も終え、その日のうちにほとんど段ボールから荷ほどきをする。せっかちな自分はいつもこうで、引っ越し後何ヶ月経っても家の中に段ボールを積み上げたままというようなことはない。

完全に独立してはいない、一七帖のLDKから引き戸で区切られただけの五帖の寝室にベッドを置き、くたくたになってその日は眠った。翌朝目覚めたとき、午前中のかなり遅めの時間帯だった。引っ越し作業は疲れるからだろうか。しかし翌日以降も起床時間は遅いままだった。

寝室の窓の向こうには、公園の木々の緑が広がっている。カーテンを開けると、葉と葉の間を通り抜けた木漏れ日がやさしく寝室に届き、とても爽やかな朝を迎えられた。もちろん環境は静かで、木々に遮られある程度の暗さも確保されているためか、ぐっすり眠れるのだった。この前に住んでいた高層マンションも、地表から離れたところにある部屋だったためかなり静かだったが、遮光カーテンを閉めても漏れ入ってくるわずかな光が明るかったから、朝遅くまで寝過ぎるということはあまりなかった。

ソファをリビングの窓辺近くに置き、そこで寝転びつつ読書をしたり、コーヒーを飲んだりするのは至極最高であった。もう、森の中のカフェではないか。周辺にはそんなうたい文句のカフェもあったが、それらの店にわざわざ行く必要性などないくらいだ。真下の一階の部屋には僕らより数日遅れで初老のご夫婦が住まわれ、広めの専用テラスには植栽や丸いテーブルが置かれ、時折日中にそこで紅茶やパン等のティータイムを楽しんでいる様子がうかがえた。ああいうイングリッシュガーデンみたいなのもいいなと微笑《ほほえ》ましく思えた。

いっぽうで、引っ越した初日から、狭めのトイレの内側に照明スイッチがついていたりと細かいところで妙に動線が悪かったり、ドアや収納扉の合板に張られているのが真っ白なビニール製シートだったりと、清潔感で誤魔化してはいるがコストカットのチープ感も感じた。

ただ、内廊下から部屋に入ろうとする際に、キーを持ってさえいれば鍵穴に差さずとも、ドアノブに内蔵されたボタンを押して解錠できたり、共同エントランスの間接照明等、表だっての高級感の演出はうまく感じられるものだった。ユニットバスも前居とメーカー違いではあるものの明らかに数年分は新しいものだとわかるほどで、浴槽につかりながら調光できるスポットライトがついていた。緑の見える小窓のある浴室で長めの浴槽につかっていると、幸せを感じた。風呂好きの妻も、人生で一番良い風呂だと、大喜びだった。

書斎から見える平置き駐車場には自分のＢＭＷ ３２０ｄや、他の区画にポルシェ ９１１カレラＳが見え、やがてベンツ数台やレクサスなどで、埋められていった。屋内バイク置き場には、僕のハスクバーナ７０１スーパーモトが一台だけプライベートガレージのように置かれているのみで、自転車置き場はそれなりの台数が駐められていた。

羽田圭介居住記録⑩

居住期間／35〜37歳　家賃／29万3000円　駐車場／3万3000円
東京都　賃貸専用低層マンション

深い眠りを得られる閑静な低層マンション。

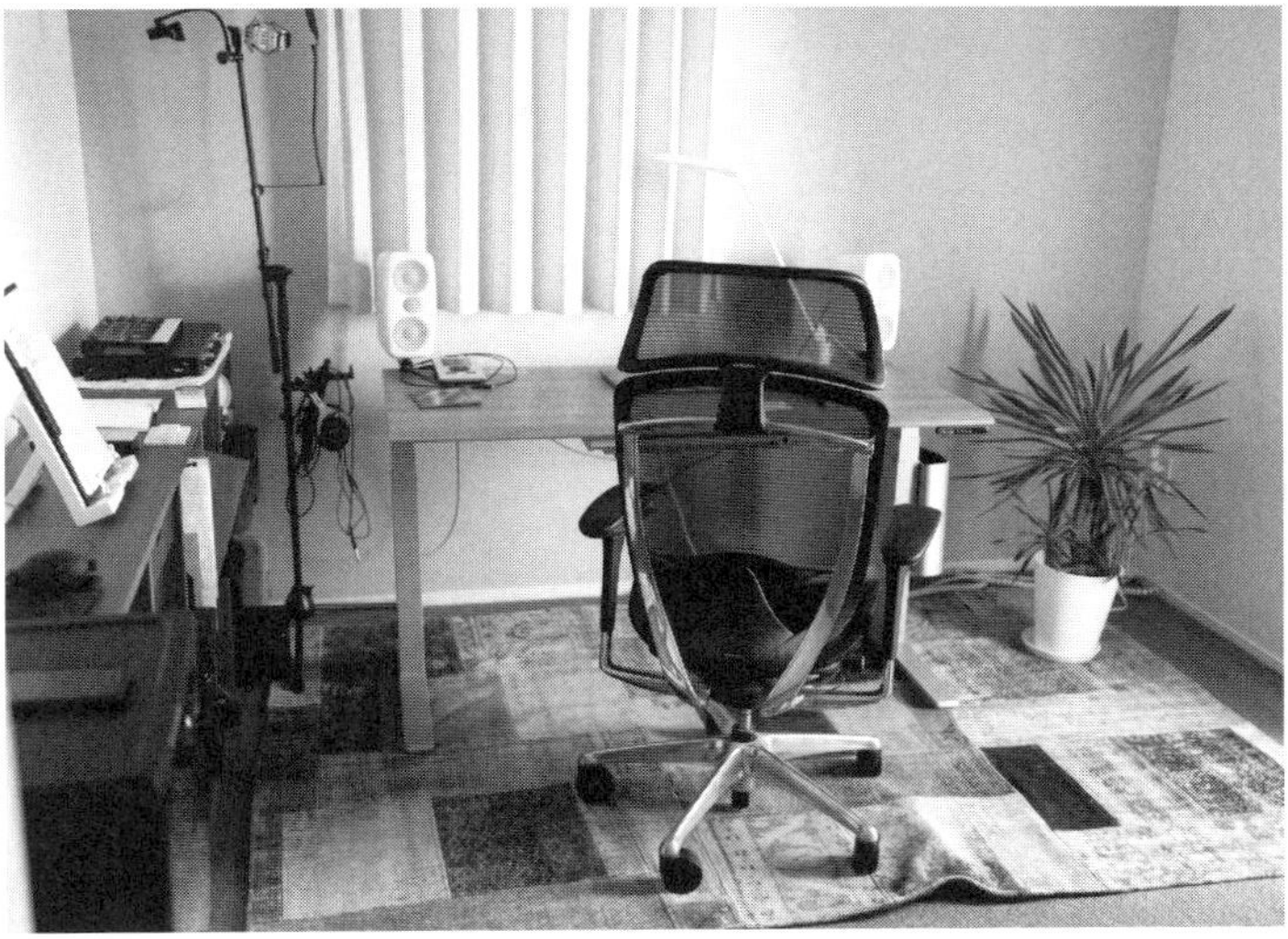

上段：緑に囲まれ、 コーヒーを最も美味しく飲めた家。
下段：書斎。 長年連れ添った防音室を手放した。 机の右にはユッカ。

引っ越し後の立ち会いで高層マンションへ再訪すると

新居に引っ越しほどなくして、前住居である高層マンション退去立ち会いのため、戻った。管理会社の人たちが来るより先に上階の部屋へ向かい中に入ると、がらんどうの広い部屋に差し込む明るさに圧倒された。晴れた日の午前一一時過ぎということもあるだろうが、同条件下でも、公園沿いの低層マンションはこんなに明るくなることはない。カーテンがかかっていない、背の高いガラス窓に囲われた部屋からの景色の抜けは良く、遠くのほうまで見渡せた。

たった数週間足らずでも、その空間に戻ってくると、思いだす良さがある。高層マンションの場合、夜になっても夜景の明かりが見えるため、カーテンを開けさえすれば街の景色を楽しめた。いっぽう、公園沿いの低層マンションだと夜になるとまわりが真っ暗になるだけで、外から一方的に部屋の中を見られるリスクしかなく、カーテンは閉める。そのため、夜は外界から隔絶されているような閉塞《へいそく》感を覚えている気もすると、久々に高層マンションに戻ってくることで、客観的にとらえられた。

違いは、高層か低層かによる、景色の違いだけではない。

用を足そうとトイレに入り便座に座るまでの流れにおいて、照明スイッチの位置等からなる動線や、ドアノブの質感など、築浅の分譲マンションのレベルは新築の高級賃貸マンションより何段も上だった。無垢材とまではいかないまでも、床や扉等もウォールナット調の質の高い木目で統一され、安っぽい白一辺倒とは居心地の良さが全然違う。

べつにそんなに好きなわけでもないが、遠くにスカイツリーも見える。引っ越す前にここから自転車で行ってみたこともあるが、一時間半くらいで行けた。

やがて管理会社の人たちが四人来た。見習いの女性も来たから、人数が多い。数ヶ月しか住んでいなかったため特に修繕が必要な箇所も少ないはずだが、一点、壁紙についた傷を指摘された。

「引っ越し作業の時に、こういった箇所に傷はつきやすいんですよね。なので、ここからここの範囲で張り替えになります」

そう説明されてすぐ、僕は新築時からそのままであったであろう壁紙の、減価償却のことをもちだした。先方にとっては予想外の返事だったようだが、もちかえってから計算しますと言ってくれた。

あらかた用事を終えると、最年長の男性が、「このお部屋はいいですよね。あそこにテレビも置けますし」と、リビングの掃き出し窓に囲われた角を見やった。なんのことかわからず僕が訊くと、男性は角の床にあった小さな金属製パネルを開け、中にあったコンセントや同軸ケーブルの差し込み口を見せてくれた。

「こんなふうになってたんですか……」

「ええ。テレビはお使いになられなかったのですか?」

「はい。テレビ持っていないので」

家の中に細かい便利機能があって、それを自分が知らないでいたということのほうに、少し驚かされた。

たしかに住む前の下見では、管理会社ではなく仲介会社の人が立ち会うから、そんな細かいところまでは把握していないかもしれず、説明などされない。

敷金から差し引かれる修繕費はあとで書類確認になるとのことで、部屋を出る際に僕が玄関で挨拶すると、

「下までお見送りします」

と言われた。そんなお手間をかけてもらわなくてもいいです、と言ったが、先方は譲らない。というわけで年長の一人だけ部屋に残し、四人でエレベーターに乗る。そしてエントランスホールを抜け自動ドアを通り外に出たところでようやく、ありがとうございました、と三人が腰から折り曲げる深々とした一礼をした。僕も礼を返し、まだ立ち止まったままでいる三人の視界から消えるところまで歩いたあと、ふと感じた。

キーをすべて返してしまった僕は、もう高層マンションのエントランス内にすら戻れない。さっきのあれは、徹底した礼というよりは、契約を満了した者に居座られないための、追い出しだったのではないか。高価格帯の家賃を払っていた者がそれをする可能性など低いだろうが、研修中の女性がいたことからして、会社としてのマニュアルを徹底して実演してみせたとしてもおかしくはない。

そういえば、高層マンションから引っ越す直前、一階屋内駐車場に隣した粗大ゴミ置き場に入り自動で照明が点《とも》った際、僕は老男性の声を一瞬耳にした。各階のゴミ置き場に出されたゴミをまとめる大きなコンテナがいくつもあったりするため、わざわざ声の主を探そうとまではせずすぐ出たが。ひょっとしたら『羅生門』みたいに、建物に不法に居着いてしまっている老人でもいるのだろうか。タワマン羅生門――。

低層マンションの不満点

賃貸専用低層マンションに戻ってくると、見え方、感じ方が少し変わった。費用対効果を考えた内装の、おしゃれではあるがどことなく漂うコストカットの形跡、かなり悪いトイレの動線。ＬＤＫのオープンキッチンは見栄えは良いものの洗い場が狭く、ディスポーザーがないから生ゴミの処分が面倒だし、調理スペースに近いところにコンセントが一つもないのは、かなり不便だった。昔住んだ府中の九〇年代築のマンションだって、そんなコンセントの一つくらいは備わっていた。

妻はしょっちゅう料理やお菓子作りでブラウンの電動ハンドブレンダーを使うが、キッチン台周辺にないコンセントを求めると、フタ付きアルミ製ゴミ箱の上にボウルを置かざるをえず、そこで混ぜ物をするのだけはかなり不満なようだった。

そんなコンセントくらい、建築時にちょっと電気の配線を伸ばせばいいだろうに。やはり、いくら高級路線といえど、分譲マンションとの質の差を実感せざるをえなかった。

五月になっても、家の中ではホットコーヒーがおいしく感じられた。例年であればもうアイスコーヒーに切り替えている時期であるから、それだけ、普通のマンションよりも少し気温が低めであった。おそらく、コンクリートジャングルの真ん中ではなく、公園の側《そば》という立地により、土が太陽光をさほど蓄熱せず、木の葉々が建物自体への日光の直射をだいぶ遮ってもいるからだろう。暑がりの自分にはそれでもかまわないが、掛け布団を薄手のものに切り替える時期も遅くなった。

そして、玄関のすぐ近く、北側の窓に面した七帖の書斎ではなぜか、仕事モードに気分を切り替えるのが難しかった。引っ越してきたばかりだからなのか、取り組んでいる小説自体に悩ませられているのか、玄関が近いからなのかはよくわからない。そのため、駅近くのビルに入っているコワーキングスペースの固定席を月額五万五〇〇〇円で契約した。

コワーキングスペースはビルの上階に位置するため、窓からの採光で明るく、抜けが良い空間は気分が晴れた。やはり自分は仕事をするときは、抜けのいい景色のほうが好きなのだろうか。読書をしたり考えごとをしたりするぶんには、落ち着いた緑の景色のほうが好きなのだが……。そして、コワーキングスペースを契約したため、そこで仕事をするのが癖になり、低層マンションに引っ越して早々、書斎ではあまり長い時間仕事をしなくなった。

空間を切り替えるための移動で十数分歩くのがいいという理由もあった。マンションを出てすぐ公園に入り、未舗装の小道をあえて選び、起伏を感じながら歩く。それはまるでハイデルベルクの哲学者の道のようで、木々に囲まれた道を歩いた先にある駅近くのコワーキングスペースで仕事をするという流れが、自分の心身にかなり良い刺激と作用をおよぼした。

夏になると、玄関のシューズボックスや、書斎のＭＤＦ材の棚などに、カビが発生した。おそらく公園近くで湿度が高めなのと、風呂場の位置や換気扇等の換気の計算に少し難がある。そのため、カメラやマイク等を保護するべく、防湿庫なるものを購入した。そして乾燥気味の高層マンションでは必要だった加湿器を、もう必要ないと売り払った。

それと、ＬＤＫに隣し引き戸で区切られただけの寝室は遮音性が低いため、妻が早めに出かけようとすると、その気配や物音で僕は目が覚めてしまい、寝不足のままその日一日中の集中力が下がったりした。これに関しては間取りの問題で、ケチって広めの部屋を借りなかった自分が悪い……。

冬の寒さとカビとの戦い

冬を迎えると、段々と寒さを感じるようになってきた。

南側のリビングにいるぶんには、さほど問題はない。寒くても、エアコンをつければ済む。問題は、玄関に近い北側書斎だ。日照の関係で暖かくなりづらい。厚着や電気座布団を使えば日中はそれでも対応できるのだが、問題は夜だ。

だいたい、妻が先に風呂に入り、僕のほうがあとに風呂に入るという順番が固まっている。というのも、二十代半ばまで木造戸建ての実家育ちであった妻には、浴室を換気するという習慣がまるでなかった。木造には小窓があったり、そもそも隙間風が多い家だったらしい。そして前居でも、高層マンションの上階は乾燥気味であるから、まあ換気扇をつけずとも浴室内は自然に乾いた。

ただ、この低層マンションは湿度が高く、カビが生えやすい。だから二四時間とまではいかないまでも、風呂から上がると同時に数時間は換気扇を稼働させなければ、カビが生える。それを妻になんべん言っても換気扇をつける習慣が全然つかないので、苦労した。僕が妻のあとに風呂に入ることで、妻が換気扇をつけ忘れていた場合にスイッチを押し、上がる際に浴槽を軽く洗い、浴室内の壁についた泡等カビの栄養分を洗い流すというチェックのルーティーンが固まっていった。

しかし冬場ともなると、風呂上がりにすぐ換気扇をつけるのは、痩せ体型の妻には寒いらしく、全然言うことを聞いてくれない。寒いのは気の毒に感じるが、風呂のドアを開けた時点で換気扇をつけていないと、バスルームの鏡やタオルを湿らせた湯気が廊下に広がり、本を収納している壁収納や、近くのシューズボックスにまで広がる。そして実際に、冬なのに妻のお気に入りの靴にカビが浮いたりした。だから、冬でも数時間は換気扇をつけなくちゃいけないんだよ。そう諭すと徐々にではあるが、換気扇をつける習慣が妻にも根付いていった。

とはいえ、お年寄りでないからヒートショックの心配はまだ低いとしても、寒い思いをさせるのは可哀想だ。そしてもうひとつ、風呂上がりに妻はすぐ南側のリビングへ行ってしまうからいいが、自分は北向きの書斎で過ごすから、妻が風呂から上がって以降、換気扇の影響でずっと寒い思いをする。

書斎の隣に浴室があるから、換気扇のまわる音がずっと伝わってきて、音からして寒々しい。音だけでなく実際に、玄関が近いためそこから浴室へと向かう流風で書斎は冷やされ、書斎内の通風口の隙間からも風が通り抜ける。結果、寒さに強い自分が防寒対策をしても、なんとなく底冷えする空間と化すのであった。

寒がりの妻に、カビ嫌いの僕。だがカビ対策で換気すると、書斎で過ごす自分が長い時間寒い思いをする。

換気扇をつける時間を短縮させて、すぐに浴室内を乾かす方法はないものか。僕は足が大きいので、風呂上がりには足をモップ代わりに浴室の水気を排水口に流したりはしているが。

「ねえ知ってる？　郷ひろみって、風呂上がりに毎回、水切りワイパーで浴室の水気を切ってから上がるんだってさ。かなり神経質だよね」

あるとき、僕は雑誌かなにかで得た情報を、妻に笑いながら話した。そして窓掃除用に持っていた水切りワイパーを風呂場に置き、試しに風呂上がりに壁や浴槽の上を滑らせてみたら、かなり効率的に水気を切れた。そのぶん、換気扇をつける時間を短めに設定できた。それ以来、次の日、また次の日とワイパーで水気を切るようになり、やがてワイパーを風呂場に置きっぱなしにし、それが僕の毎日の習慣となった。郷ひろみと化した。

少し笑える神経質な人という対象に自分がなったのには、いささか考えさせられるものがあった。そこから一年ほど経っても、冬場の寒さとの戦いはまだ続いていた。寒がる妻に「風呂上がりにはちゃんと換気扇をつけてね」としつこく言う自分が、強硬的に持論を押し通す圧制者ウラジーミル・プーチンに重なるようで、とても嫌だった。換気扇をつけると、妻以上に寒い思いをするのも自分であるし。かといってカビが繁殖すれば、華奢《きゃしゃ》で一度気胸になったこともある妻の肺にだって良くない。

寒いのは嫌だし、いっぽうで換気扇をつけなかったときの妻に猛烈な苛立《いらだ》ちを覚えたりもする……。そんなことが夜ごとに繰り返されるうちに段々と、やはりこのマンションがおかしいのではないかと思い至るようになった。

前に住んでいた高層マンションではこんなストレスはなかった。お金で解決できることは、お金で解決すべきなのではないか。

というわけで前に住んでいた高層マンションの賃貸の空きを探してみるも、希望する間取りは全然入居者の募集が出なかった。肌感覚ではあるが、以前より確実に人気の物件と化している。妻も、地震は怖いけど、あのマンションは冬でも暖かかったと、今となっては再評価している様子だ。けれども出物がない。昔住んでいた高層マンションに戻りたいと思う度、井上陽水の『帰れない二人』が僕の頭の中で流れた。

新築マンションのモデルルーム見学予約

賃貸で良い物件が出にくいなら、買うしかないのではないか。そんなふうに思い至った僕は、新築マンションをネットで探してみる。賃貸マンションや中古の戸建てなんかは今まで散々探してきたものの、実のところ新築の分譲マンションについては、全然詳しくない。

どうやら人気なのはオリンピックの選手村跡地を転用したマンションのようであったが、駅から遠くさほど惹かれなかった。そしてそれよりも、臨海エリアの大本命は、勝どき駅から直結の新しいマンションであるという情報に、多数触れた。なんとなくの軽い気持ちで、デベロッパーの申し込みサイトに登録した。

さらに調べると、ちょっと前までは、新築のマンションは買ってすぐ中古になるし、デベロッパーの広告料などがのっかっているから割高だという価値観が当たり前であったが、最近の市況ではそうでもないらしかった。だから、人気マンションのモデルルームの予約を取るのもかなり難しく、予約受付のメールが一斉送信されたら一時間以内にはすべて枠が埋まってしまうほどの争奪戦になるのだという。

そして登録しアンケートに答えたことも忘れたようなある日の午後、たまたまメールチェックをしていたら、デベロッパーからの第三期モデルルーム予約受付のメールが届いた。誘導されたフォームから見学予約申し込みサイトをたどってみるとまだ枠は空いており、都合の良い日時で予約した。

残暑の残る九月下旬の平日の午後、まずは電車に乗り東京駅へ行き、その近くからバスに乗る。お台場以外の埋め立て地の土地勘があまりないので、それをつかむためのあえてのバス移動だ。銀座を通り過ぎ、築地のほうへと向かうのは、昔車選びで試乗しまくっていた頃、テスラを試乗した際に通った道であり、懐かしい。それとたまたま、築地で寿司を食べたりして遊ぶ用件があったばかりなため、あの店のほとんど目の前を通り過ぎてさらに橋を渡るのか、というふうに、自分の中にある臨海エリアの地図が更新されてゆく。

勝どきのタワーマンションは建設中のためその近くをバスで通過し、停留所でいうと三つ分通り過ぎたところで下車し、Ｇｏｏｇｌｅマップを頼りにモデルルームへと歩く。幅広の道には歩いている人の姿がほとんどなく、近くにも遠くにも、マンションやビル、工場や倉庫だけが見える。モデルルームは仮設の建物で土地代が比較的高くない場所に建てるもので、実際のマンションとは立地が異なるとわかっているとはいえ、ずいぶん辺鄙《へんぴ》なところにまで来たなというのが、正直な感想であった。

映画の撮影スタジオのような、仮設というにはだいぶ立派な四角い三階建ての建物に着くと、まるで高級マンションのそれのようなエントランスの前でしばし立ち止まる。指定された場所、約束の時間で間違いがないことを確認し、まずは手前にある透明の自動ドアを通り、続いてさらに奥側にある半透明の自動ドアの前まで進んだ。両側からドアが開くと、数メートル前方では、制服を着た女性たちが一〇人近く立ち並んでおり、一斉にお辞儀とともに挨拶された。

なんだ、ここは？

北朝鮮か？

勝どきの新築タワーマンション

異様な雰囲気に、一瞬でのまれた。やがてやって来た女性に名前を告げると、もう一人の女性から奥の席へ案内された。僕の後にも、スーツ姿の男性客が建物に入ってきた。この丁寧な日本的おもてなしの接客はなにかに似ているなと感じてすぐ、数年前に行ったレクサスのディーラーを思いだした。

「係の者が参りますので、その前にアンケートにご協力ください」

「わかりました。……それとすみません、先にトイレお借りしてもよろしいですか？」

女性に案内してもらい、「お化粧室」へ入る。そこでも度肝を抜かれた。やがて壊すかもしれない建物なのにもかかわらず、洗面台の壁は大理石で、洗面ボウルも巨大な天然石を模したデザインの白い陶器製、照明はモダンなペンダントライトと、自分が今までに住んだどんな家よりも豪華なトイレであった。そして鏡には、黒い短パンに半袖白Tシャツ、ショルダーバッグという格好の、マンションを買えもしない冷やかしか、その反対で機能性重視の服装で出歩く中国人富裕層かの極端などちらかにしか見えない出で立ちの自分がうつっていた。

用を足し席に戻り、タブレットからアンケートに回答していると、近くに座っている見学客の七〇歳前後くらいの男性と、応対している制服の女性の話し声が耳に入ってくる。

「そうなの？　そんなに時間かかるの？　私ね、今日は三〇分くらいでサクッと見て帰るつもりだったんだけど……」

聞けばその老男性は、わざわざ二時間ほどかけ遠くから来たのだという。そのうちに、逗子葉山から来たのだということも、制服女性にべらべらとしゃべり続けているからわかった。

アンケート回答後、まずはシアタールームへと案内された。下北沢あたりにある小さめの二番館シアターよりは大きい、数段分の席がある暗いシアターの、好きな席に座る。スーツ姿の男性三人組なんかもいて、ひょっとしたら法人で見に来ているのかもしれない。やがて暗くなり、マンションプロジェクト紹介動画の上映が始まった。

二棟に分かれつつも下階で緩やかにつながっているタワーマンションの構図が、ＣＧで説明される。植栽のあるオアシスのようなスペースを白人カップルが歩き、共用のパーティースペースや、フィットネスルーム、ゲストルームなどが紹介される。それだけでなく、仕事や勉強で使えるコワーキングスペースまで備わっているとのことで、それがあれば、今みたいに月額数万円払ってまで、外部にコワーキングスペースの契約をしなくてもいいではないかと、早くも僕の心はつかまれた。高層階に外部テラスもあるというから、気分転換もできて最高ではないか！　すべてが、塔の中で完結してしまうなんて……。夢がふくらむ。

そのうちに、とあることに気づいた。ＣＧで描かれる架空の住人たちの約八割が、白人だ。黒人たちも少しいた。アジア人は長い黒髪の女の子が描かれたくらいで、そのバランスはまるで、一昔前のハリウッド映画のようであった。今のハリウッド映画のほうがまだ、有色人種が登場する割合は増していると感じるほどだし、第一、マンションのある場所はアメリカではなく、勝どきである。

シアタールームからさきほどの商談スペースへ戻ると、さっきの逗子葉山の爺さんが、まだ制服の女性に話していた。

「……銀行は、あいつらはそういうふうに貸すとは絶対に言わない」

銀行とつきあいがある商売人であるかのような葉山爺さんの口調は、なんだか偉そうである。

「そうなんですね」

にっこり笑いながら返答する女性の声は、嘘くさいくらい平板で、完全に受け流していた。葉山の爺さんは、シアタールームにはいなかった。事前予約やアポイントメントなしの飛び込みで葉山くんだりからやって来て、それ以上進めさせてもらえていないのか、買う見込みがない大口叩きの爺さんだと判断され足止めされているのかはわからないが、他の席に営業員たちがやって来る中、葉山爺さんはずっと制服の女性と話を続けていた。

やがて僕のもとにも、自分と同年配と見受けられる男性営業員の方がやって来て、さきほど回答したアンケートをもとに軽く話してから、モデルルームへ向かう。箱庭の中の階段を上ると、完成予想の大きな模型と、大小二つのタイプの部屋への出入口があった。２ＬＤＫと３ＬＤＫのタイプのうち、まずは２ＬＤＫの部屋へ入ることに。

公民館や神社等の畳の大部屋へでも入るかのようにスリッパに履き替え入ると、白を基調とした明るい内装の部屋に対し、素敵だと感じた。窓の外側には巨大なモニターが並べられ、外の景色を模した静止画が映しだされている。

「いいですね」

「ありがとうございます」

そのように感想を述べた僕であったが、新しめの高層マンションに賃貸で二度住んだ経験もあったので、ものすごく心がときめくということもなかった。そしてモデルルームの空間に慣れると、正直なところすぐに狭さを感じた。

「広いほうの部屋に行ってもいいですか」

続いて案内された３ＬＤＫは、内装材の質感からして高級感があった。部屋数だけでなくリビングの広さもさきほどの２ＬＤＫとは段違いに広く、こちらは心がときめいた。

「内装も、すごくいいじゃないですか！」

「こちらは、オプションのプレミアムグレードの内装になっております」

「この壁の、アートみたいな曲線のオブジェもかっこいいですね」

リビングの長辺の壁から浮き出るように設置されている、シェイプを描きカットされた木の板をミルフィーユ状に重ねてできた、流線型のオブジェが魅力的だ。すると、営業員の男性が手元のファイルを見る。

「こちらの飾り棚はプレミアムグレードの内装とはまた別のオプションになっておりまして、一五〇〇万円前後になります」

「せ、一五〇〇万……⁉　ポルシェが買えちゃうじゃないですか」

僕が驚きながら言うと、営業員の方も、本当にとんでもないオプションですよね、とでもいうような苦笑いの表情を見せた。そして僕の中で、ポルシェ　911カレラがだいたい一五〇〇万円で、それは昔府中に買っていた2DKのマンションの購入額と同程度の価格であったため、つまりはこの勝どきのタワーマンションのオプション飾り棚を買うお金で、あの頃の府中の中古2DKが買えてしまうというとんでもなさにすぐ思い至った。

商談スペースに戻ってから、ようやく三期一次の予定販売価格表を見せてもらう。戸数が多いためかA3判に両面でカラー印刷されたそれら三枚分を見るも、多くの部屋がグレーで塗りつぶされた「成約済」であった。そして、現実的に自分の用途で必要な七〇平米以上の部屋の中から今期販売されるものを選ぼうとすると、おのずと一〇戸前後に絞られた。

「けっこう、値段するんですね」

「そうですね、はい……。人気の物件ではありますので」

正直なところ、一億円台前半を出しても、七〇平米ちょっとの広さの物件しか買えないのかと思いはした。ただ、中古市場や賃貸の相場観はあるから、さほど割高なわけでもないのだろうとは納得できた。人気の新築マンションの今の相場が、こうなのだろう。

気になる部屋からの眺望もモニターを通しＣＧで見せてもらい、買うとしたらここだろうな、という同じ間取りの部屋を、階数違いで三つほど見当づけた。そして、各種見積もりを出してもらう。

「帰りに、現地の物件を見に行きます。ついでに歩いて周辺環境も見たいので」

僕がそう述べると、営業員の男性は丁寧に現地への行き方を地図で教えてくれた。Ｇｏｏｇｌｅマップがあるので今時それも不要だろうが、ご親切な対応である。来たときと違い日が暮れており、倉庫だらけの交通量の少ない埋め立て地の道を歩いて行くと、特徴的な形のタワーマンションが、次第にその姿を大きくしてゆく。上部にクレーンが二基並んでいるのが見えることからも建設中なのは明らかだが、もうかなりの高さがあり、完成した姿は想像がつく。

さらに近づいてゆくと白い柵に囲まれているため見えない部分も増えるものの、下部の曲線デザインの部分が美しく感じられ、モデルルームで焚《た》きつけられた興奮もそのままに、ｉＰｈｏｎｅで写真を撮ろうと試みる。見たままの像と大きく異なってしまうため僕はあまり広角レンズを使いたくなく、かといって大きな建造物を標準レンズで撮ろうとすると道に気をつけながらかなり引きで撮る必要性が生じるが、車も人も全然通らないので、それに関し苦労はなかった。

敷地の周辺をくまなく歩き、チェックも兼ねて勝どき駅まで歩く。幅が広くフラットな通りには都営バスが何台も行き来し、歩道の脇にはチェーンの飲食店や、オーナーシェフや個人経営とまではいかないが大手資本でもない、実業家が企画したような外観の、アルバイトや社員が料理を作っていると見受けられる飲食店が点在している。空の抜けは広く、四方八方どこを見回しても、各部屋の照明の灯《とも》ったタワーマンションが視界にあった。歩いても歩いても、タワーマンションが見える空の下には平坦な道と、似たようなチェーン店や実業家の店が見えたりするばかりで、駅から遠回りし別の道を歩いても、景色は変わらない――。

あれ、この街、非常につまらないのではないか。

端的にそう感じざるを得なかった。正確に述べるならば、タワーマンション周辺の、気軽に歩いて行けるエリアが、つまらない。もちろん、バスや電車、車なんかに乗れば、内陸の楽しい場所にもすぐ出られて便利なのだろうが、この場所自体が楽しいかと問われれば、いかんせんつまらない。

もちろんそれは、住居や周辺環境になにを求めるかによって変わる。毎日のように電車や車に乗り都心へ働きに行ったり、託児所に子供を預けに行った上で仕事やその他諸々の用事をこなしたりと忙しくして、家にはほとんど寝に帰るだけで、休日には東京駅近辺の百貨店にでも遊びに行ければいいやというような人たちにとっては、職住近接となりうる埋め立て地のこの立地は便利で、楽しい生活が送れるだろう。

いっぽうで自分のように、家で仕事をする時間が長く、乗り物に乗るほどでもない、散歩くらいの気分転換がちょうどいいという職種の人間にとっては、自宅からの徒歩圏内がつまらない環境だというのは、死活問題でもあるのだ。

冷静になってみれば、モデルルームを見学するまでもなく、そんなことは理解できたはずだ。建物そのものは良くても、立地だけはあとからどうにも変えられない。仮に周辺の開発が進んだとしても、過去に鳴り物入りで開発された都内外の数々の商業施設が五年、一〇年、二〇年と経ちどうなっていったかを見れば、これからどうなるかも想像がつく。賃料が高めのテナントにも、最初のうちこそ魅力的な店が入る。しかしやがて功利主義的過ぎないような魅力的な個人店なんかが淘汰《とうた》されてゆき、結局はどうでもいい大手の薬局やカフェチェーン店等により、まるでドクダミ草のように埋め尽くされるだけだ。あるいは、外国人受けを狙った、江戸屋敷風か派手な電飾の、偽トウキョウ然とした商業施設でも建つのか。

同じ東京都内でも、江戸時代、明治時代から既に街があったような内陸の場所には、地形的な楽しさであったり、どういう理由で存続できているのかわからない、大変魅力的な商店がいくつもごろごろと存在している。歩いても刺激に出会いにくい、情報量の少ない埋め立て地をわざわざ選んで、住む必要があるのだろうか。

勝どき駅から電車に乗る頃には、買う気を喪失させていた。そうであるにもかかわらず、ごく短い時間でも買いたい気にさせてくるような魔力が、デベロッパー肝いりのマンションのモデルルームには、秘められている。モデルルーム自体は、とても楽しいものだった。

二つのRC戸建て

低層マンションの北側の書斎の、バルコニーに面した縦に長いガラス扉からは、平置きの駐車場が見える。左から順に、メルセデス・ベンツGLE、レクサスのSUV、ポルシェ 911カレラS、メルセデス・ベンツのワゴン、自分のBMW、フェラーリ。日本車はレクサスがあるだけで他は見事にドイツ車だったのが、メルセデスＡＭＧ Ｇ63がハイブリッドの最新フェラーリに入れ替わったことにより、日独伊三国同盟になった。他の住人たちと擦れ違う機会も少なく、四駆のＧ63には金持ちファミリーが乗っているのかと想像していたが、二人乗りのクーペに乗り換えるとは、どんな人が乗っているのか。フェラーリは置物というわけでもない程度の頻度で区画から姿を消しているが、モーター駆動の徐行速度で出入りしているからだろう、書斎にいても音では全然気づかず動いている姿を見たことがない。ターボエンジンのポルシェは、スポーツカーらしさを演出するような音で、いつも気づく。

駐車場には充電器が備わっており、追加料金を払えば利用できるのだが、新築時から一年半が経っても誰一人として、充電器を使っていない。これが今のところの現実だ。電気自動車は、日本で本当に普及するのだろうか。マンションの駐車場に充電器が備わっているだけでも珍しいが、それは平置き駐車場だから可能なのであって、ただでさえメンテナンスが大変な機械式駐車場に充電器はつけられるのか。辺鄙な小国の事情などおかまいなしに世界的なＥＶシフトが進められるのだとすれば、いつしか日本の都市部に住む人たちは、車の充電器問題に悩ませられるだろう。

その点、戸建て住まいであれば、駐車場に充電器を設置することくらい、どうとでもできる。

低層マンションから徒歩二〇分弱の高級住宅街の一角に、鉄筋コンクリート造の地下一階、地上二階建ての戸建てがあった。築一〇年以内の、モダンなデザインの家だ。つまりは、この連載を始めた当初に理想としていた条件にほとんどぴったり当てはまったような物件で、三年ほど前からネットで目をつけ、売れていないかどうか時折チェックしていた。

専任媒介の仲介業者が、今住んでいる低層マンションの仲介を仕切った会社と同じだったため、賃貸契約の際にちょっと興味があると話すと後日、販売のほうの担当者から人伝で当該のRC戸建てについての資料を渡されてはいた。まだ売れ残っており、カラープリントされた資料を久々に見ると、やはり格好いい。都内でそういうのを買うには中古でも四～五億円必要だと数年前の時点では思っていたが、その半分くらいで済む価格設定だ。

散歩がてら、久々に現地へ外観を見に行ってみることにした。辿り着くと、公道からのびた細い私道の向こう側に、ドイツ車とコンクリート造の四角い建物が見える。駐車場には、必要性にせまられれば充電器だって設置できるだろう。大きい車二台やバイクも、縦列であれば駐めておける。ただ、後ろに駐めた車に乗って出かけたいときは、前の車をどかすという作業をいちいちしなければならない。いわゆる、旗竿地というやつだからだ。

そして自宅に戻り資料を読み直すと、「再建築不可」の表記が目につく。私道に接しているだけで公道に接していない物件はそうなってしまうらしいが、せっかく土地ごと買うというのに、「再建築不可」が、どれほどの「不可」なことなのかは、気になる。家の手前や反対側の家を土地ごと買えば公道に接するからその制約もなくなるのかもしれないが、それだと合計でいくら金がかかることやら。

実需用不動産検索アプリで、興味のある街や駅を多めにとり、都内でRC戸建てを検索してみる。すると、以前住んでいた街に、築二〇年ほどの良さそうな出物を見つけた。コンクリートむき出しの外観が、僕好みである。内見予約をした。内見開始の初日の二番手として、予約がとれた。

当日、電車に乗って向かう。その街は、芥川賞をとった年の年末に引っ越し、二年弱住んだ街だった。雨が降っており傘をさしながら、以前住んでいた賃貸マンションの近くにある不動産屋を訪ねる。用紙に記入し、男性営業員と傘をさし物件へと歩く。

線路から一ブロックだけ挟んだ交通量の少ない場所に、その家はあった。グレーの立派なコンクリート造の建物だ。

「荷物がまだ少し残っていて、売主さんが時々新居へ運びに来られるそうです」

営業の方のおっしゃるとおり、ピロティー構造になっている一階のガレージスペースに、自転車が置かれている。外観に関し、築二〇年の黒っぽい汚れなんかはあったりするが、コンクリートの表面に目立つクラックや、染み出た赤錆のようなものもない。地下一階、地上四階建ての家に入る。

建物面積が一五〇平米以上と広いものの、階段で上下に区分けされた家の各階は、お世辞にも開放感を覚えさせるフロアがどこにもなかった。二階のLDKには、かなり目立つところに大きな柱があるし、三階のタイル張りのバスルーム内に便器があった。高級ホテルでもこういう構造のものはあるが、細部からしてそういったお洒落さからは遠く、どちらかというと風呂トイレ一緒のユニットバスのようなマイナスの雰囲気だ。

書斎として使えそうだと思っていた四階の部屋へ上がると、如実に暑さを感じた。一〇月頭の雨の日の正午だが、蓄熱されているのか夏のように暑く、汗がにじんでくる。そしてなんといっても、窓を閉めたままでも、線路を通過する電車の音が気になった。試しに窓を開けてみると、もちろんもっとうるさかった。

数年前にこの街へ引っ越した当時は、外での仕事をこなしまくっていた。しかし今はその頃と違い、小説家らしく在宅の時間が圧倒的に長い。仕事をするときも夜も、始発から終電の時間帯まで、電車のガタンゴトンの響きを感じ続けるのに、耐えられるだろうか。

地下室へ下りてみると、空気が切り替わったと感じるほどにひんやり涼しく、余計な仕切りがないため、他の部屋より広々使えそうで、印象は良かった。ただ、ここで仕事もできるかと問われれば、窓もない部屋で閉塞感はありそうだ。寝室やシアタールームとしてならいいかもしれないが。

一億一〇〇〇万円ほどで売りに出された外見の良いこのRC住宅には、僕も含めて今日だけで四組の内見客が来るそうだった。街は良くても、線路に近すぎるという立地と、建物自体も僕にとっては購買意欲をかき立てられなかった。初日に来るような、購買意欲の高い他の内見客たちにとってもそれは同じであったのだろう。物件は、一ヶ月後に見ても売れ残っていた。

しかし信じがたいことに、ほどなくして約一億五〇〇〇万円へと値上げされた。仲介会社は変わっていなかったから、売主が値上げしたのだろう。売れ残っているのに値上げするというがめつさには、驚かされるばかりだ。

夢の山手線内側！　神楽坂《かぐらざか》徒歩圏内の築浅戸建て

各界で活躍する、比較的自由に住環境を選べるような人たちに対し、なんでその街に住んでいるのかと訊くと、通っていた学校が近くて馴染みがあるから、というような答えをよく聞く。縛りがないと人は、なんとなく若い頃から知っていたりというノスタルジーで住む場所を選んだりもするのだろう。その気持ちは僕にもわかる。

住宅検索アプリで検索する際、自分がここ数年で住んできた駅の他に、楽しい思いをしてなんとなく印象が良かった街や駅も、候補に入れていく。駅からの徒歩分数や建物面積、駐車場の有無、マンションや戸建て、新築、中古、賃貸等、色々な条件を細かく打ち込んでスクリーニングしたり、その反対に、最低限度の条件に絞り、広さや値段の高い順で並べ替えたりする。するとある日、〈「神楽坂」築浅一戸建て〉という物件を見つけた。

築六年で、３ＬＤＫの木造二階建て。値段は一億円台前半。間取り図を見ると、公道に面した土地内で建ぺい率ギリギリの、かなり綺麗な設計であった。

神楽坂の築浅！

神楽坂には新潮社があるし、他社のパーティーの二次会等でも、飯田橋から神楽坂間の飲食店には、十代の頃からたまに行かせてもらい、愛着がある。もちろん、そこそこ余裕を得てからも、自腹で通うようになった。好きな店がいくつもあるし、食事の後に神田川沿いの道を散歩するのも楽しい。歩いて楽しい東京の代表的な街の一つである。住みたい！

フォームに入力し問い合わせると、わりとすぐに仲介会社から電話がかかってきた。売主は物件の内見をしてもらってからの購入申し込みを条件としており、内見開始日は二週間ほど先であった。

──住宅ローンは、お借り入れになられますか？

　訊かれたので、なんとなくの資金状況を口頭で伝える。すると、内見の前に事前に物件の立地や周辺環境をたしかめておきたいというこちらからの要望に応え、住所を番地まで、目印となる周囲の建物についてまで細かく教えてくれた。

──こちらの物件は、建築士の方がご自分で住まわれるために土地から仕入れてご自分で設計されましたので、かなり暮らしやすいお家です。

　通話を終えてから、教えてもらった住所で検索する。〈神楽坂駅から徒歩一五分〉というふれこみのその家がある場所は、当然のことながら、山手線内側であることにも気づいた。今まで、山手線内側に住んだことはなかった。

　山手線の内側に住めば、都内の主要な場所へはだいたいタクシー移動ですぐ行け、人々はより活動的な人間へと変貌し、便利さと楽しさの両方を最大限享受できると伝え聞いている。神楽坂徒歩圏内ということの他に、今度は山手線の内側に住むということにも、憧れを大きくしていった。たとえば交通量の少ない夜中なんかに、山手線の内側を、東から西へ、西から東へ、北から南へと、自転車で気軽に散策したりする楽しそうな自分の姿が、目に浮かぶ。

　ある平日の昼、下見がてら、夫婦で神楽坂へランチをしに行くことに。僕が知っている和食の店か、妻が一度友人たちと行ったことがあるというイタリアンの店かで目星をつける。ランチ営業なので両店とも予約はできずの出たとこ勝負で、先に立ち寄ったイタリアンの順番待ちが前に二組ほどだったので、そこで食べることに。古民家風の平屋のレストランでの食事は、おいしかった。
食後、パティスリーのショーケースに並ぶお菓子を目で愛《め》でたり、新潮社の人におすすめしてもらってい
た魚屋なんかも覗《のぞ》いてみたりしながら、地図を頼りに物件のある地点を目指し歩いてゆく。
すると段々と、道路沿いにマンションだらけの風景になってゆき、それはもう、僕の知っている神楽坂で
はなかった。
というより、神楽坂駅から徒歩一五分のそこは、神楽坂ではない。神楽坂にも歩いて行ける、別のエリア
だった。
神楽坂ではなかったからといって、そのエリアの魅力がぜんぶなくなるわけではない。緩い起伏のある住
宅地の中に位置する、文豪ゆかりの記念館等にも寄ったりしてみた。歴史ある東京の街らしい、良いポイン
トだ。このように、ゆったりと散歩するにはそれなりに楽しいところもある。
たどりついた戸建ては、幅広の公道に面し車も出しやすそうで、建物自体は使いやすそうで魅力的だった。
ただ、購買意欲が、全然わいてこない……。
その後も周辺環境を見ておこうと、Ｇｏｏｇｌｅマップ上に表示されている近辺のスーパーをチェックし
てまわる。たしかにこの街だって、モデルルームの見学で行った、倉庫やタワーマンションしかない平板な
埋め立て地よりはよっぽど歩いて楽しいが、一五分ほどは歩き神楽坂近辺に行かないと魅力的な飲食店もほ
とんどない。となると家での料理がメインになるため、食料品を扱っている店が大事になるわけだが。
「うーん……このスーパーも、テンション上がらない」

家でのほとんどの料理をこなす妻が不満を漏らす。独身時代はずっと自炊していた僕の目から見てもそれは同感で、たとえば豚肉の小間切れは一種類しかないし、長ネギだって一種類しかない。産地やブランドを選びようがなく、それは加工品や調味料でも似たようなもので、なにかを買おうとしたら限定されたものを買うしかない。そんなスーパーは極端だったが、良くても一品目二種類しか選びようがなかったりと、五軒くらい足を運んだが、独身者向けのスーパーに毛が生えたくらいの品揃えばかりで、魅力的なスーパーが全然なかった。なんなら、散歩するにはつまらないと僕が感じた埋め立て地のほうが、生活者は多いからか、スーパーで売られている品物の多さは充実している。

なんとなく、二人して地下鉄の駅へ向かう。僕はこれまで、山手線の内側はなんでもあってとても便利なのだろうと、今の数倍行動的になる自分の姿を想像していた。

しかし、鳥の目で上から俯瞰した地図というのは、所詮《しょせん》頭の中で想像するバーチャルなものである。生活するときはほぼ地面の高さから、己の目による主観でその場所を見る。地図上だと、山手線という凸凹した円環の線路に囲まれた東京の希少な土地も、そんな大雑把なくくりでは体感的にさほど都心っぽくもないところも多いし、かといって生活者に便利なひなびた街並みが多いわけでもない。最も大きな特性としては、移動しやすい、に尽きるのではないか。さっきの戸建てのあった住宅街に関しては、ただただ静かではあった。

山手線の内側への過度な幻想を消失させながら地下鉄に乗っていた僕はふと、前に住んでいた街に寄ってみないかと妻に提案した。久々にあそこで食料品を買って帰るのもいいねと妻も乗り気で、路線を乗り換えてしばらくすると、前に住んでいた街の駅で降り立った。

そして商店街を歩きだしてすぐ、二人して様々な店に興味をひかれ、魚屋や肉屋で良さそうな品を見つけては計画性もないまま生ものも買ってしまったりと、とにかくテンションが上がった。情報量が多いだけでなく、商店街からすっと抜けると緑が多めで心地良いエリアになっていたりと、とにかく歩きながらめまぐるしく変わる風景のバランスが、とてもいいのだ。やっぱりさっきのところより、こっちのほうがいいね。僕の感想に妻も同意する。無計画な買い物で、僕の両手指に重いビニール袋の持ち手がかかって、紫色になってゆく。

長い片想いの結果

今住んでいる街と、前に住んでいた街、その前に住んでいた街の三つは、学生時代には数回しか行ったことがないかたまに訪れた程度で、住みだしたのは三〇歳を過ぎてからだから、特にノスタルジーで住んだというわけではない。自分にとっての居心地の良さや楽しさで選んだわけだから、そりゃ、もっと人気なエリアに興味をひかれたとしても、わざわざそちらへ引っ越すほどのところへまではいかないわけだ。

というわけで、その三つの街を中心に再度家を探すうちに、今の家から徒歩十数分のところにある、ずっと目をつけている「再建築不可」のＲＣ戸建てへは、ちゃんと内見しに行ったほうがいいのではないかと感じてきた。クリスマスが近づいた頃、低層マンションに会社帰りの友人を呼んだ際、以前仲介会社からもらった物件のファイルを見せた。超絶技巧のギタリストでもある彼とは大学時代に曲を作ったりもしていたから、こんな広い地下室があったら、いくらでも演奏し放題じゃん、と話が盛り上がった。

楽しい夢想に背中をおされ、ついに、三年弱くらい気にし続けていた憧れのRC戸建てへの問い合わせを、行った。会ったことはないその物件の担当者と、メールや電話でのやりとりを重ねているうちに、一つのことがわかった。

――記念内見のお客様があまりにも多かったため……。

検索サイト等にお洒落な家の情報が載るため、新婚夫婦だったりその他興味本位の、とても買えそうもない内見客たちが、これまで幾度ともなく、居住中の邸宅内を内見していったのだという。実際に買うのは難しいけど私たちも、こんな家に住みたいね、という程度の興味で内見する客が、それなりの割合でいるのだという。だから売主はウンザリしてしまい、現在は、資金計画的に大丈夫そうな人かどうかで足切りし、限られた人しか内見させていないのだとも。僕も自己資金やローンの利用について訊かれたので口頭で話し、あとでざっとしたエビデンスの資料も送ることとなった。

後日、各種財産状況のエビデンスや、他物件検討時に算出してもらった住宅ローンの事前審査の結果などの数値を仲介会社宛のメールに整理すると同時に、こちらからの要望も左記のように添えた。

〈はい、下記の条件を満たすものでありましたら、九〇〇〇万円の融資が可能だったと想定し残りは現金で購入するということも考えております。

①内見してみて、満足のゆく建物であること
②再建築不可の旗竿地であるがゆえの、修理や建て替えの制約や、法的な許可をとるための条件について、許容できる範囲内であることが確認できること（長く住むにしろ将来的に住み替えるにしろ、出口の可能性を知っておきたいです）
値段や購入の意思に関しては、特に②次第になってくると思います。〉

それを送っても、しばらく返事が来なかった。売主の返答待ちということもあるし、それを待っている間に担当者も忘れてしまったのだろうと、一週間後くらいに再度おうかがいのメールを、担当者に送った。しかしそれに対しても返事はなかった。

そのうちにようやく、担当者が僕に対して、音信不通の態度を決めたのだと悟った。もとはといえば、今住んでいる賃貸低層マンションの契約時に、賃貸の担当者経由で、先方からそのＲＣ戸建ての資料を渡されていたというのに。

再建築不可についての質問は、たしかに面倒な質問かもしれないが、ちょっと面倒な質問をしたくらいで、放り出して逃げるものだろうか。あるいは売主が僕に対して渋い顔をして拒絶したのだとしても、仲介業者は普通、他の物件を売りつけられる可能性もあるのだし、穏便に処理しようとするだろう。社会人としてそんな初歩的なこともできないとは、専任媒介をしている仲介会社のその担当者自身が、ヤバい人間なのではないか……。

というわけで、再建築不可問題はやはり、担当者が質問への無視を決め込みたくなるほどの厄介なネガティブポイントのようで、だからこそこんなにずっと売れ残っているのだとも、このことで察しがついた。

約三年間におよんだこちらからの、憧れの邸宅への片想いが、急に冷めて、終わった。

同日に二軒内見

検索すると、今の前に住んでいた街で、良さそうな物件が二つ出てきた。

一つは、なんと築半年ほどの戸建て。小さめではあるが、ガス乾燥機もついており、便利そうに見える。もう一つは、築二十数年のマンションだ。七七平米と、それなりに広さがある使いやすそうな間取りだ。両物件ともわりと値頃な価格で売りに出されていたので、それぞれの内見を申し込み、同日に見ることになった。

まず戸建てのほうに妻と行くと、建物の前で営業の男性が待ってくれていた。浅めの旗竿地になっているものの、閉塞感はない。ただ、玄関が地面の高さより階段一段分低い位置にあるのが、気になりはした。三階建ての一階は浴室や納戸等で細かく区分けされており、間取り図では「納戸」表記であるものの、ちゃんと小窓もついている狭い部屋には、壁一面に作り付けの造作カウンターがつけられていた。

「こちら売主様が、リモートワークもできる部屋として、注文して作られた部屋です」

コロナ禍真っ最中に建築された、今の時代にあった部屋だ。持参したメジャーで測ると、カウンターの高さは七二センチあり、僕にとってはわずかに低いものの、ダイニングテーブルや一般的な公共空間のデスクの平均的高さと同じだった。部屋は狭くとも、横に広い作業スペースが確保されているのは仕事や読書に集中できそうに感じられた。

わりと急で幅の狭い階段を上った先の二階には、リビングがあった。ウォールナット材の色味の内装で落ち着きがあり、一階と比べての広々とした空間は印象がいい。以前旅行の際に泊まったことがある、一組一棟貸しの新しめのリゾートヴィラのような感じに近い。小ぶりな戸建てでも、こんなふうにリゾート感が味わえるなんていいではないか。好印象なままに三階に上がると、廊下を挟み部屋が二つあった。

まだ一月末であったが、晴れている日とはいえ、暑さを感じた。僕は暑がりだから、普通の人にとっては、暖かい、程度なのであろうか。ただ、夏場は使えない空間になるだろうとは容易に想像できた。そしてエアコンを効かせなんとか使うにしても、二つの部屋はどちらも寝室の用途としては微妙に狭く、一室にベッド二台を置くことはできない面積しかなかった。じゃあ仕事場として使えばいいのではないかと考えるも、本来は屋根裏として断熱にあてるべき空間で空調を猛稼働させ続けても、限界はあろう。だったら一階の納戸で仕事をすればいいわけだが、開放感のある二階のリビングを経由してしまうと納戸は、途端に閉塞感に満ちた暗く狭い部屋のように感じられてきた。

それにリビングへ戻り大きな採光窓から外を見ると、五メートルほど先に建っている、一軒のボロボロの木造家屋に気が滅入《めい》った。景色ばかりは、どうにも変えることはできない。

営業員からの説明によると、売主はつい数ヶ月前に完成したこの家を建てるにあたり、八七八〇万円の住宅ローンを組んでいるとのこと。それが、八四八〇万円で売りに出されている。先週に値段を下げたばかりらしく、現時点ではもう、ローン残債より安い。仕事の関係で他の地方に引っ越されたそうで、なんともお気の毒なことである。値下げから四日が経過し三件の問い合わせがあるため、そのうちに誰かが買うだろう。

というわけで営業員に挨拶をし、歩いて次の物件へと移動する。

築二十数年のマンションのエントランス前に、スーツの三十代後半くらいの男性が待ってくれていた。一緒に階を上がると、居住中の売主さんである中年女性が出迎えてくださった。廊下には段ボールやら荷物が積み上がっている。新居への引っ越し準備中とのことで、各部屋をざっと見ても段ボールだらけ。七七平米と広めの部屋ではあるが、家族四人分の荷物すべてとなると総量はかなり多いようだ。

角部屋であり、L字の廊下に沿い各独立した部屋のすべてに窓がある。一番狭い部屋でも五・一帖のため死に部屋がなく、間取りの印象はかなり良い。さっきの急階段の狭小住宅と異なり、フラットなワンフロアにすべての部屋があるのがとても機能的に感じられる。

そのうちの一部屋に、電子ピアノが置かれていた。音の苦情がなかったかどうか売主に訊《たず》ねてみた。

「弾いても、一回も下の方からの苦情とかもありませんでしたよ」

そう答えた売主の中年女性は、本当に忙しそうに別の部屋へ引っ越し準備の続きをやりに行く。電子ピアノを弾いても苦情がなかったとは心強い。組み立て式防音室いらずで、電子ピアノを弾いたり、大声で歌ったりも気兼ねなくできそうだ。

小窓から、植栽の木の枝の向こう側に、前に住んでいた高層マンションが見えた。夫婦で妙に興奮し、そのことを仲介の担当者に伝えると、そうですか、と素っ気ない言葉を返された。それはそうである。新たに住むことを検討している住居から、前に住んでいた家をそれまでと違った角度から見ることに、ノスタルジーと新鮮さを感じたところで、他人からしたらどうでもいいことだ。そのときの落差の感覚は、今に至るまで僕の心に、妙に深く刻まれている。

部分的にリフォームした箇所もあるが、内装に使用感はある。ただ、占有部分の形がいいので、リフォームすればかなり僕好みの家にできそうな予感がした。部屋から出て共用設備を見ても、僕が中学受験勉強をしていた頃に建った築二十数年の建物は、新しいマンションと比べなければ、さほど古さは感じない。

「駐車場はこちらになります」

階段を下ってゆくと、自走式の地下駐車場だった。空きがあるようで、しかもそこは以前、機械式立体駐車場だったのだという。

「このマンション、駅近なので、車を持たない方も多いみたいです。そのため、理事会での投票の結果、メンテナンス費用がかかる機械式駐車場を撤去し、外の空いている駐車場区画はマンション非居住者に貸し、その収益を修繕積立金にあてているそうです」

その情報は、二重に好印象だ。一つは、僕が車を置いておくぶんにも、駐車場は必ず確保できる。しかも自走式だから、どんな大きな車に買い換えても平気だ。二つ目は、理事会が合理的にちゃんと機能していて、将来的な修繕計画で破綻しない可能性が高いということだった。

スロープを地上へ歩いて上ってゆくと、高級ヴィンテージマンションかのように感じられる。今時、こんな贅沢な空間の使い方をしたマンションはなかなか建てられない。バイクを置けないのは、かなりネックであった。それでも、どんな車でも自走で駐車できるという事実は、バイクを駐められないマイナスを埋め合わせるほど、好印象だ。

売主が最初、八二〇〇万円ほどで売りに出していたのを、引っ越しにともなう売却期限の都合で七六八〇万円に値下げし、今週で一ヶ月くらい経過しているとのこと。それと、管理費と修繕積立金が近々、合計一万五〇〇〇円分アップすることを担当者から伝えられた。

夕方。幅は広めだが交通量のあまり多くない、玄関前の道路に立ちながら、僕は次のように言っていた。

「買いたいです。買い付けの注文、入れたいです」

ありがとうございます、と担当者は応じ、妻はなんとなく笑顔で、特に意見は述べない。思えば自分は、家族である妻に相談なしに、こういう大きなことを決めている。彼女からしたら、物件自体には興奮するような目立つアピールポイントはないものの、かといって不満もなく、夫が満足そうにしていればそれでいいという感じなのだろう。担当者と、立ち話のまま今後の手続きについて話す。

「キャッシュでも買えます。ローンが組めるのであれば、ローンを組みたいです。ただ、それによって他の人からの買い付けを優先されてしまうのは嫌です。なので売主さんには、ローンが組めなくても必ずキャッシュで買います、そのかわりローンが組めたら組みたいので、事前審査してもらう猶予だけもらえないかと、話を通してもらえませんか？」

「ええっとですね、ローンかキャッシュかだと、買い付けを入れる際に記入する様式が違ってくるんですよ」

こちらの意図を正確にくみ取ってもらえていないような気がしたいっぽう、僕が理解できていない、あるいは立ち話で素人に説明するには難しい理由でもあるのかもしれない。ともかくキャッシュかローンか、どちらか選んで申し込まなければならないようで、少し悩んだ結果、値下げして即売れしているわけではないことからも、ローンでの購入申請書を出すことを選んだ。

「これからお店にうかがって、記入してもいいですか？」

僕のほうから率先して言う。こういうのは早いほうがいい。徒歩圏内にある店舗はもう小一時間ほどで閉店時刻を迎えるものの、対応可能だという。ただ、買い付け契約を入れる際に必要な身分証明書と実印のうち、実印を持っていなかったため、いったん家に取りに戻ることに。電車に乗り妻と帰宅し、確定申告書等の後日必要になる書類を先にＰＤＦで担当者へメール送付したうえで、実印や念のため印鑑カードも持ち、出かける。

前に住んでいた街の駅での、本日二度目の下車であった。仲介会社の店舗へと歩きながら、実印を持ってくるためだけに同じ往復経路を奔走していることに対し、変な充実感を覚えてもいた。時間の浪費や肉体の疲労をともなって、一つのことを成し遂げようとしているとでもいうように。

店に着くと、何枚もの書類に記入、捺印《なついん》した。会社員二年目の春以来、久々に、自分は家を買うのか――。

リノヴェーション案

銀行融資の審査待ちの間に、マンションのリノヴェーション案を考える。フローリング材や壁紙、浴室やキッチンを理想のものに変更するにしても実物を見ておきたいと検索すると、西新宿に各メーカーのショールームが勢揃いしていることがわかった。中でも、新宿パークタワー内に、各社ショールームが集中していた。

パークハイアット東京やザ・コンランショップなど、僕が好きなテナントが入っているため同ビルはちょくちょく訪れており、ショールームの存在も知っていたが、それまでの自分には縁のないもので、遠巻きに見るだけであった。それが今回、商品の実物を見て回るという目的をもって訪れてみると、キッチン台や室内のドア、各種様々なフローリング材など、なにを見ても憧れ興奮しっぱなしだった。話をうかがったり、写真に撮ったりして、カタログをもらい家に帰る。

何日間も時間をかけ、気づけばまるで瞑想のように没頭しながら、リノヴェーション案を書きだしてゆく。自分が今までに住んできた住居で何を好み、なにを忌み嫌っていたかをまず洗いざらいにし、じゃあこれからの自分たちの生活における理想の動線はどのようなものか、というあたりを考える。そして精度を高めてゆく過程で、今の生活だけでなく、自分がこれからどう生きたいと考えているのか等、セルフカウンセリングのようなフェーズへと移行していった。

あなたはこれから、どう生きたいのですか？

そのためには、どのような生活を送りたいのですか？　それにそうような居住空間は、どのようなものですか？

無数の問いへの、自答の繰り返し。昔大事にしていたものが、今ではもうあまり大事でなくなっていたり、反対に、これから大事になりそうなことなどを明確化させようとする。想定される各部屋の役割や、収納の位置、各種ケーブルを無駄に露出させないコンセントの設置位置などを一つ一つ決めてゆき、変えられないものを少しずつ固めることで、快適さと、もう戻れない不自由さも両方、定めようとしている気がした。

それらはつまり、生活空間の細部から、己の人生に対し少しずつ覚悟を決めていることでもあり、異様に真剣になってしまうのも、当然かもしれない。

ある程度方向性が決まってゆく中で、ホームシアターや音響機器をどうしようかと比較検討するため、一枚のＤＶＤをサンプルとして、天井付のシーリングライト搭載プロジェクターや、短焦点ポータブルプロジェクター、有線スピーカーにワイヤレススピーカー等、ハードの側を様々な組み合わせへと切り替え、試してゆく。サンプルとして使用したのは、二〇〇二年に発売されたCHEMISTRYのカバー曲中心のアコースティックライブを収録した、『R.A.W.～respect and wisdom～ CHEMISTRY ACOUSTIC LIVE 2002』だった。これには理由がある。

もう今では廃れたＤＶＤというメディアが普及し始めていった頃、学校帰りに自宅最寄り駅の書店内のレコードショップで買ったそれは、今まで様々な環境で再生してきた。買ったばかりの高二の頃は、家でDVDを再生できる機器が、父のDELLのノートパソコンだけであった。埼玉の一軒家に自分以外誰もいないときに、雨戸まで閉めて、パソコンで流しながら自分も歌ったものだ。DELLは自分の物のように頻繁には使えないから、ライン入力でMDに音だけ録音し、外で聴けるようにもした。

その後、引っ越したり、映像再生機器を買い替えたりするうちに、時代遅れになったDVDを見られない再生環境になったりもしたが、まわりまわって、Blu-rayプレイヤーから無線で飛ばして視聴したりと、色々できるようになった。約二〇年間にわたり身に染みついてきた音と映像であるから、再生機器を細かく変えるごとに、わずかな違いにも敏感に気づける。

雨戸を閉めてじゃないと歌えなかった昔と違い、今では恥ずかしげもなく人前で歌えてしまう。昨日も、『R.A.W.』に収録されている『ガラス越しに消えた夏』を、近所を歩きながら歌っていた。実家にいた高校生時代から今に至るまでの、生活環境や人自体の変化に対する物差しのようなDVDだ。

そういえば数年前には、自分がレギュラーパーソナリティーを務めていたラジオ番組に、CHEMISTRYのプロデューサーであった松尾潔さんにゲストとして来ていただいたし、『週プレ』誌上で結婚報告をした際は、お祝いとして松尾さんからバカラのシャンパングラスをペアでお贈りいただいた。雨戸を閉めDVDを流しながら歌っていた頃の自分が、将来そんなようなことになるだなんて、想像するのも無理だろう。この先どこへ引っ越したとしても、見事な輝きを有するバカラのグラスが似合うような生活を、営んでいたいと思う。

ローン審査中にふとあらわれた、新着物件

二月下旬の月曜の朝。低層マンションのリビングの、大きなＦＩＸ窓からのぞける公園の景色は、木々の冬枯れにより視界に抜けがあり、明るい。いつものように朝食を摂り、歯磨きをしたあとでソファにふんぞりかえりコーヒーを飲みながら、なんとなく不動産検索アプリを開く。複数の銀行による住宅ローンの事前審査の結果待ちであり、あのマンションで決まってしまうのであれば、これ以上家探しをする必要もないのだが。

すると「新着」表記で、一軒の白い戸建てが、おすすめ物件として表示された。

全体的に四角く、スリット窓の入っている家の外観の写真が、見るからにモダンで格好いい。そして丁目まである住所を見ると、今の低層マンションから近くだった。

よく散歩をしていてそのあたりもうろつくからわかるが、場所柄、魅力的なマンション等はない。必然的に大きめの戸建てが密集しており、そういったものであれば検索サイトでちらほら出物もあるのだが、いかんせん築二十年以上の古い家ばかりで、スタイリッシュな築浅の家は全然出てこない。だから築浅で、しかも建て売りではない注文住宅とわかるモダンでお洒落な家は、一目にして僕をひきつけた。

売り出し価格も、たぶん低めに設定されている。限られたエリアを頻繁にチェックしているうちに、気づかない間に自分の中で、ＡＩを凌駕するようなそのエリアの相場観が養われていたらしい。

だからこそ、妙な安さに対し疑いの目を向けつつ、開示されている情報を今一度精査する。その結果、土地の所有権や面積、建物面積、間取り図に十数枚の写真を見ても、安く売りに出されるようなネガティブな要素は特になかった。

「ねえこの家、うちから近所なんだけど、格好よくない？」

僕より遅く起き朝食を摂っている妻に、スマートフォンの画面を見せる。

「いいね、格好いい。素敵」

スキップフロアのその家は、室内の各所に設置されたガラスの扉や、広いキッチンなど、とにかく素敵だと思えるポイントが多い。駐車場はシャッター付きのビルトインガレージに一台、屋外駐車場にももう一台と、合計二台分もスペースがある。当然、バイクや自転車も置けるから、僕の趣味が妨げられることもない。半地下の部屋もあるから、音だって出し放題だ。

現在、中古マンションのローンの事前審査中ではある。しかしこのモダンで素敵な一軒家、すごく魅力的だぞ……。

検索アプリに昨日までは表示されていなかったから、今朝掲載された情報であることは確かで、となると、他の人たちがこの出物に気づいたら、あっという間に買い付けが入ってしまうのではないか。

というわけで、「資料請求（無料）」のボタンを押し書類等を送ってもらうなどという悠長なことはせず、記載されている仲介不動産会社の電話番号にかけた。すると繋がり、女性が出た。アプリに今朝掲載されたばかりの物件を今日内覧したい旨、伝える。

――すみません、まだ居住中でいらっしゃる売主様が今日はご不在でして、最短で今週の土曜日でしたら、おそらく内見可能です。

「土曜ですか……。私現在、別の中古マンションのローン審査待ちの状態でして、それの結果がおそらく木曜くらいまでには出るらしいんですよ。なので、そちらのローンが通っちゃったらたぶん正式な買い付けを入れちゃうので、となるとこのお家は見送ることになると思うんですよね」

現状を説明してから、僕は今週の内見可能な日を伝える。

――……かしこまりました。売主様にも確認しますので、少々お待ちください。

やがて十数分後に電話があり、明日火曜日の午前一〇時五〇分に、近くの駅前で落ち合い現地へ内見に行くことが決まった。火曜日は、その不動産会社の定休日にあたっていたが、決断を迫られている僕の事情を鑑み、ご対応していただけるようだ。

モダンな白い一軒家への内見

翌日、妻と一緒に待ち合わせの場所へ向かう。待ち合わせの時刻を過ぎてもそれらしい人は現れないなと思っていると、軽自動車が目の前を過ぎ去り、近くのコインパークに駐められ、僕より一〇歳弱年上の女性が出てきて「羽田様？」と問われたのでうなずく。軽く挨拶し、物件のほうへと歩いて案内されながら、周辺環境について説明を受ける。担当者はこの近辺の出身らしく、精通しているようだ。

「この辺りは本当に静かでして、公園近くのほうが夜に騒いだりする人もいるので、静けさを求められるのであれば本当に良い立地です」

僕らの経験からすると、公園近くの立地でも、全然うるさくはない。木造戸建てならわからないが、マンションの壁の厚さだといつまでも寝続けてしまうほど静かであるというのが実際のところだ。

「こちらになります」

話しながら歩いているといきなり、その白く四角い家に行き着いた。掲載写真と印象違《たが》わず、三角屋根のない、直線的なシルエットが格好いい。

営業担当者がインターフォンを押すと、売主である四〇代くらいの活気あるタイプのご婦人が出てきた。よろしくお願いします、と互いに挨拶し、中に入れてもらう。

早速、玄関から入ってすぐ左手にある引き戸の奥、ガレージを見させてもらう。そこにはポルシェのSUV、マカンが鎮座していた。ドイツ車を保有されているというだけで、求めるものの方向性や価値観が似ているはずだと、売主さんたちに対するシンパシーも少し感じるから不思議だ。ご婦人当人も、僕の知り合いの中の誰かにいそうな、親近感を覚えるお方だった。

中二階の、フローリング床の一角に小上がりの畳スペースがある和室は、作り付けの低めの棚や照明も、和テイストのホテルの一室という感じであり、心をつかまれた。スモークガラス扉のトイレも広々として綺麗で、二階に上がると、ＬＤＫが広がっていた。

「すごい、キッチン広くて素敵！」

料理好きの妻が大喜びしているように、キッチンカウンターが異様に広い。ＬＤＫの主役は二列のアイランド型キッチンであり、家電を置くスペースやコンセントも沢山設けられている。掃き出し窓から差し込む日光を縦型のバーチカルブラインドが調光するゆとりある空間で、デロンギのコーヒーメーカーのスイッチを押し、優雅な朝を過ごす自分たちの姿を想像すると、本当に気持ちがときめいた。

さらにスキップフロアを半階分進んだ先の最上階は、高校生のお子さんの部屋だった。お子さんは今日、僕の出身大学の入学試験を受けに行っているとのこと。九帖以上とは、子供部屋にしてはずいぶん恵まれた環境だ。壁面収納もなにもないが、そのぶん広々としているし、自分の好きなように使いやすいであろうから、僕の仕事場にも適している。中庭をはさんで、窓越しに向こう側のＬＤＫを見通せるのもとてもいい。

半地下の部屋には、ウォークインクローゼットのようなスペースがあり、よく見るとその中には壁に作り付けのカウンターや横に細長い小窓もあるため、こもって集中するワークスペースとしても利用できる。寝室として想定されているだろう部屋自体には、ダイヤル調節式の照明コントローラーが複数つけられており、ホテルの一室のようだった。

散々見させてもらった後、在宅で仕事をされているというご婦人に挨拶し、三人で家をあとにした。僕と妻は興奮気味で、すっかり心を奪われていた。

近くの公園のベンチにさしかかったときに、具体的な商談に入るため妻には先に帰ってもらい、僕と担当者は二人で話す。色々と話をうかがった末、僕は次のように口にしていた。

「お家はすごくいいです。魅力のわりに、高くはないです。ただ、実際に価格だけ見ると、高いは高いので、悩みます」

「たしかに、価格はけっこうしますしね」

担当者はうなずく。そう、魅力のわりには控えめな売り出し価格ではあるのだが、一般的な住宅よりははるかに高い。たとえるなら、僕の学生時代の友人たちが買うような価格帯ではない。かといって、四～五億もするような豪邸と比べると、その半分以下の価格で、高過ぎはしない。

ひとまず、四日後の土曜日までに内見が入ることはないとのことなので、買い付けを入れるかどうするか考える猶予が、僕にはあるのだった。担当者としても、ヒアリングの中で僕の人となりや財政状況を把握したのだろう。後日連絡すると伝え挨拶し別れると、担当者は内見した家のある方向へと再び戻っていった。

買い負けつつ、運命定まる

それから三日後の金曜日、銀行の融資事前審査を進めてもらっていた中古マンションの件で、男性の担当者からメールで連絡が入った。

とある銀行から、事前審査承認がおりたとのこと。融資金額や利率をみても、かなり満足のゆく内容であった。

いっぽうで、他の人から、正式に事前審査の承認済みでの申し込みが入ってしまったとのこと。

よって、二番手として申し込みを入れるかどうか云々《うんぬん》……書かれていたが、僕の中では冷めてしまっていた。融資の審査順で買い負ける可能性があったのなら、最初から現金一括購入での購入を強く勧めてくれればよかったのに、と思ったのもわずかな間であり、それよりも、迷いが減ったような清々《すがすが》しさを感じていた。

あのモダンな白い一軒家を、やはり自分は買うべきなのだ。

翌日土曜、商談を行うべく、不動産会社の店舗へ赴く。受付の女性から部屋に案内され、やがて先日内見時にお世話になった女性担当者がやって来た。

「羽田様に御内見いただいたあとも、反響が次々とございまして、一週間後の土曜日に四件、内見予定でございます」

詳しく聞けば、売主のお子さんが大学受験のためしばらく家に人を入れたくないらしく、一週間後までは他の人たちによる内見や買い付けは入らないとのことであった。現時点で、内見者は僕だけである。事情があったとはいえ結果的に、無理言って不動産会社の休みの日に内見させてもらって良かった。そのぶんだけ、買い付けを入れるかどうするか判断する猶予がある。

「そしてもう一点、インスペクションを行いまして、外壁に、塗装割れの軽微な罅がございました。売主さんとしてはしっかり直した状態で売りたいとのことで、外壁塗装をどうするかの見積もりを今出してもらっているところです」

高さがあり、そして中庭もある家なので、外壁塗装するにあたり複雑な足場を組まねばならず、その費用がかさむとのことであった。つまり僕からの値下げ交渉もまだしづらい状況なのだ。ただ、正式な購入申し込みを入れる前に、買いたい気持ちではいるので購入希望の意思を伝えつつ、銀行融資の事前審査をお願いした。

人生における金の使い時

銀行融資の事前審査を受けつつ、引き続き真剣に検討する。芥川賞を受賞して以来、それまでより稼げるようになってきたが、特に大きな金額の買い物をするでもなく、過ごしてきた。車だって移り気に何度も買い換えを検討したものの、結局初めて自腹で買ったセダンにずっと乗っている。車はたまにしか乗らないからだ。ただ、家となると話は違う。タクシー運転手やトラックドライバーでもない限り、車より家の中にいる時間のほうが長い。家では毎日生活し、僕の場合はそこで仕事もしている。だから、普通の人が車を買い換える周期より頻繁に、僕はそのときの自分に適した家を求め引っ越してきた。

もし、今回の白い家を買わなかったらどうなるか。我慢して今の賃貸マンションに住み続けてもまたすぐ不満が限界に達し、新たな住居を探すだろう。三〇代後半にもなって、そんな時間や意思決定の摩耗からはさっさと離れたいと感じてきている。というわけでごく自然と、白い家を買ってみようと思えた。そこには大きな決断をするようなかまえなど一切ない。

たちまちのうちに、決めてゆく、という快楽に我が身が包まれていることに気づいた。縛られることで、考えなくていいことが増える。隷属は楽なのだ。まだ買えたわけではないものの、その感覚はかつてないものだった。二三歳のときにも府中のマンションを買ったことがあるとはいえ、金額的には安かったし、そのときの条件の中で買えるものを買っただけだが、今回は立地や建物すべて、自分の理想のものを買おうとしているからだ。買ってしまったらもう家について考えることはお終《しま》いにし、小説を書いて読書し、たまに遊ぶということに専念すればいい。

白い家の竣《しゅん》工《こう》時の写真をよく見ると、内見時にはなかったが中庭にはシンボルツリーが地植えしてあり、その様相は内見時以上に自分好みであった。そもそも、書斎の窓から木の葉の揺れを見て感じたい、と思って始めた住居探しである。木を切って中庭を広くとったＢＢＱとしての利用より、僕としては再び木を植えて愛でたい。今住んでいる賃貸マンションのように公園に隣した立地ではなくなるものの、書斎から木を植えて眺めることに関しては現状より良くなるなんて、本当に理想的だ。一〇年ほど前まで観葉植物に狂っていた時期があるが、あの頃の趣味が豪華に復活することになる。

そして資金面の交渉を行うかもしれないため、外壁塗装の相場を調べるべく大型書店へ足を運んだ。建築のコーナーは好きでしょっちゅう足を運んでいたが、初めて、外壁塗装についての専門書を手に取った。

購入申し込み

住宅ローンの事前審査中であったが、他客たちより先にと、購入申し込みを入れる日を早めに設定し、当日を迎えた。

資産の九割以上をドル建てで保有していたため、想定される頭金の一部を念のため円で確保しておこうと指し値売り注文していた一〇万ドルが、その日の朝に約定していた。次期日銀総裁が決まり、円安にふれていた影響であった。これをあと何回か繰り返すこととなる。

「不動産屋で打ち合わせしてくる」

妻にはそう言って家を出た。まだ、あの日見た白い家の購入申し込みを入れるとは話していない。本契約が行われるまではどうなるかわからないため、あんなにあの家に憧れていた妻に対しぬか喜びをさせるのも酷だというのが半分、もう半分は、買ってからドッキリのように驚かせようと思っていた。

そしてどういうわけか、家を出る前に二回、不動産会社の最寄り駅で一回、店舗に着いてから一回、大便をしていた。しかも数時間以内に出された計四回の大便全てが、下痢気味だったり小間切れだったりではなく、いつも通りしっかりとした固形状の、大きめのものだった。一日を通して二〜三回は普通だが、こんな短時間で大きめのものを四回はありえない。本当にどうなっているのだろうと不思議に感じた。不動産会社の担当者を通した価格交渉ということで、本人の身体は無意識下で臨戦態勢にでも入っているのだろうか。

部屋に通され、出されたお茶を飲みながら担当者が来るのを待つ。外壁塗装の相場をなんとなく予習してきたが、今回買おうとしている家でいくらかかるのか算出できるほど、詳しくはなれなかった。こちらに有利な価格交渉を無理に押し進めて破談になれば、その後に再び迎えることになる新たな家探しの面倒くささは、自分にとっては心的に、値切ろうとした額以上の損失となる。買い主負担で外壁塗装をやる場合の分を値切れれば御の字、もしくは一切の値切り交渉が無理だった場合でも、満額で買い付けを入れようと心には決めていた。

やがて女性の担当者が資料を持ちやって来て、商談に入る。満額でも買うつもりでいる自分の心づもりを隠しながらの、極力余計なことは喋らない戦略でいこうとする。

「外壁塗装の費用がいくらになるか、やるかやらないかもわからない状況で損したくないので、端数切りの……」

と、曖昧に伝えてみたところ、「もう少し頑張ってみます」と、担当者のほうから三〇〇万円値下げの提示をしてくれた。あれ、こっちで思っていた額以上に、とりあえずの〝頑張り額〟の幅が大きい。そこから中間を探る戦略を、売主さんか仲介担当者の判断かわからぬが、向こうも考えていたようである。破談にならないライン上でやりとりできているという確信がもて、実質的に購入が決まった。売り出し価格から三〇〇万円低い価格で購入申込書に記入しながら、意外に感じていた。すでに内見希望が複数たまっていて、中にはキャッシュでもいいから買いたいと言っている人もいるというから、値下げ交渉に応じずとも満額で買う人は他にいるだろうに、なぜ値下げに応じてくれたのだろう。

その後担当者と話をしてゆく中でわかっていったこととしては、売主さんご夫妻は社会的にそれなりのお立場でいらっしゃる、大変お忙しい方たちであり、先日内見にうかがった僕が買ってくれそうなのであれば、無闇やたらと内見で家に他の人を入れたくないらしかった。だから本当に、一番手で内見したのが決め手であったのだ。

事業をやられている売主さんは大安を重視する方とのことで、契約日等のスケジュール調整は後日行うことに。その前にそもそも、僕のほうの融資の話がまだまとまっていなかった。

用件を済ませ店舗を後にする。府中のマンションを売ったのが八年前で、それを買ったのは一四年前だから、久々の家の購入だ。通りがかった書店へ入り受験参考書以外のほぼすべてのコーナーを練り歩いているうちに、不動産投資の本が置かれている一角にさしかかった。五年前に、別荘や不動産投資についての本をまとめて買ったこともあった。今回の家の購入をもって、紆余曲折《うよきょくせつ》経たそんな旅も、終わろうとしている。

本契約

購入申し込みをした日から一週間後、妻が約一ヶ月半の語学留学のため、台湾へ旅立った。その間に住宅ローンの事前審査が通り、売主さんが費用を負担しての外壁塗装を行うという前提での、正式な売買額も確定した。ローン本申し込みのため税務署へ納税証明書を受け取りに行ったら確定申告期でものすごく混んでおり、事前のオンライン申請が意味ないくらい待たされた挙げ句に取得したりと、準備を進める。

そして迎えた三月の大安日。本契約のため、印紙代の六万円と実印を持参し、不動産会社の店舗へ一人で赴いた。売主の男性はスーツ姿の秘書らしき方と一緒に来ており、名刺をいただいて驚いた。事業をやられている方、とは聞いていたが、自分が利用しようかどうしようか数ヶ月間うっすらと迷っていたサービスを提供している、上場企業の社長さんであった。

「家を気に入っていただけたとのことで」

売主さんから言われ、僕は「そうです」と受け答える。仲介に入っている担当者の話していたとおり、家を気に入ってくれて買えそうな人、というのを大事にしている方なのだろうなと感じた。自分がその立場だったら、高く売れそうな人たちの間で競らせてしまうだろうが、それをしないのも、本業の事業でお稼ぎになられているからこその余裕なのかもしれない。もしくは、人生経験からくる達観か。比べてしまうと僕はまだまだそういうところが足りないため、見習いたいと感じた。

本契約の手続きを進めた後、期日までに払う必要のある手付金の数百万円を、銀行のオンライン決済で振り込み、先方からもオンラインで確認していただいた。それでこの日の予定は終わり。売主さんと次にお会いするのは銀行決済・引き渡しのときであるが、春の需要期で外壁塗装が終わる目処《めど》がまだはっきりとはついておらず、銀行決済・引き渡しは六月になるのではないかと予想されていた。まだ三ヶ月ほど、待たなければならない。

店舗をあとにしばらくすると、手付金を払い、家の購入が決定づけられたことで、ついに大金を使うことが決まったという爽快感を徐々に感じだした。小金を稼ぐようになって以来、七年半にわたり消化不良感がつきまとっていたことに、事後的に、体感的に気づいた。

俺はちゃんとお金を使ったぞ！

派手に浪費するでもない自分がようやく、使い途《みち》を見つけ、ちゃんと使った。時にはなにかを犠牲にしたりしながら、なんのためにあくせくやってきたのか？　こういう用途のためである。お金は、将来色々選択肢があるという可能性を可視化したものだ。しかし年齢を重ねても永遠にお金という形で〝可能性〟を先送りし続ければ、使わずに死を迎えてしまう。家を買うための手付金の支払いは、曖昧な未来の可能性を期待して行動を先延ばしにするのをやめたことによる解放感をもたらした。

台湾にて

一ヶ月強にわたる一人暮らしを送りながら、一三年ぶりにスノーボードへ出かけたり、昔のような質素な食生活や運動で体重を落としたりしつつ、静かに小説を書く生活を送る。時折、公園を散歩したついでに足をのばし、もうすぐ自分のものになる家の様子を見に行ったりもした。本当に格好いいデザインの家で、楽しみで早く住みたくて仕方なかった。

それと、利用するかどうか迷い続けていた、売主さんの会社で提供しているサービスを、利用し始めた。利用してみると自分のニーズにあっていて、もっと早く利用すればよかったと感じた。そういった面でも、今回は色々とご縁があったように感じられる。

語学学校のプログラムを修了した妻と合流すべく、三月下旬に僕も台湾へ渡った。五泊六日の旅行となるが、ホテルは三日分しか予約していないという気楽さだ。台北から700T型の新幹線で台南へ向かい、一ヶ月以上ぶりに妻と再会した。台湾人の友人ご夫妻に案内してもらいその日は果物屋や牛しゃぶの店へ行き、翌日は台中、その次の日は東の花蓮へ行った。

四日目、花蓮の海沿いのホテルからバスツアーで太魯閣《タロコ》へ向かった。ガイドは台湾語だけだったが、すっかり台湾語が上達した妻に訳してもらえるから、集合時間等もちゃんと把握できた。僕も、トイレをあらわす「シショチェン」だけは敏感に聞き取れるようになった。

太魯閣渓谷は、蛇行した川沿いに高さのある岩壁がそびえたつ、神秘的で迫力のある場所であった。岩の屋根やトンネルをくぐり抜けるような遊歩道を歩き、上のほうまで行ったあと、引き返して川面に近い低地に近づいてきた際、僕は妻に言った。

「あの家買った」

「……えっ？」

先月頭に一緒に内見に行った家の本契約をし、手付金を払ったのだと報告すると、妻は「いきなり？　このタイミングで⁉」と驚きながらも喜んでくれた。

理想をいえば、ドッキリ映像でも撮りたかった。一緒に台湾から帰国し賃貸マンションに帰ってみても家の中ががらんどうになっていて、「あ、間違えた！」と言った僕がスーツケースを引き妻を連れてまたしばらく歩き、家具が全部搬入されてある新居へ招くというように。本気でやるつもりだったが、外壁塗装の関係でそれが間に合わないため、太魯閣で報告した。その日は蘇澳《スーアオ》鎮の、客室内に温泉と冷泉が両方あるホテルへ泊まり、次の日は台北へ行き一泊し、翌朝日本へ帰った。

旅行中に妻が台中の「宮原眼科」という現代的に洗練された菓子と茶の店で、綺麗な茶筒の赤と白の色違いをそれぞれ手に取って、買いたそうにしていた。ただ、狭い家には置いておくスペースがないでしょうと僕が真っ先に言いそうな物であったから、彼女は諦めようとした。そこで僕のほうから、二つとも買ってあげると申し出てきたので驚いたが、家の本契約のことを知って、合点がいったそうだ。新居に引っ越すのはまだ先であるが、今までとは段違いの広さを有する戸建てに引っ越すことのメリットを、僕らは旅行先での買い物を通じ早くも実感していた。

長く待った末の銀行決済・引き渡し日

しかし手付金を払ってから、待っている時間は長かった。

四月には母や叔母たちを連れハワイ旅行へ行き、五月には出演する文士劇の練習で盛岡へ行ったりした。その間、白い家に対する熱が冷めることもなく、相変わらず早く住みたいという気持ちは強かったから、時の経過が遅く感じられた。

外壁塗装の完了目処がつき、六月頭の大安日にようやく銀行決済・引き渡しの運びとなった。引っ越し業者の見積もりに来てもらい、今住んでいる賃貸マンションの解約申し込みをする。それにしても、今回は人生初の解約二ヶ月前通知物件だったのだが、これはどうにかならないものか。物件の貸主が借主より、解約日起算の一ヶ月ではなく二ヶ月も前に通知されなければならない必要性などどこにもない。だいたい賃貸マンションを渡り歩いている人は次の物件が決まってから引っ越すのだから、二ヶ月前通知だと丸々一ヶ月分以上の家賃が無駄になる人が多いはずだ。敷金精算の東京都条例（賃貸住宅紛争防止条例）なんかよりよほど優先的に、借主から貸主への解約二ヶ月前通知縛りを禁止にすべきだ。

小雨が降っている日、決済・引き渡しのため都心のメガバンクへ向かった。売主さんご夫婦と、僕ら夫婦、不動産会社の担当者に銀行の面々でフロアの一区画に集まり、決済や書類の手続きを済ませた。鍵を三組ぶん引き渡されると、売主さんたちが先に出て行かれた。

「奥様、サイン頼まれませんでしたね。どうしてでしょう」

すべて終わってから、不動産会社の担当者の女性がそう言った。なんでも、内見に行った日、僕と別れた担当者が家に戻って報告をした際、ご婦人は僕が小説家の羽田圭介だと気づかれていたのだそうだ。しかも本もいくつかお読みいただいたことがあるとのことであった。その後で住宅に関する僕のインタビュー記事を読まれたのか、リビングから離れたところに独立した書斎を設けたいというこだわりがあることも知り、売ろうとしている家がそれにあてはまっているため、買ってくれるといいな、と話されていたのだそうだ。

ただ、僕が素性を知られているのを嫌がるタイプかもしれないと気遣われたのか、結局売主さんご夫婦は本契約が済んでも、そのことについては触れずに帰ってしまわれた。

帰宅してから、荷造りを始めた。引っ越しは二日後だった。

新居への引っ越し

特に繁忙期でもない平日の引っ越しだったので、トラック一台のフリー便で引っ越し業者を手配していた。

直前になり、二番手での作業になると告げられたが、そんなことは今までもあったので、別に朝イチじゃなくてもいいと、むしろ梱包が終わっていない可能性があるから午後二時くらいの到着だったらこちらとしても助かるくらいに思っていた。毎度のように、このタイミングでしか掃除できない冷蔵庫の内部を、アクリルやガラスの部品を全部外し、徹底的に洗浄する。前回の引っ越し以来約二年分の汚れがとれたが、思っていたより汚くはなかった。それだけ、引っ越し過ぎだということでもある。中古販売できるくらい冷蔵庫を綺麗にし終わってからもだいぶ時間が経ち、午後三時を過ぎても業者が来ない。

「ガスの開栓立ち会いがそろそろ来ちゃうから、先にあっちの家に行っててくれる？」

僕が頼むと、妻は最低限の荷物を持ち、自転車で白い家へと先に行ってくれた。向こうの家には家具がなくとも中二階に和室があるので、小上がりの畳スペースでごろごろはできる。

ソファに寝転びながら、大きな窓から差し込んでくる夕日と壁にうつる葉々の影なんかを眺めているうちに、ようやく引っ越し業者から電話が入り、間もなく到着した。午後四時三分であった。

搬出が終わり、トラックの中を整理しているのを横目に僕も自転車で新居へ行くと、妻が和室の畳スペースで寝ていた。彼女が買ってきてくれていたおにぎり専門店のおにぎりをその場で二個食べる。前の現場から直行してきたという作業員の方々ももう少し休憩時間をとるかと思いきやすぐにやって来て、搬入作業が始められた。ワンフロアではないエレベーターなしの戸建ては、階段だからやはり大変そうではあった。ただ、階段の踊り場等であっても、大型家具をいったん逃がせるスペースも多いため、作業の大変さは狭いマンションへの引っ越しとどっこい程度にも見受けられた。

「参考までに、なんで前の現場が終わるのがあんなに遅かったんですか？」

撤収作業が始められた頃合いで、顔を合わせるのが今回で三回目で互いに顔を覚えてしまったリーダーのような人に、訊ねた。

「営業の人間の見積もりが、甘かったんですよ……。荷物の量に対し人が足りず、時間がかかってしまいました」

てっきり、依頼客の荷造りが終わっていなかったのかと思っていたため、その返答は僕にとって意外なものであった。

作業が全て終了したのは、午後九時二〇分だった。空腹で、台所用具も段ボールに入ったままなので、午後一〇時過ぎに駅前のそばチェーン店まで行き、僕は白髪ネギ鶏キムチトッピングのざるそばを食べた。そのそばチェーン店なんて、人生二度目くらいの来店じゃないだろうか。引っ越しの時はこうしていつも、普段行かないような店へ行ったり、食べたことのないものを食べたりする。引っ越しから数日経ち、日常が普通にまわりだしたら二度と行かなくなるような店というのが、今まで住んできたどの街にもあった。

帰宅後荷ほどきを再開し、とりあえず段ボールを次々と開け物を可視化させてゆく。車の移動は後日行うため、空っぽのビルトインガレージにバラした段ボールを無造作に置いてゆく。土足でそういうことができるスペースがあるのが本当に快適で、早くも戸建ての良さを体感した。

さすがに今日はもういいだろうという段階でシャワーを浴びる。ライトアップされた中庭に面した、艶消しグレーの大判タイル張りの床や壁の質感には、疲れた身体でシャワーを浴びながら感動した。思えば、

最上階の書斎。 広く明るく、壁面収納がなく自由にレイアウト可能。

一人で住んでいた高層マンションの内装材の偽物感に不満を抱き始まった家探しであるから、樹脂や木目調フィルムだらけではない本物の内装材が醸しだす質感に自分が満足するのは、当然だ。

家具の配置も決めていないところだらけで、風呂上がりの動線に迷った。下着類はどこに置けばいいのか。半地下室を寝室にし衣類を全部そこに置きはしたが、上階にいるときに一階の風呂に入ろうとしてわざわざ半地下へいったん下るのも無駄な動作が多い。まあ、一階各所には奥行きが浅めの壁面収納はあるし、後日考えよう。

半地下室はシングルベッドを二台置くとその両端に、壁面ランプシェードと無段階調光ダイヤルが位置する設置になっている。引き戸の素材も木の無垢材で、金具は真鍮《しんちゅう》製で鈍い光を放つ。持ってきた家具を雑に置いただけの状態なのに、既にリゾートホテルのような雰囲気を放っていた。こんなところに本当に住めちゃうんだね、そうだね、というような感想のやりとりをしながら、就寝した。

表札

細かな調整を残しつつ、荷ほどきは翌日の昼までに終了した。家の中が不完全な状態だと生活も仕事も不全感がつきまとうので、いつもさっさと片付けてしまう。段ボールはすべて縛ってまとめてガレージの壁に立てかけた。

引っ越してから買おうと思っていた生活用品をいくつか通販で注文しつつ、配達業者の方々が間違えないためにも、戸建てでは表札が必要なことにも気づいた。正直なところ、通りがかりの人たちから見えるようなところに苗字を出したくないという気持ちは強い。著名人の豪邸だと表札がなかったり、あるいは監視カメラが向けられている門にローマ字でものすごく小さく彫ってあるだけというケースもある。自分はどうしようか。いずれにせよ、ちゃんとした表札はすぐにできるものではない。とりあえず、引っ越しで使ったガムテープをちぎり前住人の名前の上にかぶせて貼りつけ、油性マジックで「羽田」と書いておいた。

午後に駅近くの貸し会議室で取材を受けるため、ビアンキを漕ぎ向かう。最寄り駅は変わらないまま、そこへの道のりが少し変わった。賃貸マンションの立地よりは、徒歩で数分ほど駅から遠い。

取材を終えて帰宅後、書斎の整理作業に取り組んだ。最上階の九帖以上ある部屋は広く明るく、開放的であった。以前のマンションの、妙に寒く仕事をする気にあまりなれなかった北向きの書斎とは雰囲気が違う。

四方に小窓やスリット窓があり、中庭をはさんだ向こうのLDKにいる妻に手を振ってみせたりする。『となりのトトロ』の序盤で田舎の新居に引っ越してきたサツキとメイみたいに、新鮮な建物の構造を最初にそうやって楽しむのは当然なのだが、書斎にいるときにLDKからの視線が筒抜けなのは気になる。どうせこれからほとんどの時間、書斎の中庭に面したブラインドは七割ほど、閉めることになるのだろう。

ご近所挨拶

中二階の和室の作り付け収納棚の天板上には、伊勢丹で買った和菓子屋の紙袋が七つ残っている。夕方になって、夫婦でご近所への挨拶回りを再開することにした。

昨晩引っ越しの搬入作業中に既に、ご迷惑をおかけするかもしれない近隣四軒のお宅へは挨拶し終えていた。これまで頻繁に引っ越してきて、賃貸住まいでも両隣くらいには一応、迷いながらも粗品を持って挨拶しに行くことが多かった。やらなかったことも二度くらいある。しかし今回は実家以来の戸建てで、しかも持ち家ともなると、そこを曖昧にせずちゃんとやったほうがいいのではないかと思い、雰囲気の良い住宅街に住んでいる人たちにタオルや洗剤を渡して回ってもあまりにも工夫や誠意がなさすぎるだろうと、伊勢丹でまとめて買っておいたのだ。立地の関係で、自宅から近隣といえる家が非常に多く、九〜一一軒ぶんくらいは挨拶しておいたほうがいいと見当づけた。

昨晩、夕飯が終わった頃かなと思い挨拶しに行ったご家庭では、インターフォン越しに子供たちの声が聞こえ、僕より数歳上くらいの男性が出てきた。

「あの家に引っ越してきました、羽田と申します」

そう挨拶しながら紙袋を渡す。

「あ、ひょっとして、テレビとか出てる方ですよね？」

「はい。まあ、たまにですけど」

そんなやりとりがあったりした。残りの挨拶を今週中に済ませようと、平日の夕飯前の時間に再開する。儀礼的なことを面倒くさがる性格ではあるので、やる前は億劫《おっくう》さもあったものの、挨拶してまわる方々が皆さん穏やかで親切そうな方々だったので、やって良かったと感じた。こういっちゃなんだが、やはり固定資産税も高い、雰囲気の良い住宅街で戸建てをかまえて住んでいる人たちの中に、変な人はいないようだった。

さらにいうと、そんなエリアでも菓子折を持って挨拶しに来る二〇代と三〇代の夫婦は今時珍しいのか、わざわざご丁寧にすみません、と軽く驚かれるような反応を度々された。

一軒、六〇代くらいの女性と八〇代くらいの女性がご在宅だったお家へ挨拶しに行った際、六〇代くらいの女性から、私は現在この地域の町内会の理事だか会長だかを任されていまして、と告げられた。

「特に面倒なお願い事もないので、町内会にお入りいただけませんか？」

上品な雰囲気のご婦人からお願いされた。

「子供が生まれたりするまでは、そういうのは入らなくていいかなと思っておりまして」

と、僕は笑顔で断った。そうですか、と笑顔で応えてくださったご婦人に再度挨拶し、良い地域に引っ越してきたなと実感しながら清々しい気分で自宅へ戻った。

夢のビルトインガレージでの攻防

後日、車を取りに前住居へ歩いて行く。運転し新居に着くとリモコンでビルトインガレージのシャッターを開け、車を尻から入庫させた。終わってから、ガレージと居住部分を隔てる木製の白い引き戸を開け、住居側から振り返ってみると、BMWの純正ホイールとフロント回りの青いボディが四角く切り取られのぞけているのが格好良かった。モダンな家の中にいながらこんなに間近で愛車を見られるだなんて、感動した。

ただ、車が入っていないがらんどうの状態でこそ、段ボールやその他の物を適当に置いたり作業できたりする自由な屋内スペースとして機能していたガレージだったが、車を入庫させてしまうと当然のごとく狭くなる。庫内に壁面収納こそあるものの、車の保管以外の用途で特になにもできない空間になった。バイクを置いてはおけないし、各種の整備だって無理だ。車と白い壁の両方を傷つけないよう、ガレージ内ではそろりと移動する。それでも、家の一階居住スペースから眺めるBMWのフロントホイール回りが格好良く見えるため、ガレージとを隔てる引き戸は開けたままにしておき、玄関近くを通過する度にそこへ目がいき、満足な思いに浸った。

これまで住んできたどの家よりも広い戸建てとはいえ、無限の広さがあるわけではないと、引っ越して一週間以内には気づいてゆく。各所の収納にまだまだ余裕はあるが、適宜整理は必要だ。注文した高圧洗浄機

ケルヒャー等を迎え入れるためにも、ガレージの壁面収納を整理しよう。夜に玄関でサンダルをつっかけ、仕切りの引き戸を開けたままにしてある地続きのガレージへ入り、照明をつける。すると、防水処理の施された床のシャッター近くから、黒い三センチほどの影がさーっと移動し、車の前輪近くで止まった。久々に目にするその存在に、僕も動きを止めた。

長い二本の触覚をセンサーのように動かしているように見えるのは、そう、あいつだ。だがやがて、人の気配や明かりを嫌がったのか、黒いそいつは、閉ざされたシャッターと地面の隙間から外へ出て行った。勝手に帰ってくれたのなら、こちらもそれ以上の文句は言わない。

そして翌日の夜も、この家では使わないカーテン等、湿度や温度の管理にあまり気を遣わなくていいものを壁面収納にしまおうと、ガレージに入り明かりをつけた。するとシャッター近くに黒光りするあいつがおり、壁沿いに走ってきたため、僕は反射的に玄関へと後退し引き戸を閉めた。まさか二日連続で遭遇するとは。昨日のあいつより少し大きかった今日のあいつは、外へ逃げずさらに内へと入ってきた。ずっと虫とは無縁のマンション暮らしだったため、殺虫スプレーなど持っていない。ただ、身体を油膜に覆われたあいつは洗剤をかけたら窒息死すると、中華料理店でのアルバイト経験がある高校の化学教師にかつて教わっていたため、風呂場から泡洗浄スプレーボトルを持ってくる。スリッパから靴に履き替えて、用心しながら引き戸を開け、ガレージ内に入ってすぐ閉める。

閉ざされた空間の中に、僕と黒いあいつの二体だけがいる。リドリー・スコット監督『エイリアン』終盤の、脱出船内のシーンそのものだった。入りこんでしまっていたあいつを退治すべく、殺すための専用の武器もなしに、頑張らなければならない。

そのとき、視界の端を走る黒い影に目がいった。黒いそいつは床伝いに、壁面収納の引き戸が開け放たれた部分から壁面収納の中に入ろうとしていて、そうはさせまいと僕は反射的に引き戸を閉めたが、間に合わなかった。あいつは壁面収納の中へ入ってしまった。

洗剤ボトルを持った僕は気配を殺し身構えながら、一息に壁面収納の引き戸を開ける。動体反応はなく、視界は静寂のままだ。そしてすぐ、引き戸のレール上に、落ち葉のようなものがあるのに気づいた。近づいてよく見ると、潰れているさっきのあいつだった。僕が引き戸を閉めた際、ローラーに轢《ひ》かれて死んだのだ。亡骸《なきがら》を外に捨てた。

ただこれで、シャッターを閉めていても、ガレージ内には虫が入ってこられるということがわかってしまった。だからその日以降、居住スペースとガレージとを隔てる引き戸を開けたままにしておくなどということはなくなった。家の中からの車鑑賞ライフは、ものの数日で終了した。

デザイン重視の採光窓の問題

中二階には広めのトイレと、和室がある。和室といっても九畳強の面積の半分以上はフローリングで、一部分が小上がりになった畳スペースの、床下が引き出し収納になっているというものだ。畳スペースとフローリングを、障子戸で区切ることもできる。スポットライトや壁面照明などもあわさり、中庭がのぞけることは木の温《ぬく》もりが感じられる現代の和旅館のようなテイストであり、寝室として利用してもいい。

ただ誤算だったのは、内見時には広く見えた畳の小上がりも、シングルの敷き布団を二組置くだけのスペースはなく、あくまでも一人用、もしくはセミダブルを一組ぶんの余裕しかなかった。興奮していた内見時にはわからなかった見落としだ。

とはいえ、畳の小上がりに布団一組、なんならフローリングにはシングルベッドが二台置けるので、やろうと思えば三人分の寝具は置ける。というわけで試行錯誤してみようと、二人分のマットレスだけを、半地下から中二階の和室へ運んだ。夜を迎え、まるで旅館じゃないかと喜んだ。願わくば、前オーナーさんたちが切ってしまった木をまた中庭に植え、和室からそれを眺められるようにすれば完璧だ。どんな木を植えようかと夢想しながら、六月も下旬に入っていたこともありクーラーを弱めにかけ就寝した。

翌朝、かなり早く目覚めた。まだ寝足りないが、環境がそれを許してくれなかった。朝日が、東側の縦に細長いスリット窓から差し込んでいる。やがて気づいたが、ちょうど夏至の日だった。一年のうちで最も昼の時間が長い日。つまりは日の出も早い。よりによってそんな日に僕らは、窓に遮光のためのなにもかかっていない部屋で、寝ていたのだ。

無理矢理二度寝しようとし、それも諦めすぐ起きてから、二カ所のスリット窓の遮光をどうしようかと検討する。天井に、そこに以前なにかつけられていたような形跡はない。跡を残さずつけられるものといえば、窓枠の内側から突っ張るような形で取り付けるロールスクリーンだろうか。だが、採光にこだわったモダンな教会のようなお洒落な窓に、カーテンやブラインド、ロールスクリーンなんかをつけてしまえば、部屋のデザイン性が崩れ一気に魅力が半減しそうな気もする。どうしたものか。

採光窓の問題でいうと、寝室として使っている半地下室にも、ネックとなっていることはあった。部屋の上半分にだけ横に長い小窓が二つと、縦四〇センチ×横六〇センチほどの採光窓も二つ壁についている。小窓二つについている木製ブラインドを閉じればじゅうぶん暗くなるのだが、採光窓二つには和室のスリット窓と同じく遮光のものはなにもついておらず、明け方になるとそこから光が差し込んできた。

和室の縦長のスリット窓と比べれば、面積自体は狭いから、まぶしさも我慢はできる。きちんと朝に起きて通勤・通学するような人たちであれば、日の出が早い時期であっても規則正しい生活のためのちょうどいい自然な目覚まし程度の採光で、部屋をほんのり明るくしてくれる。

ただ、日によっては朝遅くまで寝ていたりもしたい自由業の自分は、やはり暗闇の中で寝て、自分のペースで起きたい。かといってロールスクリーン等を設置しようとすれば、塞ぐ面積が狭いだけにレール等の部品が必要以上に目立ち、かなり不格好になってしまうだろう。

どうしたものか。僕が知らないだけで、適した遮光方法があるのかもしれず、それを見つけるまでの暫定的措置として、使っていなかったクッションを二つ持ってきて、二つの採光窓に押し込んだ。完全に光が遮られた。ダサくなったが、仕方ない。

自由に使える自分の土地

前の住居が狭めだったこともあり、専用の段ボールに梱包して送る方式の貸倉庫に、数箱分の所有物を預

上段：半地下の寝室
下段：遮光のため採光窓にはめたクッション

けていた。せっかく広い家に引っ越したのだから月額合計数千円分の保管料を払い続ける必要もなかろうと、倉庫内の荷物を全て自宅に戻すオーダーをした。宅配便で届いたそれらを、物置や壁面収納やらに振り分けていった。すぐに必要でない物を預けていたとはいえ、本やCD、その他日用品など、やはり手元にあると、手に取ってみたりするものだ。

所有物をひとまとめにしたいという願望が、なんとなく自分の中に在り続けた。それも視覚的に。だから家の中に、自著の見本からインタビュー記事が載ってる新聞といった保管物や、車やバイクといった乗り物まで、すべてが自分の所有する敷地内に収まっているというのが、なんとも心地良い。

マンションという仕組み自体、買ったとしても土地の割り当て分という概念がかなり観念的なものであるが、戸建てだと区画内は一〇〇パーセント自分のものだとはっきりしている。当然、そこになにをどれだけ置いても構わない。専有部分や共有部分という区分けもない。それこそが土地をもったことによる根城感のようで、実際にやってみるとこんなにも精神衛生上すっきり爽快なことだとは。

自分の土地の植栽部分をどうにかしようと、書店で庭木に関する本を買ってくる。一〇年ほど前に観葉植物についての本は沢山買ったが、ついに庭木の本を買うとは。人生が進んだことを実感しつつ、どんな植栽にしようか考える。とりあえず、何も植えられていない中庭には、秋に紅葉するという、コハウチワカエデを植えることにした。カエデ属の特徴を有した繊細な葉の形と影を、楽しんでみたい。やがてネット販売で注文し、その間にも中庭の四角く切り取られた土を掘り返し、以前植えられていた木の根の残骸や石などを取り除き、土壌改良しておいた。

ご近所との交流

ある平日の夕方、家で一人仕事をしているとインターフォンが鳴った。モニターには小学生くらいの女の子が映っている。出ると、「じゃがいもをおすそわけします」とのことだった。なんだ?

外に出ると、女の子とお母さんがいて、主にお母さんが説明してくれた。女の子が通っている小学校が近くの農家と提携している関係で、じゃがいも掘りの授業があったらしく、そこで獲《と》れた収穫物を、おすそ分けしてくれるというのだ。どうやら、以前挨拶で渡した和菓子へのお返しっぽい。

「ありがとうございます」

じゃがいもの入ったビニール袋を渡された僕は、突然のことに小学生に対し敬語でお礼を言ってしまった。お母さんに言われて来たのであろう女の子は一安心といった様相で、互いに会釈しながら別れた。ドアを閉めてから、朗らかに満たされた心で僕は思った。

これは、ご近所付き合いというやつではないか。

子供だった実家時代にも、親たちの営みによりなされていた、あれだ。学校や仕事関係なしの、ただ近所に住んでいるというだけで生じる、人間関係。それも一部の閉鎖的な田舎のように監視しあっているわけでもない、たまに気が向いたときに気軽におしゃべりするくらいの、都市部のいいとこ取りのご近所付き合いが、これから生活の一部になっていくのではないか。夜に帰ってきた妻に報告すると、女の子かわいいと喜び、夕飯にじゃがいもの料理を作ってくれた。食べながら、またなにかお礼をしようかと話す。

新居に越してきて以降、駅近くの賃貸マンションに住んでいた頃より歩かざるをえなくなったということもあるが、どこへ行くにも近所の大きな公園を歩いて散歩するようになった。結果として自然や季節を感じるようになり、一日の歩数が増え、体重は少しずつ減っていった。木々が揺らいでいる空間特有の癒やしは、創作者のひらめきにも良さそうな気がする。

前と同じ最寄り駅で立地をあまり変えないまま、広い家に住んでみて、幸せが増した。この世の多くのことはだいたいプラスマイナスゼロに近いと感ずることの多かった僕としては、単純に増加する類の幸せというものがあるのかと、新鮮味をもって感じていた。以前は豪邸を買うためにと色々な投資をやっていたが、小説家の自分にとって、こうして最高の環境を得るのが、最適な投資だったのだ。微笑ましいご近所付き合いも生まれたことで、地に足着いた人間になっていっている心地がして、心の健康にも良い。白い家を買って良かったと、つくづく実感した。

夏の暑さ

引っ越してきたのは六月頭だったが、下旬にも入ると暑くなるいっぽうだった。特に最上階の書斎と、スキップフロアで下った先である二階のＬＤＫが、屋根の真下だから暑い。

それらの空間は部屋なので、引き戸を閉めエアコンをつけてしまえば涼しくなるものの、半地下から三階に至るまで続いているスキップフロアの階段や廊下の空間が、上階に行くほど暑いままだった。エアコンがついていないから仕方ないが、かといって各部屋の戸を開けたままエアコンを稼働させても、冷気が上から下へ流れるため、冷房効率が悪すぎる。だから当然、エアコンをつける際は省エネのため部屋の戸を閉じるのだが、そうするとたまに通る階段や廊下が暑いままだ。温暖化が酷いから、もはや窓を開けて涼をとるという概念は捨てている。

ＲＣ造のマンションではなく木造戸建てだから仕方ないのか、と感じたものの、夜に外出先から帰ってきて、冷房をかけていなかった自宅の上階が外より暑いなんてこともざらだった。それにはさすがにおかしいと思わざるをえない。コンクリートでもない木が、日中に日差しを受けてこんなに蓄熱するものなのか？もう十数年前に出て行き今は売り払われたかつての実家の木造戸建てでの夏を、思いだす。今より温暖化が進んでおらず、自分も一〇キロ以上痩せていたとはいえ、屋根の下にあった二階の自室もここまで暑くなかったぞ。

思えば、あの埼玉の建て売りの家には、無個性な四角錐《すい》形の屋根があった。大学四年の頃、江戸川乱歩著『屋根裏の散歩者』を読み自分の小説との共通点を見出《みいだ》し、それに着想を得た小説でも書こうかと考えた僕は二階和室の押し入れ上段から屋根裏を覗いたことがあるが、暗がりの中は断熱材がびっしり敷き詰められていただけでなく、空間自体が広く、二月だったのに暖かかった。つまりそれだけ、居住スペースとワンクッション隔てた空間が、断熱では大事なのだろう。僕が買ったこのモダンな四角い家には、それがない。半地下を掘ってまで容積率の中で最大限床面積をとろうとしたため、デザイン性も兼ねてそう設計されたわけだ。

家の図面を参照すると、当然天井に断熱材は入っていた。屋根裏部屋なんかと比べれば、エアコンなしでもまともな気温が保たれる。しかしやはり、三角や四角錐だったりする日本のオーソドックスな家屋に備わっている屋根がないと、上階の断熱性が低くなるのは避けられないのだろう。

毎晩一階の風呂でシャワーを浴び、階段を上るにつれて身体が暑さにつつまれ、二階のＬＤＫに入ってすぐ冷凍庫から取りだした氷首輪を首に巻き、ダイソンのサーキュレーターの前で涼む。ちなみに、痩せている妻はそんなことしなくとも風呂上がりに汗をかいたりはしていない。僕の場合はそこで十分身体を冷やしてから、次の行動にうつる。

夜のうちにゴミを外に出しておこうと階段を下ると、それで汗が出てシャワーを浴びた意味がなくなったりする。専用のペールボックスはまだ買っていなかったので、カラスや猫対策で蓋付きの四角い密閉バケツにゴミ袋を押し込み、屋外の駐車スペースに出しておく。ゴミ出しは当日朝厳守だった府中のマンションを除き、ここ一〇年ほど住んできたどのマンションでも、共同のゴミ置き場に好きな時間にゴミを出しておけば勝手に回収してくれたから、曜日ごとに回収される種類の異なるゴミのことを、毎夜、毎朝考えねばならないというのも、わずらわしかった。これが戸建てに住むということかと、住んでみてわかった。

芝生を植えながら

夕方に歩いていて、近所のだだっ広い日本家屋の豪邸の白い塀を、黒いあいつがだーっと駆け抜けていったのを見かけた。ここら一帯はひょっとしたら、近くの公園等自然に恵まれているのと裏腹に、夏場は虫が出やすいのかもしれない。黒いあいつの生態について調べると、毒餌を食わせて外で死なせるのが最も有効で、あとは水気や暗闇を好むので、陰になる部分をなるべく作らないようにするといいとあった。

中庭をのぞき、建ぺい率ギリギリで建てられた家に庭らしい庭はないものの、屋外駐車場を囲むように外構には植栽がしてあった。僕の股下ほどの高さで半分樹のような、冬の寒さにも夏の暑さにも耐えられる、名前のわからない、住宅街や公園等いたるところで見る外構の植栽専門といってもいい植物だ。特に好みというわけではなかったし、そこの陰に虫が潜んでいたりするのにも気づいたので、黒いあいつの隠れ場所をなくすためにも、それらを抜根して芝生を植えてしまうことにした。

人生において芝について考えることなどなかっただけに、新たな知識が新鮮だった。中でも、見栄えやメンテナンス性において、高価格なものの、トヨタ自動車が開発している「ＴＭ９」という高麗芝が良いとのことであった。まるで国際条約かなにかで禁止されている爆弾兵器かのような名である「ＴＭ９」を、インターネット通販から必要な面積分注文した。暑さで枯れるのを防ぐためクール便で発送されるとのこと。

届くまでの間に、既存の植物にまずはアミノ酸系の液体除草剤をかけておき、三日くらい経ち干からびてきたところで土から引き抜く。ノコギリで裁断しながらのその抜根作業が結構な重労働で、二日間にわけて行った。芝は土壌改良がすべてだという知識を得ていたので、芝の根が柔らかい土の深くまで伸びてくれるように、外構の土を耕してゆく。

シャベルを突っ込んでわかったことであるが、小石どころか大きめの石、はては割れたレンガやガラス、ペットボトルのキャップや空き缶など、おそらく建築時に紛れたのであろうゴミも土中には埋まっていた。今回のために買った円形の園芸用ふるい器に土をのせては、石やゴミをさらい、屋外駐車場のコンクリートの上に分別してゆく。土塊は細かく砕きふるい、土に柔らかみをもたせる。まるでお菓子作りだ。炎天下で黙々と作業していると、犬の散歩で出てきた近所の人たちから挨拶されたりもした。

牛肥や腐葉土、石灰なども混ぜ、一週間ほどかけふかふかの土へと土壌改良し終えると、芝を植える前に、大きな鉢に入れてある二つの植物を地植えしておくことにする。新婚祝いのように買ったオリーブ・ネバディロブランコもそうであるが、特に独身だった二七歳のときに迎え入れ、マイナス一〇℃にも耐えるその頑丈さにより、狭い家に住まざるを得なかった頃もとりあえずベランダに出しておき雪の日も猛暑日も耐えてきた珍種のユッカ、グロリオサ・バリエゲイティッドを、空気を含んだ柔らかい土に地植えしてやれるのは、感慨深くもあった。

葉が落ち弱っていたオリーブを鉢から取り出してみると、僕の身長ほどある樹高に似合わず根の部分がかなり減っており、鉢の中にコガネムシの白い幼虫が五匹くらい入っていたことにも気づいた。根が食われまくっていたから、黄色っぽい葉が増えていたのだ。

自宅敷地と私道の境界あたりの隅に、餌に集まったのか小さな茶色い蟻が群がっている一角があったので、そこにコガネムシの幼虫を数匹落としてみた。するとたちまちのうちに蟻がたかり始め、幼虫は蟻を振りきって必死に逃げようとしていた。ところが蟻たちは、数で圧倒してくる。そんな光景を観察するのは小学生の頃以来だろうか。虫を虫に殺させるのは面白いなと、なんとも野蛮な遊びに興じる僕は、植栽作業も中断し完全に見入ってしまった。

初夏の午前中か夕方かに連日行っていた外構作業期間中、黒いあいつには何度か遭い、慣れていった。あいつを家に寄せつけないように芝生化作業を始めたということは、あいつと遭遇したくないわけだ。そうであるにもかかわらず、近くにいたあいつが敷地の外に逃げようと跳んだのを、わざわざ追いかけ、着地したところを靴裏で踏み潰したりもした。暑さで判断力が鈍っていたとはいえ、考える間もない、反射的な殺戮だった。嫌いなあいつから目をそらすどころかむしろあいつを追いかけまわしているという、倒錯した状態だ。自分はいったい、なにをしているのだろう。

土曜日の午前中に芝植えのための作業を行っていると、引っ越し直後に挨拶しに行っても空き家だった近くの家から、僕より五歳ほど年上に見受けられる男性が出てきた。そういえば数日前から、子供が数人いる家族が越してきていたことに気づいていた。一家のお父さんである男性は、なにかの作業で通りかかったついでで、僕に声をかけてきた。

「こんにちは。引っ越してきた◯◯と申します」

「こんにちは。羽田と申します」

口頭でひとまずはといった感じで会釈に毛が生えた程度の挨拶を交わすと、男性は家の中へ戻っていった。

外構には芝や、鉢から移したオリーブとユッカだけでなく、みかんや各種ハーブの苗も植えた。中庭へのコハウチワカエデの植樹も行い、白い化粧石で地面を整え見栄えを良くすると、一通りの庭仕事が終わった。

夏に苦労しながらもそれらを楽しんでみて、僕はそういう作業が得意ではあるものの、いつまでも庭仕事をし続けたいわけではなかったのだと気づいた。せいぜい観葉植物の剪定《せんてい》や植え替え程度がちょうど良く、庭のような大がかりなものに対する継続的な管理作業で消耗したくはない。デスクワークをしたり、外に出かけたりして楽しみたい人間なのだと、庭仕事を通して己の性格の診断結果が出たような心地がした。

数日後、僕の不在時に妻が、じゃがいもをくれた小学生のお母さんにお宅の前で出くわし礼を述べていたところ、その隣に三週間遅れで引っ越してきた例のご家族のご婦人も、二階のバルコニーで洗濯物の作業をしながら眼下の妻に「あとでご挨拶しに行きまーす」と言ったそうだ。

だがそこから数週間経っても、三週間遅れで引っ越してきたご家族の誰も、「ご挨拶」しに来ることはなかった。僕は書斎にいることが多く、閑静な一帯で近隣のインターフォンが押され挨拶まわりでもされていたら気づくだろうから、あの一家による近隣への挨拶まわりはたぶんろくになされていないだろう。

僕は冠婚葬祭に履いていく革靴を捨てたほど窮屈で儀礼的なことを面倒くさがるタイプであるから、正式な挨拶まわりがなかったことを不満げに思うなんてことは、普通にしていたらない。ただご婦人が、あとでご挨拶しに行きます、と言っていたのにもかかわらず、しに来ないということに対して、適当なことを言う人なのだなとは思った。さらにいうと、電動アシスト自転車に子供を乗せたご婦人が家に出入りする際など、僕のほうから「こんにちは」と挨拶することはあっても、日常の挨拶だって先方のほうからされたことは一度もない。

そうなってくるとやはり、負の印象は、行われなかった引っ越しの挨拶まわりにまで遡《さかのぼ》って付与される。

「僕たちは熨斗《のし》に名前を書いた和菓子を持参して一軒に挨拶してまわったんですけど、僕らより年上でしように、あなた方それでいいんすか?」と……。

戸建ての特権。手洗い洗車

戸建てならではの醍醐味《だいごみ》として、手洗い洗車をやってみたかった。コイン洗車場を活用した洗車は得意だったので、それをいよいよ自宅で行う時がきた。

夏は暑いし、晴れの日中に行うとボディに水焼けが生じるため、曇りの日の夕方に行うことに。屋外駐車場から自転車とバイクをどかし、ビルトインガレージから出したBMWを屋外駐車場のほうに移す。買ったばかりの、家庭用で最大の威力を誇るケルヒャーのフラッグシップモデルを屋外コンセントと水栓につなげ、まずは車のタイヤハウスまわり、車体下部の汚れを落とし、そのあとでボディ上部から下方向へと水圧で汚れを落としてゆく。それだけでもけっこう汚れが落ちた。久々の洗車なので、ホイールの汚れ落とし剤のスプレーを噴射したあと専用ブラシで丹念に洗い、それを洗い流してからようやくボディ本体の泡洗浄に入る。全体に洗剤の泡をかけたあと、大小の羊毛ムートン二つを手に持ち、ルーフ、ボンネット等上部をすべらせ、続いて側部をパーツごとに手早く洗ってゆく。一旦洗い流したあとで気になるところを二重に洗い、鉄粉落とし粘土でざらざらを除去し、スポンジと水垢落とし剤で水垢を落としきる。

ディーラーメンテナンス時のサービス洗車はわりと丁寧だが、それ以外の業者の洗車サービスは、価格と所要時間の関係で、オプションをつけまくらないとわりと磨き残しがあったりもする。それと比べ、完璧な手順で好きなように丹念に洗車できるのは、戸建てガレージライフの醍醐味といえた。

ただ、道具をちゃんと揃えていたとはいえ、タオルドライを終えるまでに時間はかかった。やり始めてから二時間近くかかり、午後七時を迎えようとしていた。洗車店で機械洗車でも頼んだら、セダンの場合たった二千数百円ほどしかかからないうえにすぐ終わる。ケルヒャーを買うだけでも六万円くらいした。元を取るにはあと何回洗車すればいいのか。そして金銭的なことよりも、今回は鉄粉と水垢落としもあったとはいえ、費やした時間の長さに、そんなしょっちゅう家で洗わなくてもいいかなと思った。そもそも今までだって、車は年に一、二回しか洗っていなかった。

せっかく整えた洗車環境の他に、宝の持ち腐れになりそうな設備は他にもある。ＬＤＫの、ビルトインのミーレ製食器洗浄機だ。ドイツ製のそれは今まで住んできたマンションで使ったことのある国内メーカー製の倍ほどの大容量で、大量の食器だけでなくフィスラーの圧力鍋といった大鍋やフライパンだって入る。使ってみると、洗浄も乾燥も強力だった。ただ、我が家は二人家族であり用いる皿は少なめだから、食洗機に入れる前に予備洗いする手間をかけるのなら、そのまま手洗いしてしまったほうが早い。食洗機に入れても結局、乾燥後に取り出して棚にしまう手間がある。人によっては、食洗機を使うために朝昼の食器は洗わずに溜めておき、夜にまとめて洗うという使い方をするようだが、ほぼ在宅の自分は汚れた食器をそんなに溜め置きたくない。家でパーティーでも開き、油汚れの多い料理を出した際なんかは活用できるが、普段の生活では、ミーレは全然使わなかった。自分で建てたわけではないため、せっかくの豪華設備も自分たちの生活に合わず、活かせなかったりする。

出てきた家の不満点

自分たち、というより主に僕の生活スタイルとは合わないなと感じる住まいの部分が、暮らしてゆく中で他にも色々出てきた。

引っ越し当日から感じていたことだが、一階の浴室を中心とした洗濯関連の動線が悪い。半地下の寝室にウォークインの衣類収納が作り付けられているため、おのずと衣装ケースも全てそこに置いている。浴室にも壁面収納はあるが、下着や肌着をしまう程度のちょうどいい衣装ケースを入れられる幅や奥行きがない。衣装ケースがないと、畳んだ下着類の収納効率は一気に悪くなる。そのため浴室まわりでの衣類収納は諦め、風呂に入る前に半地下部屋までいったん着替えを取りに行く羽目になり、動きに無駄が多かった。

ドラム式洗濯機から取り出した洗濯物を畳むスペースも一階にはまったくなく、半地下のベッドの上か、中二階の和室の畳の小上がりに広げて畳み、最後は結局半地下まで持って行き衣類収納へしまう。

ただそれも、惜しいというか、あと一歩のなにかですべてまるっと解決しそうな気もする。浴室の壁面収納に市販の衣装ケースが入らないのならオーダーメードで作ったり、洗濯機から取り出した洗濯物を畳める作業台のようなものを、浴室まわりに作ったりできないものか。

屋外駐車場の屋根に関しても、今一つ惜しいと感じていた。

正確には、二階の窓から外に出るための足場であり、網状の強固な金属でできていた。おそらく建ぺい率の関係で床面積として計上しないために、そうなっているのだろう。二階のバルコニーとしての用途はそれで充分満たせるが、そのぶん、下の屋外駐車場の屋根としての用途は、果たせないのであった。バイクと自転車が雨ざらしになってしまうため、それぞれを保護するためのカバーを買った。しかしカバーをかけてしまうと、乗り出すためのワンアクションが増え億劫だし、防水性にも不安がある。

というわけで、シルバーの厚手の防水荷造りシートを買い、二階足場の形にあわせて切断後、ハトメパンチも用い穴をいくつも追加し、それらの穴に結束バンドを通し金網の足場にしばりつけた。すると雨と日ざし除けの役割は果たしてくれ、下のバイクと自転車は横殴りの雨以外からは保護されるようになった。

ところが新たな問題が生じた。たまにおとずれる、風が強い日なんかに、シートがバタバタと音をたてうるさかった。自分が不快に思うだけならまだしも、近所迷惑になったらまずいと、シートを外したりもする。

屋外用のフローリングタイルでも買ってきて敷き詰めてしまえば解決しそうな気もするが、それはそれで建ぺい率を超過した違法建築になってしまわないか。誰かに口うるさく言われることなど、実際問題ないのだろうが……。ただ、見栄えは悪い気がするし、違法建築だと精神衛生上悪い。素人の僕にはそれ以上の良案が思い浮かばず、プロの助けを借りるしかないのかと感じた。それはつまり、リフォームを検討するということであった。

リフォームの検討

リフォームを頼むかもしれない、という観点から家を捉え直すと、色々ある。まずは、家中にある縦長のスリット窓や小窓の遮光をどうにかしたい。デザイン性を失わないままでどうにかするやり方が、あるはずだ。エプソンの4K短焦点プロジェクターやポップアップ型電動スクリーンにアンプ、スピーカーなど、合計九〇万円ほどかけてホームシアター機器を新調したのだが、それを置いているLDKには夕方、スリット窓から西日が差し込むため、日中に映画を見る際はそのスリット窓を薄い下敷きのようなまな板二枚で半分ほど覆うという酷《ひど》い応急措置をしている。ホームシアターの真価を発揮させるためにも、遮光は本当にどうにかしなければ。遮光には遮熱効果も含まれるから、それによって廊下や階段の暑さも軽減させたい。

リフォームするならこの際、理想の書斎も作ってしまえと、ラフな設計図を描く。いくつかある本棚も、地震対策と大容量化のため作り付けにしてしまったほうがいい。書籍取次大手の日販が作ったブックホテル「箱根本箱」のように、本棚に囲まれながら籠《こ》もれるようなスペースも作れるとなお良い。そのうちに、棚板の幅や奥行きをどうしようかまで計算し始める。

機能面での向上も真剣に考えた。住んでみてわかったことだが、RCマンション内の隣室より、東京の隣接した木造戸建て同士のほうが、音は筒抜けだった。埼玉の実家ではもう少し土地に余裕があったから、ここまでではなかった気がする。別に、近隣の家々から聞こえてくる音が気になるということではなく、むしろ反対で、僕がたてる音が閑静な住宅街に伝わってしまうほうを気にした。RCと木造では構造からして遮音性に雲泥の差はあろうが、できる範囲で高められるなら、なにかやっておきたい。かつて府中のマンションでつけたように、内窓をつけるべきか？

新居に関する自分にとっての不満点を他にも色々拾ってゆく。実家以来の木造家屋は、体重八〇キロほどの僕が歩くとミシミシ音をたてる。決して崩れるわけではないものの、体重ごときではきしみ音をたてないRCマンションと比べれば堅牢感は劣ると、どうしても感じてしまう。

そして、家は広いはずなのに、妙に狭さを感じてもいた。部屋も収納もまだ余っているのにどうしてだろうと思っているうちに、幅、なのだと気づいた。スキップフロアで階段や廊下が多いと、自分の身体の幅を意識して歩きがちになる。トイレ内の動線なんかもだ。どうとでも設計できるRCのマンションだともう少し通路の幅に余裕があった。

半地下の部屋を寝室にしていると、そこからトイレに行こうとした際、スキップフロアの階段を二つ上って、中二階へ行かなければならない。眠いときにそれをすると目が覚めてしまったりする。

これまで僕は決して、階段が嫌いなタイプではなかった。ジムで一五七・五キログラムのバーベルスクワットをしているし、四ツ谷駅や六本木駅での長い上下移動でもエスカレーターを使わずあえて階段を楽しむくらいには健脚な自分だが、自宅内の階段は億劫に感じるのだった。どの部屋に移動するにもいちいち、ちょこまかと階段を経ないと行けないことには気を遣う。引っ越し後僕の両親が訪れたとき、たまたま脚の調子を崩していた父が階段をゆっくり慎重に上ってきた姿に、老人には不向きな住まいかもしれないと感じた。転びさえしなければ、適度な運動にもなろうが、LDKから二つのトイレに行こうにも、上下どちらかの階段を行き来しなければならないのは、老人だったらいつか転びそうな気もする。

この家の地下を掘るのに、建築時におそらく一五〇〇万円くらいはコストがかかっているという。そこまで工夫しなきゃならないくらい地価が高い土地なんかは都会に位置する場合が多いはずだから、上下に長いスキップフロアの間取りより、ワンフロアのマンションを選んだほうがたぶん暮らしやすい。メゾネットタイプでもない限り、マンションの部屋内を移動する際に転ばないか気を遣う局面なんて皆無だ。体感として、ワンフロア一〇〇平米ほどのマンションのほうが、階段だらけの延べ床面積一五〇平米ほどの戸建てより便利だろう。階段と廊下が増えればそれだけデッドスペースも増す。

ちゃんと考えていなかったが、もし僕ら夫婦に子供ができた場合、小さいうちは階段が心配だ。逆に、幼稚園年長から大学生くらいまでの年齢なら、スキップフロアの戸建てでも一家全員で楽しく暮らせるだろう。だが子供が独り立ちするようなそれ以上の年齢になると、親たる僕のほうが老齢にさしかかり足腰が弱り始める時期かもしれず、結局ゆくゆくはワンフロアのほうがいいとなる。つまりスキップフロアの住居の特性を享受し快適に暮らせる期間は、人生のうち一七〜二〇年くらいと、結構限られてしまうのだ。長いようでいて、住宅ローンの融資期間よりは、だいぶ短い。

マンションだったらゴミ出しだって楽だし、心身の調子が悪いときでも毎日適当に、だらけて暮らせる。今まで高いと感じていたマンションの管理費や修繕費も、外注費としては安いものだと初めて感じた。

「暑い、クソッ！」

「またゴミ出しかよ！　汗かいちゃうじゃん」

冷房をつけた部屋以外の予想外の暑さに参り気味の僕が、家の文句を垂れていると、風呂上がりでも全然汗をかかない妻が口を開いた。

「『ハウス・ジャック・ビルト』のジャックみたいに文句言わないでよ。キッチンも素敵でせっかく気に入ってる家なのに、悲しい気持ちになる」

眉を八の字にされながら言われ、さすがに僕も少し冷静になった。『ハウス・ジャック・ビルト』はラース・フォン・トリアー監督による映画で、主人公ジャックは、理想の建築を作るべく設計し建築模型や基礎まで作ってはしょっちゅう壊してなかなか完成させられないでいる、強迫性障害の異様に神経質な連続殺人鬼だ。妻いわく、ジャックと僕はたまに似た側面を見せるから笑ってしまうらしい。

作中ジャックは、自分の痕跡をちゃんと消したか等が気になり殺人現場に何度も戻ってしまったりと、一度頭に浮かんでしまったことはどうにかしてクリアしないと気が済まない。たしかに僕と似ている。これまで、まるで参勤交代のように金銭を消耗しながら短期間であちこちに引っ越してきたし、今だって買ったばかりの新居に関するすべての些細《ささい》な問題を、理想的な形で解決しなければならないとしている。

公開当時劇場で見て以来だったが久々に、妻が持っているＢｌｕ－ｒａｙで同作品を見て、終盤で主人公ジャックが、彼の内面世界をよく知るとある人物から問われる、次のセリフに揺さぶられた。

「立派な家はできたか？」
すべては受け手の感じ方次第で、どうとでも変わるということなのだろうか。

第二の拠点探しの旅

家を買った際にお世話になった不動産会社を通し、この家を建てた工務店にリフォームの相談をしたところ、八月のお盆前あたりに現地へ計測しに来てくれることとなった。ただ、建ぺい率の制限がある中で今から一般的な四角錐の屋根をつけようがないから、僕にとって一番のネックであるこの真夏の暑さは、そもそもリフォームや、はたまた関東圏内での引っ越しでどうにかなる問題なのかという気にすらなってくる。もうここは素直に、夏期は涼しい場所に住むという、二拠点生活でも送るしか、やりようがないのではないか？

というわけで七月末に、第二の拠点探しの旅に出ることにした。夏場の北海道は、釧路が寒いくらいに涼しかった記憶があるので、飛行機で直行できる釧路も候補ではあったが、結局飛行機でしか行けない場所には行かなくなるのではないかと思い、陸路で行ける本州に限定する。となると、関東圏の避暑地として有名な軽井沢も筆頭候補になりそうだが、天気予報図の数値を見ると、温暖化が進んだ軽井沢は三〇℃台が普通でもはやさして涼しくなさそうだと、これも除外した。行きやすくはあるが。

山形に一泊、青森に二泊の計三泊四日の旅程をたて、車で出発した。父方の実家がある山形県鶴岡市には子供の頃から来ており、湯野浜あたりのホテルにも何度も泊まったことがあったが、水田の中にあるデザイン性の高いホテルとして話題の「スイデンテラス」へ、初めて訪れてみた。館内からの水田の風景の見せ方は見事だし、風呂も良い。夕飯は近くの海鮮居酒屋へ行ったのだが、おいしい魚料理が安価で存分に楽しめた。翌朝のホテルの朝食も美味《おい》しかった。

二日目は十和田湖まで行きカヌーツアーをし、十和田市現代美術館にも寄ったあとで、星野リゾート青森屋へ宿泊。ビュッフェ式の夕飯で牛ステーキと魚介類を何度もしつこくおかわりしまくって堪能。翌朝は、テレビの旅番組に出た際に行こうとして結局たどり着けなかった恐山へ行ってみて、神秘的な白い岩場の空間から戻ったあとは八戸市へ向かい、八食センターで寿司を食べた。夜は、現実的に新幹線でもアクセスしやすい八戸市街のビジネスホテルに泊まり、飲屋街の海鮮の店で夕飯をとった。僕に気づかれた店主からサインを求められ色紙に書いている最中、その方の親戚が昔すばる文学賞で小説家デビューされていた方だと知らされる。ちなみに店内には、仕事で来ていたのかわからないが、又吉さんのサインもあった。

四日目は八戸から東京の自宅まで帰るためだけに運転し、途中のサービスエリアでの食事を楽しんだりした。ただ、本来の目的である、夏場の拠点に適した場所の見当はつけられなかった。というのも、山形でも青森でも、時間帯問わず、車や宿から出て外で過ごす時間を意識的に設けたのだが、どこも期待していたほど涼しくはなかったどころか、僕にとっては夜でもそれなりに暑かった。特に、夏の間は八戸の家で過ごしているなんていう文化人の方の発信も見ていたりしたから、八戸にはおおいに期待していたのだが、東京より数度低いくらいでそれほどでもなく、がっかりした。やはり津軽海峡を渡った先、北海道の釧路ぐらいに行かないと、僕が満足するほどの涼は得られないのだろうか。

それにしても、東北での食事は安価でもどれもおいしかった。食材の鮮度や水がいいのだろう。なんで自分は東京に住んでいるのだろうと、食事がおいしい地方に来る度に思うが、人と会いやすく機会に恵まれているからだと、すぐに思い直す。すべてを手にすることはできず、なにかを選べばなにかを手放さなければならないのだった。夕方に自宅のガレージに車を入れ、二階のＬＤＫへと上がって絶望した。四日間留守にし冷房もつけていなかった家の中は内装材の木までが蓄熱し、僕にとっては信じられないほど暑かった。ひょっとしたら東北は、涼しかったのかもしれない。

リフォームの見積もり

お盆前の平日に、不動産会社の担当女性と、この家を施工した工務店の社長に来ていただく。ガレージに置かれているＢＭＷを見た社長が、「『愛車遍歴』に出てた車ですね」と言った。ＴＶ番組『おぎやはぎの愛車遍歴 ＮＯ ＣＡＲ, ＮＯ ＬＩＦＥ』（ＢＳ日テレ）は、『週プレ』担当編集者が『羽田圭介、車を買う。』刊行時に制作サイドへ話をもっていき出演した番組であった。

社長があちこちを調べたり計測したりしている最中、僕ら夫婦は二階のＬＤＫで不動産会社の担当者としゃべっていた。そんな中で、僕が現状感じている家の不満点についての話から、担当者がそれとなく次のように口にした。

「設計士の方が建てたデザイン性の高いお家は、格好良くて大変素敵なんですけれども、遮熱性や耐震性といった性能だけでいえば、弊社も含めた大手ハウスメーカーが建てた家のほうが、機能的ではあります。メーカーですが、やれる範囲の中でデザイン性の高い設計ができる建築士も在籍しておりますし」

そう、担当の女性が在籍している会社は仲介専門の不動産会社ではなく、本来は高級路線のハウスメーカーなのであった。それにしても、買ってすぐの僕に一からの新築をすすめてくるなんて、現金な話！とはいえそれから色々調べてゆく中で、担当者が話していたそれは一概にセールストークともいえず、傾向的な話としては事実であるらしいと段々知ってゆく。

二週間ほど経過し、工務店からメールで各リフォーム箇所の見積もりが届いた。

主なものをとりあげると、まず、屋外駐車場に屋根を設ける方法としては、その真上にあたる二階バルコニーの足場の金網の下方に、ポリカーボネート波板を金具で固定するという案を提案された。それが一式で約五七万円。書斎の壁一面本棚工事が四〇万円ほどと、思いの外安かった。そして家全体の遮光と遮熱にかかわるものとして、複数箇所にあるスリット窓にはハニカムスクリーンを入れる対応策が工務店としても実績があっておすすめらしく、全体で約四一万円。その他日差しが強く入る窓も含め遮熱ガラスフィルムも貼ると、追加で約三八万円。バルコニーはだいたい予想通り、本棚は安く感じたものの、窓まわりが予想外に高く感じられた。内訳を見て冷静に考えれば、箇所が多いから仕方ないと納得する。

その他の細かい工事や諸費用も入れると、全体で二二〇万円と出た。家本体の金額からすれば、それで快適になるのなら、微々たる出費ともいえる。金額面では納得しつつも、僕は今すぐにリフォームしなくてもいいかなと思った。見積もりだって半年後には値上がりするかもしれないが、この家でまだ冬を経験していない。一年を通して不満点をすべて洗いだしてからのほうが、間違いがないのではないか。

というわけで今回は、外構作業中にシャベルで割ってしまった「外部駐車場庭園灯ガラスカバー」五二〇〇円の交換のみを頼み、他に関しては待ってもらいたい旨、ならびにお手間をとらせてすみませんと工務店へ連絡した。

建築雑誌への幻想の消失

長年、『ＣａｓａＢＲＵＴＵＳ』や『モダンリビング』等、デザイン性の高い家や建築がよく載っている雑誌が好きで読んできたのだが、実際に自分がデザイン性の高いモダンな家を買ってみて、各誌を読んでの見方が変わった。

どうしても、お洒落さにふりきった邸宅の住みづらさを、想像してしまう。ホテルなら非日常で済むが、家は毎日をそこで過ごす。たとえば各誌面でよくあるのが、ガラスを壁として多用していたり、一階が柱で上に重そうな居住スペースがのっかっているピロティー構造だったりする家。そんな家々を見ては、温暖化が進み豪雨や嵐が増えている地震の国でこんなのよくやるな、と人ごとながら心配するような感想ばかり抱くようになった。それらと比べれば、僕の家は実際に比べるまでもなく、機能的な高性能住宅ともいえよう。

住んで三ヶ月ほどしか経っていない時点で、家で自己表現しようとするのはもういいかな、という気持ちになっていた。ビルトインガレージまである趣味性の高い家に対する興味は、住んでみたことでいったんなくなった。戸建てにしても、設計士によるデザイン性の高い特別な家ではなく、高級ハウスメーカーのオーダーメード住宅なんかのほうが、雰囲気はいささか凡庸になったとしても、機能的ではありそうだ。

小説家たる者、ある程度の機能性を有した平凡で無個性な家に住みながら、個性は創作活動を通じ作品で表現すべきなのではないか？　暑さとかゴミ出しとかメンテナンスとか、なににも意識を引っ張られずに。見積もり済みのリフォーム案を発注に移していないのには、冬の様子を見るという以外に、そのような理由もありそうだなと自分で思った。

ご近所トラブル発生？

妻が仕事に出かけた日曜日のこと。書斎で一人仕事をしていたところ、断続的に鳴っているその音に気づいた。外で、なにかがなにかに当たっている。近所には子供が何人かいるから、最初は、道路でバスケットボールのドリブルでもしているのかと思い無視しようとしていた。だが時折、わりと大きめな音が、地響きをともなうかのように、この書斎にも伝わってきた。書斎から道路に面したスリット窓は曇りガラスだから、外はうかがえない。二階ＬＤＫの掃き出し窓のところまで来ても、なにも見えなかった。だが、音は聞こえる。

そこでようやくピンときた。僕らより三週間遅れで引っ越してきた例のご家族の男の子が、時々自分の家

雨の日。 書斎から中庭をはさみLDKの眺め

のコンクリート塀に向かって、サッカーの壁打ち練習をしている。それをやられると必ずといっていいほど、たまに跳ね返ったボールが僕の家の外構にまでとんできて、ローリエやラベンダーといったハーブが折れ、オリーブの葉が散った。それを僕が二階から眺めていて、視線に気づいたその子が驚いたように逃げ帰ったことがある。子供がやることだし、わざとではないのだからと黙認していた。在宅で掃き出し窓からその様子が見えるはずの親がなぜ注意しないのかは、気になるところではあったが。

玄関から外に出ると、サッカーボールの音だとはっきりした。でもどこから聞こえているのか。家をまわりこんでみると、私道に面したところで、なんと男の子が我が家に向かってボールを蹴っていた！

正確には、僕のひざ丈くらいの高さの基礎のブロック塀があり、そこに向かって蹴っている。しかし所詮半メートルほどの高さしかないため、何球かに一球のペースで上方に外れ、それが我が家の白い壁に思いっきり当たってバウンドしているのだ。その上にちょうど僕の書斎が位置しているため、仕事にならないほどうるさいわけだ。

近所には大きい公園だけでなく、ボール遊びができる程度の小さな公園だってある。そこですればいいのに、なんだってここでやるのだ。

「こんにちはー」

僕は反射的に、それでいながら努めて笑顔をつくろいながら話しかけていた。するとその子も、ボールを蹴るのをやめ、足下でとめた。

「あのー、ここでボール蹴るの、ちょっとやめてもらってもいい？　あとそうだ、ここの私道は、あそこに住んでる地主の人がわりとうるさく言ってくるから、たぶん見つかったら怒られちゃうと思うんです。だから……ごめんねー」

僕が話し終えるより前から逃げたそうな素振りを見せた子供は、力なくかすかに、はい、と言ったような感じで、家の中に戻っていった。親にどう報告するのだろうか。

子供に注意などし慣れていない僕のほうも、事後的に、自分が咄嗟《とっさ》に変なことを口走っていたことに気づいた。小学校低学年相手に、私道や地主がどうの、って……。

売主さんたちとの決済・引き渡し日に、ご近所に変な人は住んでいないというような話をうかがっていた中で、僕の家に面した私道に関して、そこに車を一時的にでも置くと私道の地主さんに注意されると教えてもらっていた。僕も挨拶したが、穏やかでいい人そうで、全然怖そうな人ではなかったが。

いつもみたいに自分の家の塀に向かって蹴ったボールが跳ね返ってうちのハーブを折るのは不可抗力だから仕方ないとはいえ、うちに向かってボールを蹴るのはさすがにやめさせてもいいだろうという正当性のもと注意したわけだが、そのくせどこか、地主さんがどうのこうのと、何割かくらい他人の代弁者でもあるかのようにふるまったわけだ……。我ながらセコい。

というより、小学校低学年の子が、私道だ地主だと言われてもわからないだろう。ただ、僕がいくら笑顔を意識し半分敬語を用いたところで、体重八〇キロ台の男が「シドウガ……ジヌシガ……」と言いながらのそのそ歩み寄ってきたら、動物的勘で、ヤバそうな奴が怒っているというふうには伝わったのかもしれない。帰ってきた妻に、あったことを報告した。ひょっとしたら、親御さんが謝りに来るかもしれないね。むしろ逆で、子供から変なふうに伝わって、険悪な雰囲気になるかな？　なんて心配もする。

結果としては、何日が経過しても、三週間遅れで引っ越したそのお宅との距離感は、まったく変わらなかった。僕らのほうから挨拶したら、返事はしてくれる程度の相変わらずの様子で、何も変わらない。ただその後、男の子が私道のあたりで僕の家に向かってボールを蹴るどころか、自分の家のまわりでボールを蹴ることも、一切なくなった。さすがにそれは、注意した本人にとっても、予想外といえる帰結だった。

子供なりに、精神の深い部分で、怒られたというショックを受けていやしまいか。あるいは彼なりに注意されたことを親たちに伝えて、厳重注意されたのだろうか。ハーブを折るのは黙認していたご家庭だからおそらく、僕の家に迷惑をかけることを注意したというよりは、怒った僕に手酷くなにかされる可能性を言って聞かせたような気もする。あの時、笑顔で「ジヌシが……」などと言われるより、ステテコ姿の爺さんから「コラッ！　この餓鬼！」とでも大声で怒られたほうが、あの子にとっても後腐れがなくマシだったろう。そんな爺さんは、このあたりに住んでいないのであるが。

子供が怖がっていないかの心配をしつつ、かといって僕のほうから訪ねていって、ご自宅に向かってのボール蹴りくらいいいですよとも、言いづらい。あれはあれで、流れ球が我が家の白壁に当たったりハーブやオリーブを損ねたりするからだ。不快な思いを繰り返したくはない。

とにもかくにもそれ以降、閑静な住宅街にボールの音が響くことは、一切なくなった。

その家の隣の、じゃがいもをくれた女の子はそんなことなどつゆしらずホッピングでボヨンボヨンと跳んで遊んでいるため、生じてしまった妙な緊張感がいくらか緩和されるのは、救いだ。

新居に客人たちをお招き

広い新居に引っ越したということで、当然のごとく僕ら夫婦は人を招いた。特に、誰かの家に行ったり自分の家に人を招いて遊びがちな妻のほうが、本当にしょっちゅう友人たちを招く。

妻の学生時代の友人数人が遊びに来た際、夫が住宅関連の会社に勤めているという女性は、今後の家探しの参考までにということで家の中の写真をバシャバシャ撮った。また別の女性は、一緒に連れてきた幼児をＬＤＫにあるカッシーナのソファに置き、子供の写真なら寄りで撮るのが普通だろうが、無垢材を多用した広い空間ごと写すかのように引きで撮り、それをその日の夜になんの説明もなしに自分のＳＮＳにアップした。ちなみに彼女のSNSには、自宅の様子がわかる写真は一枚も載っていない。つまりはそういった具合に、自分の家であるかのようなフリをしたくなる人が出てくるほど、素敵な家ということであった。僕もすぐ買う決断をしたくらいなのだから、そりゃそうだ。

ただ正直な話、人によって反応は分かれた。

最寄り駅は以前住んでいた低層賃貸マンションと変わらないものの、駅からの距離は増えた。だから、短距離でもすぐタクシーに乗るような歩くのが嫌いだったり太めだったりする人たちは、誰一人として、立地や家自体も褒めなかった。なんなら会話の流れで、以前賃貸で住んでいた高層マンションのほうが良かったと言ったりもした。駅近だし、中廊下も空調が効いていたし。特に太めの人たちは、家に至るまでの道中の暑さと、家の中にある階段の存在が嫌なのだろう。僕も相当な暑がりだが、さすがに運動嫌いの太めの人たちには負けると感じた。

客観的にみれば確かに、それなりに人気のエリアとはいえ、誰にとっても等しくアクセスの良い、それこそ千代田区とか港区なんかの超都心でもない限り、そこが自宅や職場といった生活圏でない人たちにとっては、アクセスしにくい場所にしか過ぎない。ましてや、住宅街だ。高層マンション上階からの景色のような、わかりやすいパンチもない。だからその人たちの薄い反応も、それはそれで当然だろうと理解できた。皆が皆、『ＣａｓａＢＲＵＴＵＳ』や『モダンリビング』等の住宅雑誌を読み、格好良い家に憧れているわけではないのだ。

とある日、妻の弟がかねてより交際してきた恋人と結婚することとなり、相手の女性が義両親やお婆さん、妻や僕に顔合わせの挨拶をしに来てくれることとなった。ただ妻の両親が、散らかっている自分たちの家ではやりたくないし綺麗な家のほうがいいからと、皆で新居訪問がてら、僕らの家で会を催すこととなった。

僕も、都内にある妻の実家には何度も足を運んだことがある。その家は、妻本人と、そしてもう売ってしまった僕のかつての埼玉の実家と同い年の木造家屋だ。数年前に亡くなったお爺さんと、まだ元気にしているお婆さん二人それぞれの要望を取り入れ一級建築士が設計した、九〇年代前半に建てられたこだわりの家だそうだ。ただ、同い年であった僕の実家の埼玉の建売住宅より、だいぶ古くさく見えた。無垢材ではなく合板の木の雰囲気が暗く鬱陶《うっとう》しいというか、平成築なのに、昭和っぽい古くさい設計や内装なのだ。

極めつきは、急階段を上った先の目の前にトイレの外開きドアがあるという、殺人トイレだった。階段は松本城みたいに本当に急で、上ってようやく一息つけるようなスペースに立っているところに、トイレで用を足した人がドアを勢いよく開ければ、外にいた人は薙《な》ぎ倒され急階段を転げ落ちる。そんなスーパーマリオのステージみたいな罠《わな》の場所では皆用心深くなるからか、幸いにもこれまでのところ一人も、怪我人は出ていないという。妻いわくネックなポイントとしては他にも、お婆さんのこだわりでカーテンが一切つけられていない二階LDKの空調効率の悪さ、それと浴室だそうだ。風呂桶《おけ》は魔法瓶構造でないただのステンレス製で、床や壁は正方形の「とろけるチーズ」そのままの形と黄がかった白色の陶器タイル張りで、とにかく冷たくて寒いのが嫌らしい。

つまり、誰かがこだわって建てた家というのは、世代や生活様式、価値観が違ったりする他の人たちにと

上下階のトイレ。共にガラス製扉

っては、まあ使いづらいというわけだ。

義弟たちは電車と徒歩で、妻のご両親とお婆さんは、義父の運転する車で来るという。僕ら二人は、顔合わせの場所にふさわしい場にすべく、掃除したりして家の中を整える。いつもは遮熱のため閉じ気味にしているトイレや各所窓のブラインドを、日光を遮らない角度にして明るくさせる。半地下の小窓数カ所を塞いでいたクッションも、抜き出して壁面収納にしまった。

やがて午後早めの時間帯に、全員が集まった。七人全員が一緒に座ることはできないので、義弟たちと義両親の四人がテーブルにつき、お婆さんと僕ら夫婦がソファに座ったりする。

「いいお家ね」

お婆さんが、満面の笑みで褒めてくれた。傍らでは義弟たちが、自分たちのなれそめや一緒に住もうとしている場所について語っている。

「素敵なお家。本当にいい家ね」

二分おきくらいに繰り返される褒め言葉に、僕もその度にお礼を返す。今日のお婆さんは、初めて会った孫の結婚相手よりも、孫娘が引っ越した先であるこの新居のほうに、興味をひかれているようだった。義弟たちから提供していた話題が下火になったのか、いつの間にか、僕と十数歳しか離れていない義父が、出場したボディービル大会で上位入賞した際の自身のポージング動画を、スマートフォンで皆に見せていた。

「素敵なお家ね。私も住みたい」

「ありがとうございます」

僕はお婆さんに返す。顔合わせの場はいつしか、カオスのような様相を呈していた。

「お手洗いはどこ?」

お婆さんに訊ねられた妻が廊下まで案内し、三階と中二階にそれぞれあるトイレを示した。「こっちのほうが、階段の段数が少ないわね」と判断したお婆さんは、スキップフロアを上り、書斎横の小さなほうのトイレに入ってゆく。妻がすかさず、水洗のボタンやガラス戸の錠のかけかたなどを教える。

小腹が空いていた僕はそこでふと、冷凍してあった餃子をとり出し、フライパンで弱火で蒸し焼きにし始めた。一〇個くらいしかないから、僕が食べる分だけだ。広いキッチンはその空間の中心であるから皆にちらと見られた。僕自身もカオスに拍車をかけたようだ。まずは八分蒸し焼きにするので手持ち無沙汰を感じ、いったん書斎に行って、またすぐ出てきた。

すると、書斎から出てすぐ左横、自然光で明るく照らしだされたスモークガラスの向こうに、シルエットが見えた。お婆さんが下着姿で便器から立ち上がったのがわかる。布の切れ端みたいな面積のパンツと違い、ガーターなのか股引なのかよくわからないがとにかく下半身の肌表面を多めに覆う濃い色のしっかりとした下着を穿《は》いているシルエットを、晴れの日に燦々《さんさん》と差し込んでくる太陽光が後光のように照らしだし、細部はぼやけているが聖なるお婆さんのシルエット自体はわりとはっきり見えた——。

さっき僕が、採光のためにブラインドの角度を変えたのが原因だ。というか根本的には、トイレのドアが、デザインのためガラスでできているせいだ。そんなことになっていたとはつゆ知らず、お婆さんは二階ＬＤＫに戻ってきてからも、家を褒め続けた。やがて客人の五人は、義父の運転する車に乗り帰って行った。

後日聞いたところによれば、僕が一人で食べているのを目の当たりにしすっかり餃子の口になってしまった一行は、餃子を買って帰ったのだという。それとお婆さんは、毎日のように、孫娘たちが住む新居の素晴らしさを、語っているのだそうだ。薄ぼんやり見えてしまうトイレで用を足さざるを得なかったお婆さんは、いつもの急階段の先にある罠トイレへと戻り、なにを思っているのだろうか。

新居に対する冷静な評価

僕ほど引っ越しを気軽に捉えている人も、周りにそういない。普通は少々の不満くらい我慢するだろう。それくらい、世には引っ越しで疲弊する人のほうが圧倒的に多いようだが、僕にとっては不動産売買や賃貸契約はただの手続きでしかなく、引っ越し当日の運搬だって自家用車で何往復もして運ぶわけではないから、他人任せの発注でしかない。

小説の執筆がそもそも、書きたいことにあわせて舞台となる場所を細かく設定してゆき、登場人物たちにより行われる行為を想像し、それらの情報を出す順番を決めたりというふうに、細かな決断作業の連続だ。なにも小説家だけでなく、真剣に行われる他業種の仕事とも通ずる普遍的なプロセスであると思うので、それと比べればただ引っ越すのなんてなんの苦でもない。自分の中では筋が通ったことなのだが、なかなか理解されない。

そんな自分はこの先、どうするのか。

一〇月下旬にも入ると、短パンにロングTシャツ、あるいは長ズボンに半袖Tシャツで出歩けるような、僕にとって最も快適な季節になった。道行く人たちは、外国人観光客以外、とっくに長袖長ズボンで出歩いている。

それくらいの気温になると、暑くはなくなった我が家のことも、落ち着いて冷静に評価できるようになった。僕がいくら引っ越してきてしばらく暑さを感じていたとはいえ、そもそも前に住んでいた家は三軒前までどれも、外廊下ではなくカーペット張りの内廊下の、かなりグレードの高い新しめのRCマンションだった。それらと同じ気密性や断熱性能を、築浅とはいえ木造の戸建てに求めるほうがどうかしている。

ちなみに、今の家に対して一切の文句を言っていない妻は身長一六八センチで体重四六キロ、いっぽうの僕は八〇キロ代前半を上下している。一般的に身体の容積が増えるほどそれに比した体表面積の割合が減り熱の逃げ場も減るから、暑がりになる。だから敬愛なる読者諸氏は、これまでに僕が記してきた暑さに関する文句に関しては、このような身体を有した僕の主観的な感想であることをご理解いただきたい。余談だが逆説的に、そんな自分が寒がった前住居の北向きの七帖間は、よっぽど寒かったということでもある。

毒餌の効果が絶大だったのか、気づけば、引っ越し当初に見た黒いあいつの姿も、久しく見ていなかった。夏の途中から出なくなっていたから、気温と湿気だけがその理由というわけでもないだろう。人がまともに生活を始めないと、家はちゃんと機能しないのか。思えば今までの人生での、数少ない自宅内での黒いあいつとの遭遇経験は、どの家でも引っ越し直後だけで、以降は見なくなった。今回もそうだったのだろう。


気温の低下と共に家への文句を言わなくなってきた僕であったが、それは単に暑さがひいたからというわけでもなく、十数年間ずっとマンション暮らしだった人間が、戸建てに慣れる移行期間を経たという理由のほうが大きい。現に、あんなに面倒に感じていたほぼ毎日のゴミ出しも習慣化すると、単なる自動的行為と化し煩わしさは消えた。淡水魚が海水で暮らせるようになったかのように、僕の身体が、戸建てでの暮らしはこういうものだと適応した。

ガレージ付きの戸建てならではの醍醐味として、近い距離感のバイクと車に再び愛着を覚えるようになった。マンションだと駐車場の空きがなかったりするし、あったとしても、そこで洗車だってできない。この家では、車二台分の駐車スペースまである。今は五人乗りのセダンを一台持っているわけだが、ロータスのような二人乗りライトウェイトスポーツカーを買ってもいいわけだし、キャンピングカーや、あるいはトゥクトゥクを買うことだってできるんだよなと思うと、余白があることによる自由を体感した。車は屋外駐車場に移し、ビルトインガレージのほうにバイクを数台置き、作業ガレージにしたっていい。実際にそれらの妄想を実行に移すかはともかく、その自由さが代えがたい。

あれだけしょちゅう考えていたインテリアのことも、ほとんど考えなくなっていた。というのも、ふとした瞬間に目に入る建物自体のデザインは言わずもがな、素材感が、どれも素晴らしいからだ。

壁紙ではなく漆喰っぽい塗装の壁に、木の無垢材の扉、木の温もりが感じられる触り心地のフローリング、鈍い虹色の輝きを見せる真鍮製の取っ手や錠。外壁だってパネルではなくすべて塗装であり、下部にはコンクリートの素材感も見受けられる。

かつて高層マンションに暮らしていた際、内装材の偽物感が嫌に感じたところから、僕の本格的な家探しの旅が始まった。その点でいうと、本物の素材に囲まれたこの家に引っ越したことで、偽物感からの完全なる脱却を果たした。

神は細部に宿る。数値化しづらいこの満足感は、住んでみないとわからない。上質な材質から成る内装が綺麗だと、家具にさしてこだわらずとも、なんなら散らかしたり、ちぐはぐにしようとしてもどうやったって逸脱せずお洒落にまとまってしまい、心地よく過ごせた。仕事が忙しいときとか、余裕がないようなときにもたえず目に入る家の中の雰囲気が良いというのは、なにか自分がズルでもしてるんじゃないかと思ってしまうほど、恵まれていることだと感じた。

家のどの部分も素敵ではあるが、やはり最も魅力的な箇所は、広いＬＤＫで三分の一強の面積を占める、二列アイランド型のキッチンだろう。夫婦ともども、互いの実家を含め、それまでに住んできた中で最も広く機能的な、最高のキッチンだ。

料理が得意な妻は、ここに越して来る前まで、さほど広くないキッチンであっても、毎日料理を何品か作ってくれていた。それが、二列アイランド型で作業スペースが広いからと、料理研究家のレシピを見てはまるで料理研究家のようにそれまで以上に色々と、沢山作るようになった。大食いの僕もそれらを勢い込んで食べる。

外に地植えしているハーブをつんできて、食材にあわせて用いたり、ハーブティーを淹れたりもする。完成した料理や、あるいはパティスリーで買ってきたお菓子なんかも、この家のＬＤＫのテーブルだと、バーチカルブラインド越しの自然光の入り方や天井のスポットライトによる照らし方で、とてもおいしそうに魅力的に見えた。

旅館のような居心地

冬に入ると、風呂の素晴らしさが際立った。

中庭に面した窓を全開にし、スポットライトで照らし出されたコハウチワカエデを眺めながらつかる風呂は、そこらの客室露天風呂を超えた満足度だ。

寒い時期だから、ガス式の床暖房も活躍する。半露天風呂からあがり、床暖房をつけた状態の中二階の和室に入れば、そこからも中庭のコハウチワカエデの上半分が見え、もう完全に、新しめの和旅館の客室だった。腰高の作り付け収納内には様々な本が入っているから、そのとき読みたいものを読む。スリット窓には未だ遮光のためのスクリーンもつけていないが日の出も遅くなったので問題なく、そこで寝たくなれば小上がりの畳スペースに布団を敷き、障子戸を閉じておやすみなさいだ。

普段寝ている半地下の寝室も、床暖房で暖められる。半地下はコンクリート造で温度があまり上下しないし、羽毛布団をかぶればすぐ温められるので床暖房なんか使わなくても寝られるのだが、寝入りに少しだけつけておくと、ベッドのマットレスの下から暖まってゆき、身体がリラックスする。ベッドサイドのシェードにおさまった調光可能な照明もあわさり、ここはここで、寒期のヨーロッパの暖房が効いたホテルの部屋みたいで落ち着けた。

ただ、床暖房全体に関して中立的評価を下すなら、木造戸建ての床暖房は、ドメスティックヴァイオレンスの構図に近いところがある。断熱性の高いRCマンションなんかと比べてしまえば、基本的に普段冷たくされて、たまにちょっと温めてもらえて、それに感動している。断熱性の高いRCマンションだったら、そもそも元から寒くないから床暖房だっていらない。

不意に訪れたのは……

静かで暗い半地下の寝室ではいつまでも好きな時間まで寝てしまうのだが、ある日の朝、インターフォンが鳴らされた。音が鳴って三秒後には、血圧の高い僕は起き上がり階段を駆け上っている。宅配かな。そう思いつつも「会話」ボタンを押すと、「すみません」とはじめに言った女の人が、なにか喋っていた。宅配の人ではない。すぐに、三週間遅れで引っ越してきたご家庭の、僕より数歳上くらいのお母さんだとわかった。

少し前に僕は、僕の家に向かってボールを蹴っていた息子さんに対し、「ジヌシが…」とか言いながら注意している。なにもないかと思っていたが、こちらが思わぬところで先方の家庭内ではマグマのようになにかが溜まっており、それが今日、今まさに、噴出し……つまり、喧嘩か。

と、心中整理した僕が冷静な態度で玄関のドアを開けると、そのお母さんが、なにか慌てたような口調で話しだした。

「そこに住んでいる者ですけど、すみません、家から出ようとしたら、カラスがゴミを荒らしてて、プライバシーのこともあると思うので、お伝えしたほうがいいかなと思って……」

カラス？　寝起きでよくわからないが、外に出てみると、屋外駐車場のあたりを中心にゴミが散乱しており、カラスがゴミ袋をつついていた。女性は、それを知らせてくれたのだ。

燃えるゴミの袋は、昨夜遅くに出しておいたものだ。この地域の住民の七割ほどが、種別で異なるゴミを回収日の前日夜に、ペールボックスやネコ・カラス除《よ》けネットにくるんだ状態で出しているから、僕も倣って同じようにしていた。ただ、相変わらず専用のペールボックスは買っておらず、蓋付きの四角い密閉バケツにゴミの入った袋をぎゅうぎゅう詰めで押し込んでいた。それで問題が起きたことは数ヶ月間、一度もなかったのだが、今回はたまたま、大きめの袋にゴミを沢山詰めていたため、バケツの蓋が閉まらなかった。だから、食えるものでも入っていないかと、カラスにつつかれてしまっているらしい。

「あ……どうもすみません！　お教えくださりありがとうございました」

「プライバシーもあると思うので、お伝えしたほうがいいかなと思ったので……」

そう言うと女性は、電動アシスト自転車に一人で乗り、どこかへ行った。その間にも僕は、二羽いたカラスを追い払い、交通量がほとんどないとはいえ公道へも散っていた少量のゴミを、ほうきとちりとりで急いで回収する。自分の家から出たとは思えない風で飛んできたようなゴミも、ご近所への謝罪の意味合いもあり集めてまわった。新たなゴミ袋にゴミを入れ直したところでちょうど回収車がやって来て、回収していった。

そのあとも、路上や自宅敷地内に少し残っている生ものの染みを、ケルヒャーの高圧洗浄で落としてゆく。品の良い方々が住んでいる住宅街を、自分のせいで汚すわけにはいかなかった。教えてくれた女性の家の前の路上にこびりついている古そうな謎の汚れも、水圧で落とす。

掃除用具を片しながら僕は、三週間遅れで引っ越してきた例のご家族の、あのお母さんについての認識を完全にあらためていた。少し前までは、すると言った口約束を反故《ほご》にし、子供が目と鼻の先で人の家を荒らしているのを黙認するような適当な性格かつ、顔を合わせたときに自分から挨拶するのも損だと思っているような精神の持ち主だと思っていた。だが今回、カラスがゴミを荒らしているのを、親切に教えてくれた。同じ人による言動とは思えない、と思いつつも僕の中でわりとすぐに、たしかにそれらはバランスがとれたことだと思えもした。

要するに、細かいことは気にしない人なのだ。

良くも悪くもそうであり、その観点から捉え直すと、筋が通っているように見えた。やると自分から言ったことを結局やらなかったとしても気にしない、息子がやんわりと怒られたとしてもそれを逆恨みしたりはせず気にしない。つまり先方は、ご近所さんである僕に対し特になにも思いなど抱いておらず、ニュートラルな気持ちで日々過ごしているからこそ、今しがたのような親切心を示してくれたのだ。

さすがに、自分の感情のもち方を、反省させられた。少しばかり心が偏狭であったとは感じた。この世では人それぞれ、違う感じ方の心で、生きている。ほどよく適当に、細かいことを気にせず生きている人。ご近所に、自分と全然違うタイプの人が住んでいるのは、喜ばしいことなのではないか。遠くへ行かずとも、身近なところに、広い世界はある。

家を買ってよかった

人と会いやすく、なおかつ気分転換もしやすいような立地で、快適な執筆環境を得たいという動機で動いていた家探し。

今回の家でようやく、その目的が完璧といっていいほどにかなえられた。小説家なのだから当たり前かもしれないが、家で仕事をするようになった。前の住居に住んでいた頃契約したコワーキングスペースへは今も通い続けているが、当時は仕事の八割ほどをそこで行っていたものの、今は半分以上、家で仕事している。

やはり、採光は大事だった。北向きの家に住んでいたこともあるし、結婚してからは北向きの部屋が自分の書斎だったりした。独身時代も、南向きの部屋だと明るすぎてブラインドで遮ってしまうからかえって閉塞感を覚えるなんてことをいっていた。

しかしながら、ブラインドをほぼ閉じてもスリット窓から明かりが差し込んでくる最上階の明るい書斎にいて思うのは、あるものを削《そ》ぎ落とすことはできても、ないものを足すことはできないということだった。太陽の光で気持ちを明るく健やかにしたいときは、片手でブラインドの操作バーをちょっと回すだけで、いとも簡単に光が燦々と差し込む。

中庭のコハウチワカエデ

太陽光が、視覚的に「見える」というのも良かった。光は本来、反射する対象の物質の色を浮き立たせる役割を担っていて、それ自体が見えるわけではない。ただこの家の書斎の中庭に面した窓から見ると、向こう側の白壁に反射した太陽光が異様なほどの白い輝きをみせ、「見える」のだ。まるで化粧品メーカーのＵＶケア商品のＣＭみたいに、真っ白で明るい。差し込むだけではない見えるという光の醍醐味を、この家に引っ越して初めて知った。

気分転換でコワーキングスペースや書店のある駅方面に行く際、近くの大きな公園を散歩してゆく。哲学者の道のようで、頭にも身体にも心地いい。いつ通っても、本当に心が洗われる。むしろこの道を歩きたいからこそ、とりあえずの目的地として、駅近くのコワーキングスペースを契約しているようなものだった。

忙しくてろくに出かけられない日々が続いても、夕ンブラーに入れたコーヒーを持ち公園のベンチに座ったり、帰りに、夕日の沈もうとしている空を眺め一時間以上経ったりということもしょっちゅうあった。

素晴らしい公園から近くの、まともな広さの家に住もうとすれば、僕が買ったような戸建てに住むしかない。のどかさを有し、それでいながら超都心部での仕事終わりにタクシーで高速道路を使わずに帰れるような距離の場所とは、本当にいいとこ取りの贅沢で、つまりそれを得るには僕は、白い家を買うほかなかったのだ。


いつものように外から家のドアを解錠しようとして、ふと気づいた。

引っ越してきて数ヶ月が経っているのに、未だ大理石に彫ったりアルミ板に印字したりするような表札を作っておらず、マジックで「羽田」と書いたガムテープが貼られているだけだ。この家を訪れてくれた人たちも、家とのギャップに笑っていた。

さすがにみっともないと、もう少しまともな間に合わせとして、テプラで印字したテープを貼り直した。剝がしたガムテープは、ゴミ箱に捨てる。

それにしても、こんなにいい家なのに、暑かった夏を過ぎてもなお、僕は潜在意識のどこかで引っ越す気でいたのだろうか。妻は引っ越した日から一言も、この家の不満は述べておらず、キッチンを中心として大満足で気に入っていた。白地のテープに黒で印刷された「羽田」という文字を見て、数年間にわたるこれまでの自分の行動を振り返り、考える。

ちゃんとした表札をそろそろ作ろうか。芸術分野の、家を作れるような職業人をさして、「作家」と呼ぶようになったらしい。自分で建てたわけではないが、家をもったわけだから、もう家のことを考えるのはやめよう。いい執筆環境に住んでいるのに、余計なことばかりに心血を注ぎ、つまらない小説を書いている作家、にはなりたくない。これからはまたより一層、執筆する小説でもって、世間と深く関わってゆく。

ただ、暮らす場所や過ごしたい空間の追求、それらを実現させるための労働や投資にいたるまで、もっている力を総動員して自分自身の望むものや将来のことなどを考えたことは、無駄ではなかったどころか、創作行為に近いような行いだった。その感触が、これからもなにか、自分に影響を及ぼし続けるような気がしている。

地植えしたオリーブとユッカ。 丸10年を迎えたユッカは、 初の地植えでさらに旺盛に成長(P104と比較)。

収納
収納
収納
Balcony
LDK
19.6 帖
Void
洋室
9.8 帖
R
収納
WC
カウンター
収納
収納
収納
収納
2F
収納
浴室
収納
収納
洗面所
中庭
収納
和室
9.8 畳
畳コーナー
床下収納
屋外駐車場
ガレージ
収納
W
収納
玄関
WC
収納
収納
収納
1F
中庭
洋室
9.8 帖
ウォークインクローゼット
DEN
収納
B1F

羽田圭介居住記録⑪

本書は週刊プレイボーイの連載『作家・羽田圭介 資産運用で五億円の豪邸を買う。』（２０１９年46号～２０２１年８号）を加筆修正し、再構成したものです。

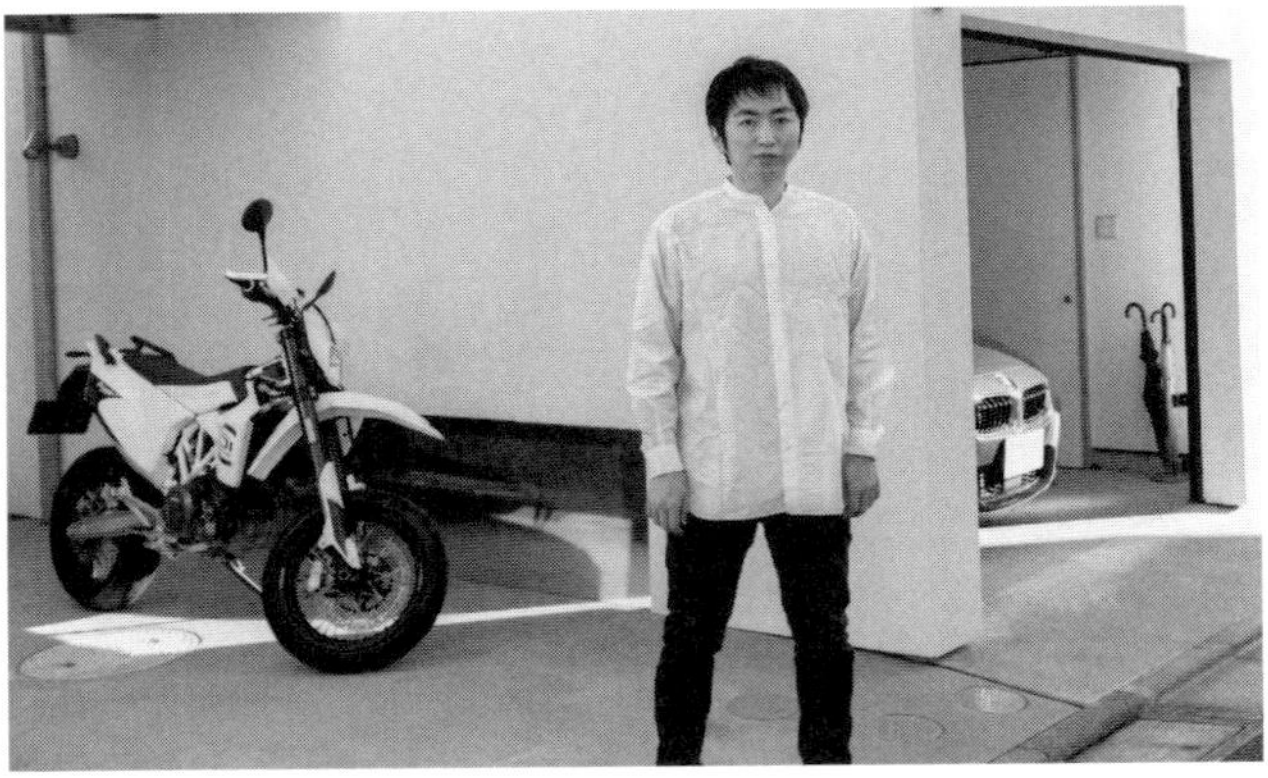

羽田圭介、家を買う。

2025年4月30日　第1刷発行

著　者　羽田圭介
発行者　樋口尚也
発行所　株式会社　集英社
〒101-8050 東京都千代田区一ツ橋2-5-10
電話　編集部　03-3230-6141
読者係　03-3230-6080
販売部　03-3230-6393（書店専用）
印刷所　TOPPANクロレ株式会社
製本所　株式会社ブックアート

ISBN978-4-08-790179-5　C0095